Nuova Narrativa Newton

194

Della stessa autrice

Il diario del vampiro. Il risveglio
Il diario del vampiro. La lotta
Il diario del vampiro. La furia
Il diario del vampiro. La messa nera
Il diario del vampiro. Il ritorno

I diari delle streghe. L'iniziazione
I diari delle streghe. La prigioniera

La setta dei vampiri. Il segreto

Titolo originale: *The Vampire Diaries: The Return: Nightfall*
(Chapters 21-39)

Traduzione dall'inglese di Rosa Prencipe
Prima edizione: settembre 2009

Roma, Casella postale 6214

ISBN 978-88-541-1638-2

www.newtoncompton.com

Realizzazione a cura di Corpotre, Roma
Stampato nel settembre 2009 da Puntoweb s.r.l., Ariccia (Roma)

Lisa Jane Smith

Il diario del vampiro

Scende la notte

Newton Compton editori

In memoria di Kathryn Jane Smith,
mia madre, con molto amore

1

«In effetti così ha terribilmente senso», disse Meredith. Erano nel soggiorno a casa di Isobel, in attesa del dottor Alpert. Meredith, seduta a una bellissima scrivania di legno scuro ornata da motivi dorati, davanti a un computer trovato lì acceso.

«Le ragazze di Salem accusavano le persone di far loro del male... le streghe, naturalmente. Dicevano che "le pizzicavano e le pungevano con degli spilli"».

«Le cose di cui ci accusa Isobel», disse Bonnie annuendo.

«E avevano delle crisi e si contorcevano in "posizioni impossibili"».

«Sembrava che Caroline stesse avendo una crisi nella stanza di Stefan», disse Bonnie. «E se strisciare come una lucertola non equivale a contorcersi in posizioni impossibili... Ecco, ci provo». Si mise a terra e cercò di sporgere in fuori i gomiti e le ginocchia come aveva fatto Caroline. Non ci riuscì.

«Visto?»

«Oh, mio Dio!». Era Jim sull'uscio della cucina, con in mano – quasi lo faceva cadere – un vassoio con del cibo. L'odore della zuppa di miso era penetrante, e Bonnie non era sicura se le avesse fatto venire fame o se fosse ancora troppo nauseata per avere di nuovo appetito.

«Tutto a posto», gli disse in fretta, rialzandosi. «Stavo solo... provando una cosa».

Si alzò anche Meredith. «È per Isobel?»

«No, è per Obaasan – voglio dire, per la nonna di Isa-chan –, nonna Saitou...».

«Ti ho detto di chiamare chiunque nel modo che ti viene naturale. Obaasan è carino, proprio come Isa-chan», gli disse Meredith dolcemente ma anche con fermezza.

Jim si rilassò un poco. «Ho cercato di far mangiare Isobel, ma butta il vassoio contro il muro. Dice di non voler mangiare, che qualcuno sta tentando di soffocarla».

Meredith lanciò a Bonnie uno sguardo eloquente. Poi si rivolse di nuovo a Jim. «Perché non lo lasci portare a me? Tu hai già fatto tanto. Dov'è?»

«Di sopra, seconda porta a sinistra. Se... se dice qualcosa di strano, be', ignorala».

«D'accordo. Tu rimani vicino a Bonnie».

«*Oh*, no», disse in fretta Bonnie. «Bonnie viene con te».

Non sapeva se fosse per la propria sicurezza o per quella di Meredith, ma le sarebbe stata appiccicata come colla.

Di sopra, Meredith accese la luce del corridoio con cautela, usando il gomito. Trovarono, poi, la seconda stanza a sinistra e videro al suo interno una vecchia signora dall'aspetto di una bambola. Era al centro della camera, stesa all'esatto centro di un futon. Si tirò a sedere e sorrise quando entrarono. Il sorriso trasformò il suo viso rugoso in quello di una bambina felice.

«Megumi-chan, Beniko-chan, siete venute a trovarmi!», esclamò, inchinando il capo.

«Sì», disse prudentemente Meredith. Posò il vassoio accanto alla signora. «Siamo venute a trovarla, signora Saitou».

«Non fate giochetti con me! Sono Inari-chan! O siete arrabbiate con me?»

«Tutti questi *chan*. Pensavo che "Chan" fosse un nome cinese. Isobel non è giapponese?», sussurrò Bonnie alle spalle di Meredith.

Se c'era una cosa che non mancava alla vecchia signora dall'aspetto di bambola era l'udito. Scoppiò a ridere, portandosi entrambe le mani alla bocca come una ragazzina. «Oh, non prendetemi in giro prima di pranzo! *Itadakimasu!*». Prese la ciotola con la zuppa di miso e cominciò a berla.

«Credo che *chan* sia qualcosa che si aggiunge alla fine del nome di una persona amica, come fa Jimmy quando dice *Isa-chan*», disse Meredith ad alta voce. «E *Ita-daki-mass-u* è qualcosa che si dice quando si comincia a mangiare. E questo è *tutto* ciò che so».

Una parte della mente di Bonnie notò che gli "amici" di nonna Saitou avevano, guarda caso, nomi che iniziavano per *M* e *B*. Un'altra parte stava cercando di capire in che modo quella stanza fosse collegata con quelle al piano di sotto, con quella di Isobel in modo particolare.

Era direttamente sopra di essa.

La vecchina aveva smesso di mangiare e le guardava con vivo interesse. «No, no, voi non siete Beniko-chan e Megumi-chan. Lo so. Ma a volte loro mi fanno visita, e anche il mio caro Nobuhiro. Anche altre cose vengono da me, cose sgradevoli, ma sono stata allevata come fanciulla del tempio... so come occuparmi di *loro*». Un breve sguardo di compiaciuta soddisfazione passò sul vecchio viso innocente. «Questa casa è posseduta, sapete». Aggiunse: «*Kore ni wa kitsune ga karande isou da ne*».

«Mi scusi, signora Saitou... Cosa ha detto?», chiese Meredith.

«Ho detto: "C'è una *kitsune* coinvolta in tutto questo"».

«Una *kit-su-ne*?», ripeté Meredith.

«Una volpe, sciocca ragazza», disse allegramente la vecchia signora. «Possono trasformarsi in qualunque cosa vogliano, non lo sapevi? Anche in esseri umani. Ma sì, una di loro potrebbe trasformarsi in *te* e la tua migliore amica non si accorgerebbe della differenza».

«Quindi... una specie di volpe-mannara?», chiese Meredith, ma nonna Saitou ora si stava dondolando avanti e indietro, con lo sguardo sul muro alle spalle di Bonnie.

«Facevamo un gioco in cerchio», disse. «Tutte noi in cerchio e una nel mezzo, con gli occhi bendati. E cantavamo una canzone.

Ushiro no shounen daare? "Chi sta dietro di te?". L'ho insegnato ai miei figli, ma ho inventato una canzoncina in inglese che andasse bene».

E cantò, con la voce di chi è molto vecchio o molto giovane, con gli occhi fissi innocentemente su Bonnie per tutto il tempo.

Volpe e tartaruga
Fecero una gara.

Chi è lontano, dietro di te?

Chi arriva
Secondo

Chi è vicino, dietro di te?

Fa un bel pranzetto
Per il vincitore.

Chi è ancora più vicino dietro di te?

E per cena
Zuppa di tartaruga!

Chi è proprio dietro di te?

Bonnie sentì del fiato caldo sulla nuca. Ansimando, si girò di scatto... e urlò. *Urlò.*

Isobel era lì, e grondava sangue sui materassini che ricoprivano il pavimento. In qualche modo era riuscita a eludere Jim e a sgattaiolare nelle buie stanze al piano di sopra senza che nessuno la vedesse o la sentisse. Ora era lì, come una sconvolta dea dei piercing, o la terribile incarnazione dell'incubo di ogni artista del piercing. Indossava solo un minuscolo slip. Per il resto era nuda, e piena di sangue e di diversi tipi di anelli, borchie e aghi. Si era forata ogni parte del corpo che Bonnie sapeva si potesse bucare, e altre che non avrebbe mai immaginato. E ogni foro era deforme e sanguinante.

Il suo alito era caldo e fetido e nauseante... sapeva di uova marce.

Isobel tirò fuori la lingua rosea. Non era forata. Peggio. Con un qualche strumento si era tagliata il lungo muscolo in due, così ora era biforcuta come quella di un serpente.

La cosa biforcuta, rosea, leccò la fronte di Bonnie.

Bonnie svenne.

Matt guidava lentamente lungo il sentiero quasi invisibile. Non c'erano segnali stradali che lo identificassero, notò. Salirono su per una collinetta e scesero verso una piccola radura.

«"State lontani dai cerchi fatati"», disse Elena piano, come se stesse citando qualcosa. «"E dalle vecchie querce..."».

«Di cosa parli?»

«Ferma la macchina». Quando lui lo fece, Elena scese e andò a piazzarsi in mezzo alla radura. «Non credi che abbia un che di fatato?»

«Non lo so. Dove sarà andata quella cosa rossa?»

«Qui, da qualche parte. L'ho vista!».

«Anche io... e hai visto quanto era più grande di una volpe?»

«Sì, ma non era grande quanto un lupo».

Matt emise un sospiro di sollievo. «Bonnie non mi crede. Ma tu hai visto come si muoveva velocemente...».

«Troppo veloce per essere qualcosa di naturale».

«Stai dicendo che in realtà non abbiamo visto nulla?», disse Matt, quasi con un tono aggressivo.

«Sto dicendo che abbiamo visto qualcosa di *soprannaturale*. Come l'insetto che ti ha aggredito. Come gli alberi, del resto. Qualcosa che non segue le leggi di questo mondo».

Ma per quanto cercassero, non riuscirono a trovare l'animale. I cespugli e gli arbusti tra gli alberi si estendevano verso l'alto formando un folto circolo. Ma non c'erano segni di buchi o nascondigli o aperture nella fitta boscaglia.

E il sole stava ormai calando sull'orizzonte. La radura era bellissima, ma non c'era nulla di quello che a loro interessava.

Matt si era appena girato per dirlo a Elena, quando la vide alzarsi rapidamente, allarmata.

«Cosa...?». Seguì lo sguardo di lei e si interruppe.

Una Ferrari gialla bloccava il passaggio per tornare sulla strada.

Non avevano superato una Ferrari gialla addentrandosi lungo il sentiero. C'era spazio per una sola auto sulla strada a una corsia.

Eppure la Ferrari era lì.

Si spezzarono dei rami dietro a Matt, che si girò di scatto.

«Damon!».

«Chi ti aspettavi?». I Ray-Ban avvolgenti nascondevano completamente gli occhi di Damon.

«Non ci aspettavamo *nessuno*», disse Matt, aggressivo. «Ci siamo ritrovati qui e basta». L'ultima volta che aveva visto Damon, quando era stato scacciato come un cane bastonato dalla stanza di Stefan, avrebbe tanto voluto prenderlo a pugni in faccia. Elena lo sapeva e sentiva che voleva farlo anche in quel momento.

Ma quello non era lo stesso Damon che aveva lasciato quella stanza. Elena riusciva a vedere il pericolo che emanava da lui, come ondate di calore.

«Oh, *capisco*. Questa è... la vostra zona *privata*... per le esplorazioni *private*», tradusse Damon, con una nota di complicità nella voce che non piacque a Elena.

«No!», ringhiò Matt. Elena capì di doverlo tenere sotto controllo. Era pericoloso contrapporsi a Damon in quello stato d'animo. «Come puoi anche solo pensare una cosa del genere?», continuò Matt. «Elena appartiene a Stefan».

«Be'... ci apparteniamo l'un l'altra», temporeggiò Elena.

«Ma certo», disse Damon. «Un corpo, un cuore, un'anima». Per un attimo ci fu qualcosa... uno sguardo dietro ai Ray-Ban, che a Elena sembrò omicida.

Tuttavia, il tono di Damon cambiò all'istante per trasformarsi in un mormorio senza espressione. «Ma allora, perché siete qui *voi due*?». La sua testa, quando si voltò per seguire Matt, si muoveva come quella di un predatore alla ricerca di vittime. Nel suo atteggiamento c'era qualcosa di più inquietante del solito.

«Abbiamo visto qualcosa di rosso», disse Matt, prima che Elena potesse fermarlo. «Una cosa simile a quella che ho visto quando ho avuto l'incidente».

Ora le braccia di Elena erano percorse da un formicolio. In qualche modo avrebbe voluto che Matt non ne parlasse. In quella radura silenziosa, con la luce ormai fioca nel bosco di sempreverdi, aveva d'un tratto molta paura.

Tendendo al massimo i suoi sensi, fino a sentirli ramificarsi come una sottile ragnatela attorno a sé, percepì la sensazione di pericolo che le dava quel luogo, una sensazione che andava oltre la portata della sua mente. Al tempo stesso sentì molto lontano da lì gli uccelli farsi silenziosi.

La cosa più inquietante fu girarsi proprio in quel momento, proprio mentre il canto degli uccelli cessava, e vedere Damon voltarsi nello stesso istante per guardare lei. Gli occhiali da sole le impedirono di sapere quello che lui stava pensando. Il resto del suo viso era una maschera.

Stefan, pensò lei disperatamente, ardentemente.

Come aveva potuto lasciarla... *con un essere simile?* Senza nessun avvertimento, nessun accenno alla sua destinazione, nessun modo per poterlo contattare... Forse per lui poteva avere senso, visto il suo disperato desiderio di non trasformarla in quello che detestava in se stesso. Ma lasciarla con Damon in quello stato d'animo, e con tutti i suoi poteri ormai svaniti...

Colpa tua, pensò, interrompendo il torrente di autocommiserazione. Sei stata tu a insistere sulla fratellanza. Sei stata tu a convincerlo che di Damon ci si poteva fidare. Adesso affronta le conseguenze.

«Damon», disse, «stavo cercando *te*. Volevo chiederti... di Stefan. Tu sai che mi ha lasciata».

«Naturalmente. Credo l'abbia fatto, come si suol dire, per il tuo bene. Mi ha detto di farti da guardia del corpo».

«Quindi tu l'hai visto, due notti fa?»

«Certo».

E, naturalmente, non hai cercato di fermarlo. Le cose non avrebbero potuto mettersi meglio per te, pensò Elena. Non aveva mai desiderato tanto le capacità che aveva avuto da spirito, neanche quando si era accorta che Stefan era davvero andato via, fuori dalla sua portata più che umana.

«Be', non gli permetterò di lasciarmi così», disse semplicemente Elena, «né per il mio bene né per nessun'altra ragione. Ho intenzione di seguirlo... ma prima devo sapere dove può essere andato».

«E lo chiedi a *me*?»

«Sì. Ti prego, Damon. Devo trovarlo. Ho bisogno di lui. Io...». Cominciava a sentirsi soffocare dalle lacrime, e dovette essere dura con se stessa.

Ma proprio allora si rese conto che Matt le stava sussurrando piano: «Elena, basta. Credo che lo stiamo solo facendo infuriare. Guarda il cielo».

Elena se n'era accorta. Il circolo degli alberi sembrava incombere, più scuro di prima, minaccioso. Alzò lentamente il mento, guardando in su. Proprio sopra la radura, nuvole grigie andavano ammassandosi l'una sull'altra – il cirro schiacciato dal cumulo, che si trasformava in nube temporalesca – esattamente sul punto in cui si trovavano loro.

A terra, cominciarono a formarsi dei mulinelli che sollevavano manciate di aghi di pino e fresche foglie estive dei giovani alberi. Elena non aveva mai visto prima una cosa del genere: la radura era satura di un odore dolce e voluttuoso, che ricordava essenze esotiche e lunghe, scure notti invernali.

Guardando Damon, poi, mentre i mulinelli si facevano più alti e il dolce aroma la avvolgeva, resinoso e aromatico, e talmente penetrante che le aveva impregnato gli abiti e si era impresso perfino sulla sua pelle, Elena capì di essersi sopravvalutata.

Non poteva proteggere Matt.

Stefan mi ha detto di fidarmi di Damon nel messaggio sul mio diario. Stefan ne sa più di me riguardo a lui, pensò Elena disperata. Ma entrambi sappiamo alla fine cosa vuole Damon. Quello che ha sempre voluto. Me. Il mio sangue...

«Damon», cominciò piano, e si interruppe. Senza guardarla, lui stese una mano con il palmo rivolto verso di lei.

Aspetta.

«C'è qualcosa che devo fare», mormorò Damon. Si piegò, ogni suo movimento era fluido e aggraziato come quello di una pantera, e raccolse un piccolo ramo spezzato di quello che sembrava un banale pino della Virgina. Lo agitò lievemente, con grande attenzione, e lo sollevò come per calcolarne il peso. Sembrava più un ventaglio che un ramo.

Ora Elena guardava Matt, cercando, con gli occhi, di dirgli tutto ciò che stava provando, soprattutto che le dispiaceva: le dispiaceva averlo trascinato lì; le dispiaceva non aver mai provato interesse per lui; le dispiaceva averlo coinvolto in un gruppo di amiche così intimamente legate al soprannaturale.

Ora in parte capisco quello che Bonnie deve aver provato quest'ultimo anno, pensò: essere capace di vedere e predire cose senza avere il minimo potere di fermarle.

Matt, muovendo a scatti la testa, stava avanzando furtivamente verso gli alberi.

No, Matt. *No. No!*

Non capiva. E neanche lei, a parte sentire che gli alberi si mantenevano lontani a causa della presenza di Damon. Se lei e Matt si fossero avventurati nella foresta, se avessero lasciato la radura o se vi avessero sostato troppo a lungo... Matt poteva vedere la paura sul volto di Elena, e la sua stessa faccia rifletteva un'orribile consapevolezza: Erano in trappola.

A meno che...

«Troppo tardi», disse Damon bruscamente. «Te l'ho detto, c'è qualcosa che devo fare».

Sembrava avesse trovato il pezzo di legno che cercava. Lo sollevò, lo scosse leggermente e lo abbassò con un unico gesto, menando nello stesso tempo dei colpi lateralmente.

E Matt fu colto da un dolore fortissimo.

Era un tipo di dolore inimmaginabile; un dolore che sembrava provenire da *dentro*. Da qualsiasi parte, ogni organo del suo corpo, ogni muscolo, ogni nervo, ogni osso rilasciava un diverso tipo di dolore. I muscoli gli dolevano ed erano colti da crampi, come fossero stati flessi al massimo e venissero forzati a flettersi ancora. Sentiva gli organi in fiamme. Coltelli al lavoro nella sua pancia. Sentiva le ossa come quando si era fratturato il braccio: aveva nove anni e un'auto aveva urtato la fiancata di quella di suo padre.

E i suoi nervi... come se fossero dotati di un interuttore che potesse essere regolato da "piacere" a "dolore"... il suo era stato regolato su "angoscia". Il contatto degli abiti sulla pelle era insostenibile. Le correnti d'aria erano un'agonia. Resistette quindici secondi e poi svenne.

«Matt!». Quanto a Elena, la ragazza era rimasta paralizzata, i suoi muscoli bloccati, incapace di muoversi per quella che era parsa un'eternità. D'un tratto libera, corse verso Matt, lo prese in grembo e lo guardò fisso in viso.

Poi alzò lo sguardo.

«Damon, *perché?* Perché?». A un tratto si rese conto che, sebbene Matt fosse svenuto, era ancora in preda al dolore. Voleva urlare, ma si limitò a scandire con forza: «Perché stai *facendo* questo? Damon! *Smettila*».

Fissò intensamente il giovane tutto vestito di nero: jeans neri con una cintura nera, stivali neri, giubbotto di pelle nera, capelli neri e quei dannati Ray-Ban.

«Te l'ho detto», disse Damon con noncuranza. «È qualcosa che ho bisogno di fare. Guardare. Una morte dolorosa».

«*Morte!*». Elena fissò Damon incredula. E poi cominciò a richiamare a sé tutto il suo Potere, in un modo che era stato così facile e istintivo solo pochi giorni prima, quando era muta e non soggetta alla forza di gravità, e che era così difficile e strano in quel momento. Determinata, disse: «Se non lo lasci andare... *adesso*... ti colpirò con tutto ciò che ho».

Lui rise. Elena non aveva mai visto prima Damon ridere davvero, non in quel modo. «E tu ti aspetti che io possa anche solo notare il tuo minuscolo Potere?»

«Non così minuscolo». Elena lo soppesò risoluta. Non era nulla di più dell'intrinseco Potere di ogni essere umano... il Potere che i vampiri sottraevano agli umani insieme con il sangue... ma essendo diventata uno spirito, sapeva usarlo. Usalo come arma. «Penso che lo sentirai, Damon. Lascialo andare... ADESSO!».

«Perché la gente crede sempre che la quantità possa portare al successo laddove la logica fallisce?», mormorò Damon.

Elena lo lasciò fare.

Si stava preparando. Fece il profondo respiro necessario, mantenne saldo il suo io interiore, e immaginò di tenere in mano una palla di fuoco bianco, e poi...

Matt era in piedi. Sembrava che fosse stato tirato su a forza e sostenuto come un burattino, e gli occhi gli lacrimavano involontariamente, ma era sempre meglio del Matt che si contorceva al suolo.

«Sei in debito con me», disse Damon a Elena con noncuranza. «Riscuoterò un'altra volta».

A Matt disse, con il tono di uno zio amorevole, con uno di quei sorrisi istantanei che mai si era sicuri di aver visto: «È una fortuna che tu sia un esemplare resistente, non è vero?»

«Damon». Elena aveva visto Damon nella sua versione *giochiamo-con-le-creature-più-deboli*, ed era quella che le piaceva meno.

Ma quel giorno c'era qualcosa di diverso, qualcosa che non riusciva a capire. «Veniamo al dunque», disse, mentre i peli sulle braccia e sulla nuca le si rizzavano di nuovo. «Cosa vuoi *davvero*?».

Ma lui non le diede la risposta che si aspettava.

«Sono stato ufficialmente nominato tuo custode. Mi sto ufficialmente prendendo cura di te. E, tanto per cominciare, non credo che dovresti stare senza la mia protezione e compagnia mentre il mio fratellino è via».

«So badare a me stessa», disse Elena, tagliando corto e agitando la mano perché arrivassero alla vera questione.

«Sei una ragazza molto carina. Alcuni elementi», sorrise, «pericolosi e spiacevoli potrebbero darti la caccia. Insisto che tu abbia una guardia del corpo».

«Damon, in questo momento la cosa di cui ho più bisogno è essere protetta *da* te. Lo sai. Cos'è questa storia?».

La radura sembrava pulsare. Quasi come se fosse qualcosa di vivo. Elena aveva la sensazione che sotto i suoi piedi, sotto i vecchi e robusti scarponi di Meredith, il terreno si muovesse leggermente, come un grosso animale sonnacchioso, e che gli alberi fossero un cuore pulsante.

Il cuore di cosa? Della foresta? C'era più legno morto che vivo lì. E avrebbe potuto giurare di conoscere Damon abbastanza bene da sapere che non gli piacevano alberi e boschi.

Era in momenti come quello che Elena desiderava avere ancora le ali. Le ali e la conoscenza... i movimenti delle mani, le Parole del Potere Bianco, il fuoco bianco dentro di sé che le avrebbe consentito di arrivare alla verità senza sforzi, o semplicemente di ricacciare indietro le seccature fino a Stonehenge.

Sembrava che tutto ciò che le era rimasto fosse il fatto di essere una tentazione vivente per i vampiri, e la sua intelligenza.

L'intelligenza aveva funzionato fino a quel momento. Forse, se non avesse fatto sapere a Damon quanto era spaventata, avrebbe potuto ottenere una sospensione della loro esecuzione.

«Damon, ti ringrazio per il fatto che ti preoccupi per me. Ora ti dispiacerebbe lasciar stare per un momento me e Matt, così posso capire se sta ancora respirando?».

Dietro i Ray-Ban, Elena pensò di aver colto un guizzo di rosso.

«In qualche modo sapevo che avresti potuto dirlo», disse Damon. «E, naturalmente, è un tuo diritto consolarti dopo essere stata abbandonata così slealmente. Con una rianimazione bocca a bocca, ad esempio».

Elena avrebbe voluto imprecare. Prudentemente, rispose: «Damon, se Stefan ti ha nominato mia guardia del corpo, allora non mi ha "abbandonata slealmente", giusto? Non puoi...».

«Concedimi almeno una cosa, d'accordo?», disse Damon con il tono di uno le cui parole successive sarebbero state *Sta' attenta* oppure *Non fare niente che io non farei.*

Cadde il silenzio. I turbini di polvere avevano smesso di mulinare. L'odore degli aghi di pino scaldati dal sole e della resina, in quel luogo dalla luce fioca, la stavano rendendo languida, stordita. Anche il terreno era caldo e gli aghi di pino erano tutti allineati, come peli sul manto di un animale addormentato. Elena guardò il pulviscolo brillare nella luce dorata. Sapeva di non essere al meglio in quel momento, non era lucida. Alla fine, quando fu sicura che la sua voce sarebbe stata ferma, chiese: «Cosa vuoi?»

«Un bacio».

2

Bonnie era turbata e confusa. Era buio.

«Va bene», stava dicendo una voce brusca e tranquillizzante al tempo stesso. «Sono due possibili commozioni cerebrali, una ferita che ha bisogno di un'antitetanica... e... be', temo di dover sedare la tua ragazza, Jim. E avrò bisogno di aiuto, ma tu non devi assolutamente muoverti. Sta' disteso e tieni gli occhi chiusi».

Bonnie aprì gli occhi. Ricordava a malapena di essere caduta all'indietro sul suo letto. Ma non era a casa sua; era ancora a casa Saitou, stesa su un divano.

Come faceva sempre quando era confusa o spaventata, cercò Meredith, che era appena tornata dalla cucina con un impacco improvvisato di ghiaccio. Lo posò sulla fronte già bagnata di Bonnie.

«Sono solo svenuta», spiegò Bonnie, cercando di ricostruire l'accaduto. «Tutto qui».

«Lo so che sei svenuta. Hai dato una bella botta con la testa sul pavimento», replicò Meredith, e per una volta il suo viso fu perfettamente decifrabile: la preoccupazione, la partecipazione e il sollievo erano evidenti. Aveva gli occhi pieni di lacrime.

«Oh, Bonnie, non sono riuscita ad arrivare da te in tempo. Isobel era troppo vicina e quei tatami non attutiscono molto una caduta... e tu sei rimasta incosciente per quasi mezz'ora! Mi hai *spaventata*».

«Mi dispiace». Bonnie districò una mano dalla coperta che sembrava avvilupparla e diede una stretta alla mano di Meredith. Voleva dire *la sorellanza velociraptor è ancora in azione*. Ma anche *ti sono grata per il tuo affetto.*

Jim era disteso scompostamente su un altro divano, con un impacco di ghiaccio sulla nuca. Aveva il viso talmente pallido da sembrare verdognolo. Cercò di rialzarsi ma il dottor Alpert – era sua la voce ruvida e gentile – lo sospinse sul divano.

«Non devi fare altri sforzi», gli disse. «Ma mi serve un assistente. Meredith, mi dai una mano con Isobel? A quanto pare è piuttosto irrequieta».

«Mi ha colpito alla nuca con una lampada», le avvertì Jim. «Non datele mai le spalle».

«Staremo attenti», disse il dottor Alpert.

«Voi due rimanete *qui*», aggiunse Meredith con fermezza.

Bonnie stava guardando gli occhi di Meredith. Avrebbe voluto alzarsi per aiutarli con Isobel. Ma Meredith aveva quello speciale sguardo determinato che significava che era meglio non discutere.

Non appena si allontanarono, Bonnie cercò di alzarsi. Ma subito cominciò a vedere quel nulla grigio pulsante, segno che stava per svenire nuovamente.

Tornò a distendersi, stringendo i denti.

Per un lungo tempo, giunsero dalla stanza di Isobel urla e schianti. Bonnie sentiva la voce alta del dottor Alpert, poi quella di Isobel, e poi ancora una terza voce... non quella di Meredith, che non gridava mai se poteva farne a meno, ma una voce che sembrava quella di Isobel, ma più bassa e distorta.

Poi, alla fine, calò il silenzio, e Meredith e il dottor Alpert tornarono sorreggendo Isobel che zoppicava. A Meredith sanguinava il naso e il medico aveva i corti capelli brizzolati ritti sulla testa, ma in qualche modo avevano infilato una T-shirt sul corpo martoriato di Isobel e il medico era anche riuscito a tenersi la sua borsa nera.

«I feriti che possono camminare rimangano qui. Torneremo ad aiutarvi», disse il dottore con il suo consueto modo conciso.

Insieme a Meredith fece, poi, un altro viaggio per portare con loro la nonna di Isobel.

«Non mi piace il suo colorito», disse brevemente il dottore. «Neanche il suo battito. Dovremmo farci controllare tutti».

Un minuto dopo, tornarono a prendere Jim e Bonnie e li aiutarono a salire sul SUV del medico. Il cielo si era rannuvolato e il sole era una palla rossa non lontana dall'orizzonte.

«Vuoi che ti dia qualcosa per il dolore?», chiese il dottore, vedendo Bonnie fissare la borsa nera.

Isobel era in fondo al SUV, dove i sedili erano stati abbassati. Meredith e Jim erano seduti nei posti davanti a lei, con nonna Saitou in mezzo, e Bonnie – Meredith aveva insistito – era davanti con il dottore.

«Um, no, sto bene», disse Bonnie. In realtà, si stava chiedendo se l'ospedale potesse davvero curare Isobel dall'infezione meglio di quanto potessero fare le compresse a base di erbe della signora Flowers.

Ma nonostante la testa le pulsasse e le facesse male, e si stesse formando un bernoccolo della grandezza di un uovo sulla sua fronte, non voleva annebbiarsi la mente. C'era qualcosa che la infastidiva, forse un sogno che aveva fatto mentre era svenuta, secondo quello che le aveva detto Meredith.

Cos'era?

«Tutto bene, allora. Cinture allacciate? Si va». Il SUV si allontanò da casa Saitou. «Jim, hai detto che Isobel ha una sorellina di tre anni che dormiva al piano di sopra, perciò ho chiesto a mia nipote Jayneela di passare. Almeno ci sarà qualcuno in casa».

Bonnie si girò per guardare Meredith. Parlarono all'unisono.

«Oh, no! Non può entrare! *Soprattutto* non nella stanza di Isobel! Ascolti, la prego, deve...», balbettò Bonnie.

«Non sono molto sicura che sia una buona idea, dottor Alpert», disse Meredith, con altrettanta insistenza ma più coerentemente. «A meno che non stia lontana da quella stanza e forse porti qualcuno con sé... Magari un ragazzo».

«Un ragazzo?». Il dottor Alpert sembrava sconcertato, ma la combinazione dell'angoscia di Bonnie con la sincerità di Meredith parve convincerlo. «Be', Tyrone, mio nipote, stava guardando la TV quando sono uscito. Cercherò di mandare lui».

«Wow!», disse involontariamente Bonnie. «Il Tyrone che sarà attaccante nella squadra di football l'anno prossimo, eh? Ho sentito che lo chiamano Tyre-minator».

«Be', diciamo che sarà in grado di proteggere Jayneela», disse il dottore Alpert dopo aver fatto la telefonata. «Ma siamo noi che abbiamo la, ehm!, ragazza *ipereccitata* in macchina con noi. Dal modo in cui si è opposta al sedativo, direi che anche lei è un "terminator"».

Il cellulare di Meredith squillò con la suoneria assegnata ai numeri non in memoria e poi annunciò: «La signora T. Flowers ti sta chiamando. Rispondi...». In un attimo Meredith aveva premuto il tasto per parlare.

«Signora Flowers?», disse. Il ronzio del SUV impedì a Bonnie e agli altri di sentire quello che la signora Flowers stesse dicendo, così la ragazza continuò a concentrarsi su due cose: quello che sapeva delle "vittime" delle "streghe" di Salem, e quale poteva essere quel pensiero sfuggente fatto mentre era svenuta.

Tutto prontamente si volatilizzò quando Meredith chiuse la telefonata.

«Cosa è successo? Cosa? *Cosa?*». Bonnie non riusciva a vedere bene la faccia di Meredith nel crepuscolo, ma sembrava pallida, e anche le sue parole risuonarono tali.

«La signora Flowers stava facendo un po' di giardinaggio e, quando stava per rientrare, ha notato che nelle sue begonie c'era qualcosa. Ha detto che sembra come se qualcuno avesse cercato di infilare qualcosa tra il cespuglio e il muro, ma un pezzetto di tessuto è rimasto fuori».

A Bonnie sembrò mancare il respiro.

«*Cos'era?*»

«Era una borsa di lana pesante, piena di scarpe e vestiti. Stivali. Camicie. Pantaloni. Tutta roba di Stefan».

Bonnie lanciò un urlo che fece sbandare per un momento il dottor Alpert. Le ruote posteriori slittarono.

«Oh, mio Dio; oh, mio Dio... *Non se n'è andato!*».

«Oh, credo che se ne sia andato eccome. Solo non di sua spontanea volontà», disse Meredith scura in volto.

«*Damon*», ansimò Bonnie, e si accasciò sul sedile, con gli occhi che si stavano riempiendo di lacrime. «Non riuscivo a credere...».

«La testa peggiora?», chiese il dottor Alpert, ignorando con tatto la conversazione che non lo vedeva coinvolto.

«No... be', sì, peggiora», ammise Bonnie.

«Ecco, aprimi la borsa e fammi dare un'occhiata. Ho diversi campioni... bene, ecco qui. Qualcuno vede una bottiglia d'acqua laggiù in fondo?».

Jim ne allungò fiaccamente una. «Grazie», disse Bonnie, inghiottendo con un sorso d'acqua la pillola. Doveva far guarire la sua testa. Se Damon aveva rapito Stefan, allora avrebbe dovuto Chiamarlo, no? Dio solo sapeva dove poteva essere finito questa volta. Perché nessuno di loro aveva pensato a questa possibilità?

Be', prima di tutto, perché pensavano che Stefan fosse forte, e poi a causa del messaggio sul diario di Elena.

«Ecco cos'era!», disse, facendo trasalire persino se stessa. Ora le era tornato tutto in mente, tutto quello che lei e Matt avevano condiviso...

«Meredith!», disse, ignorando l'occhiata in tralice che le aveva rivolto il dottor Alpert, «quando ero priva di sensi ho parlato con *Matt*. Era svenuto anche lui...».

«Era ferito?»

«Dio, sì. Damon deve avergli fatto qualcosa di orribile. Ma ha detto di non pensarci e che c'era qualcosa che sin dall'inizio non gli quadrava nel messaggio che Stefan ha lasciato a Elena. Qualcosa riguardo a Stefan che discuteva con l'insegnante di inglese, lo scorso anno, su come si scrive *giudizio*. E continuava a ripetere: *Cerca il file di backup. Cerca il file di backup... prima che lo faccia Damon*».

Bonnie guardò il viso in penombra di Meredith, consapevole, ora che l'auto aveva rallentato per fermarsi a un incrocio, di aver attirato sia lo sguardo del dottor Alpert che quello di Jim. Il tatto aveva i suoi limiti.

La voce di Meredith ruppe il silenzio. «Dottore», disse, «devo chiederle una cosa. Se gira a sinistra qui e poi di nuovo a sinistra in Laurel Street, e va avanti per circa cinque minuti fino all'Old Wood, non sarà una deviazione troppo grande. Ma mi permetterà di andare alla pensione dove si trova il computer di cui parla Bonnie. Potrà pensare che io sia pazza, ma *ho bisogno* di avere quel computer».

«So che non sei pazza; è da tanto che me ne sono accorto». Il dottore rise senza gioia. «E ho sentito delle cose sulla giovane Bonnie qui presente... niente di male, giuro, ma un po' difficili da credere. Dopo quello che ho visto oggi, credo che comincerò a cambiare opinione». Il dottore fece una brusca svolta a sinistra, mormorando: «Qualcuno ha portato via il segnale di stop anche su questa strada». Poi proseguì, rivolto a Meredith: «Posso fare ciò che mi chiedi. Ti porterò in macchina fino alla vecchia pensione...».

«No! Sarebbe troppo pericoloso!».

«...ma devo portare Isobel in ospedale il prima possibile. Per non parlare di Jim. Penso che abbia sul serio una commozione cerebrale. E Bonnie...».

«Bonnie», disse Bonnie, articolando chiaramente le parole, «andrà anche lei alla pensione».

«No, Bonnie! Io correrò, Bonnie, lo capisci questo? Correrò più veloce che posso... e non posso permetterti di rallentarmi». La voce di Meredith era risoluta.

«Non ti rallenterò, lo giuro. Tu vai avanti e corri. Correrò anch'io. La mia testa sta bene adesso. Se devi lasciarmi indietro, *continua a correre*. Io ti seguirò».

Meredith aprì la bocca e la richiuse. Doveva esserci stato qualcosa sul suo viso a dirle che qualsiasi discussione sarebbe stata inutile, pensò Bonnie. Perché quella era la realtà dei fatti.

«Eccoci arrivati», disse il dottor Alpert qualche minuto dopo. «Angolo tra Laurel e l'Old Wood». Tirò fuori dalla borsa nera una piccola torcia e l'accese davanti agli occhi di Bonnie, uno dopo l'altro. «Bene, non sembra che tu abbia una commozione cerebrale. Ma sappi, Bonnie, che il mio parere medico è che non dovresti correre da nessuna parte. Non posso costringerti a sottoporti a delle cure se non vuoi. Ma posso farti prendere questa». Porse a Bonnie la piccola torcia. «Buona fortuna».

«Grazie di tutto», disse Bonnie, posando per un attimo la mano pallida su quella scura e dalle lunghe dita del dottor Alpert. «Stia attento anche lei... agli alberi caduti e a Isobel, e a qualcosa di rosso sulla strada».

«Bonnie, sto andando». Meredith era già fuori dal SUV.

«E blocchi le portiere! E non esca fino a che non è lontano dai boschi!», disse Bonnie, mentre scendeva dal veicolo accanto a Meredith.

E poi corsero. Naturalmente, tutto quello che Bonnie aveva detto sul fatto che Meredith corresse davanti a lei, lasciandola indietro, era una sciocchezza, e lo sapevano entrambe. Meredith afferrò la mano di Bonnie non appena i suoi piedi toccarono il suolo, e cominciò a correre come un levriero, trascinandola con sé, e facendola quasi volare sulle buche della strada.

Bonnie non aveva bisogno di sentirsi dire quanto fosse importante la velocità. Desiderava disperatamente un'automobile. Desiderava un sacco di cose, soprattutto che la signora Flowers vivesse in mezzo alla città e non così fuori mano, in un posto così selvaggio.

Alla fine, come Meredith aveva previsto, rimase senza fiato, e la sua mano, viscida di sudore, scivolò via da quella dell'amica. Si piegò quasi in due, le mani sulle ginocchia, cercando di riprendere fiato.

«Bonnie! Asciugati la mano! Dobbiamo correre!».

«Dammi... solo... un minuto...».

«Non ce l'abbiamo un minuto! Non lo *senti*? *Muoviti!*».

«Ho solo bisogno... di riprendere... fiato».

«Bonnie, guarda dietro di te. E non urlare!».

Bonnie guardò dietro di sé, urlò, e scoprì di non essere affatto senza fiato. Scappò via, afferrando la mano di Meredith.

Ora poteva sentirlo, persino sopra il proprio respiro affannoso e il martellare che aveva nelle orecchie. Era il suono di un insetto, non un ronzio eppure un suono che il suo cervello registrava come di *insetto*.

Sembrava il *whipwhipwhip* di un elicottero, solo molto più forte, come se un elicottero potesse avere dei tentacoli da insetto al posto delle pale. Con quell'unica occhiata, aveva visto chiaramente un'intera massa grigia di quei tentacoli, tutti con una testa alla fine... e ogni testa aveva una bocca aperta piena di denti bianchi e affilati.

Cercò in tutti i modi di accendere la torcia. Stava calando la notte, e non aveva idea di quanto potesse mancare al sorgere della luna. Tutto ciò che sapeva era che gli alberi sembravano rendere tutto più scuro, e che inseguivano lei e Meredith.

Il malach.

Il suono turbinante dei tentacoli che sferzavano l'aria era molto più forte adesso. Molto più vicino. Bonnie non voleva girarsi e vederne la fonte. Il suono stava spingendo il suo corpo oltre tutti i ragionevoli limiti. Non riusciva a smettere di sentire in continuazione le parole di Matt: *come mettere la mano in un tritarifiuti e azionarlo. Come mettere la mano in un tritarifiuti...*

La sua mano e quella di Meredith erano madide di sudore. E la massa grigia le stava ormai raggiungendo. Era lontana solo la metà di quanto lo era stata all'inizio, e il rumore turbinante diventava sempre più forte.

Al tempo stesso Bonnie si sentiva le gambe di gomma. Nel vero senso della parola. Non riusciva a sentirsi le ginocchia. Erano come gomma che diventava gelatina.

Vipvipvipvipveee...

Era il suono di una di quelle creature, più vicina delle altre. Più vicina, più vicina, ed ecco che era davanti a loro, con la bocca ovale aperta, tutta contornata da denti.

Proprio come aveva detto Matt.

A Bonnie non era rimasto il fiato per urlare. Ma aveva bisogno di farlo. La cosa senza testa, senza occhi né lineamenti... solo quell'orribile bocca... le aveva quasi raggiunte e avanzava proprio verso di lei. E la sua reazione automatica – colpirla con le mani – poteva costarle un braccio. Oh, Dio, puntava alla sua *faccia*...

«Ecco la pensione», disse Meredith ansante, lanciandole un urlo che quasi la sollevò da terra: «*Corri!*».

Bonnie filò via proprio mentre il *malach* cercava di afferrarla. Sentì all'istante i tentacoli ronzare tra i suoi riccioli. Fu bruscamente tirata all'indietro e incespicò, mentre la mano di Meredith veniva strappata dalla sua. Le sue gambe erano sul punto di crollare e l'istinto pretendeva che urlasse.

«Oh Dio, Meredith, mi ha presa! Corri! *Non farti prendere!*».

Di fronte a lei, la pensione era illuminata come un hotel. Di solito era al buio, tranne forse che per la finestra di Stefan e un'altra. Ma adesso brillava come un gioiello, poco oltre la sua portata.

«Bonnie, chiudi gli occhi!».

Meredith non l'aveva lasciata. Era ancora lì. Bonnie sentiva i tentacoli simili a viticci che le accarezzavano delicatamente l'orecchio, le sfioravano la fronte sudata, si facevano strada sulla sua faccia, la sua gola... Singhiozzò.

E poi ci fu un forte schianto, insieme a un suono simile a quello di un melone maturo che scoppia, e qualcosa di umido le ricoprì la schiena. Aprì gli occhi. Meredith aveva lasciato cadere uno spesso ramo che aveva usato come una mazza da baseball. I tentacoli stavano già scivolando via dai capelli di Bonnie.

Bonnie non voleva guardarsi alle spalle.

«Meredith, tu...».

«*Forza... corri!*».

E si mise a correre di nuovo. Fino al vialetto di ghiaia della pensione, fino al sentiero che conduceva alla porta. E, sull'uscio, c'era la signora Flowers con in mano un'antiquata lampada al kerosene.

«Dentro, dentro», disse, e mentre Meredith e Bonnie finivano la loro corsa senza più fiato, chiuse con forza la porta alle loro spalle. Tutte loro sentirono il suono che giunse dopo. Fu come quello che aveva prodotto il ramo... un secco schiocco più uno scoppio, solo molto più forte, e ripetuto più e più volte, come il popcorn in padella.

Bonnie tremava quando si tolse le mani dalle orecchie e scivolò, sedendosi, sullo zerbino dell'ingresso.

«Ragazze, cosa vi siete fatte, nel nome di Dio?», disse la signora Flowers, guardando la fronte di Bonnie, il naso gonfio di Meredith, e vedendole sudate ed esauste.

«È... troppo lungo da spiegare», riuscì a dire Meredith.

«Bonnie! Puoi sederti... di sopra».

In qualche modo, Bonnie riuscì a salire al piano di sopra. Meredith andò immediatamente al computer e lo accese, crollando sulla poltrona davanti allo schermo. Bonnie usò l'ultimo briciolo di energia per togliersi la maglietta. Il retro era macchiato da una poltiglia di insetto non meglio identificato. La appallotolò e la gettò in un angolo.

Poi si lasciò cadere sul letto di Stefan.

«Cosa ha detto esattamente Matt?». Meredith stava riprendendo fiato.

«Ha detto, *guarda nel backup... o cerca il file di backup* o qualcosa del genere. Meredith, la mia testa... non sta bene».

«Ok. Rilassati. Sei stata grande là fuori».

«L'ho fatto perché mi hai salvata. Grazie... ancora...».

«Non preoccuparti di questo. Ma non capisco», aggiunse Meredith, mormorando tra sé e sé. «C'è un file di backup di questo messaggio nella stessa directory, ma non è affatto diverso. Non capisco cosa volesse dire Matt».

«Forse era confuso», disse, riluttante, Bonnie. «Forse era solo in preda al dolore e non era tanto in sé».

«File di backup, file di backup... aspetta un attimo! Ma Word non salva automaticamente un backup in qualche posto strano, tipo sotto la directory del gestore o qualcosa del genere?». Meredith cliccava rapidamente tra le directory. Poi disse con voce delusa: «No, qui niente».

Si appoggiò allo schienale, sbuffando. Bonnie sapeva a cosa stesse pensando. La loro lunga e disperata corsa tra i pericoli non poteva essere stata inutile. *Non poteva.*

Poi, lentamente, Meredith disse: «Ci sono parecchi file temporanei qui, per essere un messaggio così breve».

«Cos'è un file temporaneo?»

«È solo una memoria temporanea del tuo file mentre ci stai lavorando. Comunque, di solito sembra un gergo incomprensibile». Ricominciò a cliccare. «Ma deve essere identico... *oh!*». Si interruppe. Smise di cliccare.

E poi ci fu un silenzio assoluto.

«Cosa c'è?», disse Bonnie ansiosamente.

Ancora silenzio.

«Meredith! Parlami! *Hai trovato un file di backup?*».

Meredith non disse nulla. Sembrava non aver neanche sentito. Stava leggendo, attratta e terrorizzata allo stesso tempo.

3

Un brivido freddo percorse la schiena di Elena, il più delicato dei fremiti. Damon non *chiedeva* dei baci. Non era *esatto.*

«No», sussurrò.

«Solo uno».

«Non ti bacerò, Damon».

«Non me. Lui». Damon sottolineò "lui" con uno scatto della testa, indicando Matt. «Un bacio tra te e il tuo ex cavaliere».

«Tu vuoi *cosa*?». Gli occhi di Matt si spalancarono e le parole gli uscirono fuori prima ancora che Elena potesse aprire bocca.

«Ti piacerebbe». La voce di Damon si era abbassata fino al suo tono più dolce e mellifluo. «Ti piacerebbe baciarla. E non c'è nessuno a impedirtelo».

«Damon». Matt si divincolò dalle braccia di Elena. Sembrava si fosse ripreso, se non completamente, almeno all'ottanta per cento, ma Elena poteva sentire che il suo cuore era sotto sforzo.

Elena si chiese per quanto tempo fosse rimasto disteso, fingendo di essere svenuto, per recuperare le forze.

«L'ultima cosa che ricordo è che hai cercato di uccidermi. Questo non ti colloca esattamente dalla parte dei buoni. Seconda cosa, le persone non vanno in giro a baciare le ragazze solo perché sono carine o perché il loro fidanzato non c'è».

«Ah, no?». Damon inarcò un sopracciglio per la sorpresa. «Io lo faccio».

Matt scosse la testa, sbalordito. Sembrava stesse cercando di imprimersi bene in mente un'idea. «Puoi spostare la tua auto, così ce ne andiamo?», disse.

A Elena sembrava di star guardando Matt da lontano; come se lui fosse in gabbia con una tigre e non ne fosse consapevole. La radura era diventata un posto bellissimo, selvaggio e pericoloso, e Matt non sapeva neanche questo. E per di più, pensò preoccupata, si sta *sforzando* di rialzarsi. *Dobbiamo* andarcene... e di corsa, prima che Damon gli faccia qualcos'altro.

Ma qual era la vera via d'uscita?

Qual era la reale intenzione di Damon?

«Potete andare», disse Damon, «non appena lei ti avrà baciato. Oppure puoi darle tu un bacio», concesse.

Lentamente, come se si fosse reso conto di quello che avrebbe significato, Matt guardò Elena e poi di nuovo Damon. Elena cercò di comunicare con lui silenziosamente, ma Matt non era nella disposizione adatta. Guardò Damon dritto in faccia e disse: «Assolutamente no».

Alzando le spalle, come per dire *Ho fatto tutto quello che potevo*, Damon sollevò il frondoso bastone di pino...

«No», gridò Elena. «Damon, lo farò».

Damon fece *il* sorriso e lo conservò per un istante, fino a che Elena distolse lo sguardo e si avvicinò a Matt. Il suo viso era ancora pallido, freddo. Elena poggiò la guancia su quella di lui e gli disse, quasi impercettibilmente, in un orecchio: «Matt, ho già avuto a che fare con Damon. E non puoi batterlo. Facciamo il suo gioco... per ora. Forse così potremo andarcene». E poi si forzò a dire: «Fallo per me... ti prego».

La verità era che ne sapeva abbastanza di maschi testardi. Ne sapeva abbastanza anche su come manipolarli. Odiava comportarsi in quel modo, ma in quel momento era troppo impegnata a escogitare un modo per salvare la vita a Matt, per pensare a quanto fosse poco etico fargli pressione.

Desiderava che ci fosse Meredith o Bonnie al posto di Matt. Non che volesse far provare dolore a un'altra persona, ma Meredith avrebbe escogitato un piano C e un piano D anche se Elena avesse pensato a quello A e B. E Bonnie avrebbe già rivolto a Damon gli occhi pieni di lacrime, quegli occhi scuri da far sciogliere il cuore...

A un tratto Elena pensò al guizzo rosso che aveva visto sotto i Ray-Ban, e cambiò idea. Non era sicura di volere Bonnie nei paraggi di Damon in quel momento.

Di tutti i ragazzi che aveva conosciuto, Damon era stato l'unico che Elena non fosse riuscita a fiaccare.

Oh, Matt era cocciuto e Stefan a volte riusciva a essere impossibile.

Ma entrambi avevano, da qualche parte dentro di loro, un bottone colorato con su scritto SPINGIMI, e bastava armeggiare solo un po' con il meccanismo – ok, a volte ci voleva un po' più di tempo – e alla fine anche il più impegnativo dei maschi poteva essere dominato.

Tranne uno.

«Va bene, bimbi, la pausa è finita».

Elena sentì che Matt le veniva strappato dalle braccia e tirato su... non sapeva da cosa, fatto sta che era in piedi. Qualcosa lo teneva diritto e lei sapeva che non si trattava dei suoi muscoli.

«Allora, dove eravamo?». Damon camminava su e giù, con il ramo di pino della Virginia nella mano destra, con il quale si dava dei colpetti sul palmo della sinistra. «Oh, *giusto*», come se avesse fatto una grande scoperta, «la ragazza e il cavaliere coraggioso stanno per baciarsi».

Intanto, nella stanza di Stefan, Bonnie disse: «Per l'ultima volta, Meredith, hai trovato un file di backup del messaggio di Stefan oppure no?»

«No», disse Meredith con voce piatta. Ma proprio quando Bonnie stava per accasciarsi di nuovo, Meredith disse: «Ho trovato un messaggio completamente diverso. Una lettera, in realtà».

«Un messaggio *diverso*? Cosa dice?»

«Riesci a stare in piedi? Perché credo che faresti meglio a dare un'occhiata a questo».

Bonnie, che aveva appena ripreso fiato, cercò di trascinarsi davanti al computer.

Lesse il documento sullo schermo... perfetto, tranne per quelle che sembravano essere le ultime parole, e rimase senza fiato.

«Damon ha fatto qualcosa a Stefan!», disse, e si sentì il cuore precipitare, seguìto da tutti gli altri organi. Dunque Elena si era sbagliata. Damon *era* malvagio fino in fondo. In quel momento, Stefan poteva perfino essere...

«Morto», disse Meredith. La sua mente ovviamente seguiva lo stesso percorso intrapreso da quella di Bonnie. Sollevò gli occhi scuri verso l'amica. Quest'ultima sapeva che i propri occhi erano bagnati. «Quanto tempo è passato», chiese Meredith, «da quando hai chiamato Elena o Matt?»

«Non lo so; non so che ora è. Ma ho chiamato due volte dopo che siamo andate via da casa di Caroline e una dopo casa di Isobel; e quando ci ho provato, mi è arrivato un messaggio di casella piena oppure non sono neanche riuscita a stabilire la comunicazione».

«Mi è successa la stessa cosa. Se si sono avvicinati all'Old Wood... be', sai cosa succede alla ricezione del telefono».

«E adesso, anche se escono dal bosco, non possiamo lasciar loro un messaggio perché gli abbiamo intasato la casella vocale...».

«E-mail», disse Meredith. «Cara vecchia e-mail; possiamo usarla per mandare un messaggio a Elena».

«Sì!». Bonnie diede pugni nell'aria. Poi si scoraggiò. Esitò per un istante e infine quasi sussurrò: «No». Le parole del vero messaggio di Stefan continuavano a riecheggiarle nella mente: *Mi fido dell'istinto di protezione che Matt ha nei tuoi confronti, del giudizio di Meredith e dell'intuito di Bonnie. Di' loro di ricordarlo.*

«Non puoi dirle quello che ha fatto Damon», disse, nonostante Meredith, assorta, stesse già battendo il testo sulla tastiera. «Probabilmente lo sa già... e se non è così, questo peggiorerà le cose. Lei è con Damon».

«Te l'ha detto Matt?»

«No. Ma Matt era fuori di sé per il dolore».

«Non potrebbero essere stati quegli... insetti?». Meredith si guardò la caviglia, dove erano ancora visibili i segni rossi sulla liscia pelle olivastra.

«Potrebbe essere, ma non è così. Non sembravano nemmeno gli alberi. Era... dolore puro. E non so, non con sicurezza, come faccio a sapere che sia opera di Damon. Lo so e basta».

Vide gli occhi di Meredith vagare e capì che stava pensando anche alle parole di Stefan. «Be', la mia capacità di giudizio mi dice di fidarmi di te», disse. «A proposito, Stefan scrive *judgment*, "giudizio", all'americana», aggiunse. «Damon, invece, lo scrive con la *e*. Forse è questo che non quadrava a Matt».

«Come se Stefan avesse davvero potuto lasciare Elena con tutto quello che sta succedendo», disse Bonnie, indignata.

«Be', Damon ci ha fregati tutti facendocelo credere», fece notare Meredith. Lei era solita far notare questo tipo di cose.

Bonnie sussultò all'improvviso. «Ma... e se ha rubato il denaro?»

«Ne dubito, ma controlliamo». Meredith tirò via la sedia a dondolo, dicendo: «Prendimi una gruccia».

Bonnie ne prese una dall'armadio e ne approfittò per prendersi anche una maglia di Elena, da indossare al posto della sua. Era troppo grande, essendo una di quelle che Meredith aveva dato a Elena, ma almeno era calda.

Meredith stava usando la punta ricurva della gruccia su tutti i lati dell'asse del pavimento che sembrava più instabile. Era quasi riuscita a sollevarla, quando si sentì bussare alla porta. Sussultarono entrambe.

«Sono solo io», disse la voce della signora Flowers da dietro una grossa sacca di lana e un vassoio pieno di bende, tazze, panini e pezzuole di mussola dall'odore penetrante, simili a quelle che aveva usato sul braccio di Matt.

Bonnie e Meredith si scambiarono uno sguardo e poi Meredith disse: «Entri e lasci che l'aiutiamo». Bonnie stava già prendendo il vassoio e la signora Flowers lasciò cadere la sacca sul pavimento. Meredith continuò a forzare l'asse.

«Cibo!», disse Bonnie con gratitudine.

«Sì, panini al tacchino e pomodoro. Servitevi. Mi spiace per averci messo tanto, ma ci vuole tempo per i cataplasmi», disse la signora Flowers. «Ricordo che, tanto tempo fa, mio fratello minore diceva sempre... oh, bontà divina!». Stava fissando il punto in cui era prima l'asse. Una cavità di grosse dimensioni piena di centinaia di banconote, ordinatamente divise in pacchetti con intorno ancora la fascetta della banca.

«Wow», disse Bonnie. «Non ho mai visto tanti soldi!».

«Sì». La signora Flowers si girò e cominciò a distribuire tazze di cioccolata e panini. Bonnie ne addentò avidamente uno. «La gente era solita mettere le cose dietro un mattone allentato del caminetto. Ma vedo che il giovanotto aveva bisogno di più spazio».

«Grazie per la cioccolata e i panini», disse Meredith, dopo averli divorati in pochi minuti lavorando contemporaneamente al computer. «Ma se vuole occuparsi dei nostri graffi e cose del genere... be', temo che non possiamo aspettare».

«Oh, suvvia». La signora Flowers prese una piccola compressa che a Bonnie sembrava odorare di tè e la premette sul naso di Meredith. «Questa farà passare il gonfiore in pochi minuti. E tu, Bonnie... trova quella che è per il bernoccolo che hai sulla fronte».

Ancora una volta gli sguardi di Meredith e Bonnie si incrociarono. Bonnie disse: «Be', se ci vogliono solo pochi minuti... e comunque non so quello che faremo dopo». Guardò i cataplasmi e ne scelse uno tondo, che profumava di fiori e muschio, da mettersi sulla fronte.

«Esatto», disse la signora Flowers senza girarsi per guardare.

«E, naturalmente, quella lunga e sottile è per la caviglia di Meredith».

Meredith finì di bere la cioccolata e poi si abbassò per toccarsi cautamente uno dei segni rossi. «È a posto...», cominciò, ma la signora Flowers la interruppe.

«Quella caviglia ti servirà in buono stato quando usciremo».

«Quando usciremo?», la fissò Meredith.

«Per andare all'Old Wood», chiarì la signora Flowers, «e cercare i vostri amici».

Meredith sembrò inorridire. «Se Elena e Matt sono nell'Old Wood, allora sono d'accordo: *noi* dobbiamo andare a cercarli. Ma *lei* non può venire, signora Flowers! E, a ogni modo, non sappiamo dove siano».

La signora Flowers bevve dalla tazza di cioccolata che aveva in mano, guardando pensierosa l'unica finestra che non era chiusa. Per un momento Meredith pensò che non avesse sentito o che non volesse rispondere. Poi disse, lentamente: «Oserei dire che voi pensate che io sia solo una vecchia pazza che non è mai in giro quando c'è odore di guai».

«Non penseremmo mai una cosa del genere», disse Bonnie lealmente, pur rendendosi conto che, sul conto della signora Flowers, avevano scoperto molto più negli ultimi due giorni che nei nove mesi in cui Stefan era vissuto lì. Prima, tutto quello che aveva sentito erano storie strane e dicerie sulla vecchia pazza della pensione. Le aveva ascoltate sin da quando era piccola.

La signora Flowers sorrise. «Non è facile avere il Potere e non essere mai creduti quando lo si usa. E poi, ho vissuto così a lungo... e alla gente questo non piace. La preoccupa. Comincia a inventarsi strane storie, pettegolezzi...».

Gli occhi di Bonnie vagarono per la stanza. La signora Flowers sorrise di nuovo e annuì dolcemente. «È stato un vero piacere avere in casa un giovanotto educato», disse, prendendo il lungo cataplasma dal vassoio e avvolgendolo attorno alla caviglia di

Meredith. «Naturalmente, ho dovuto superare i miei pregiudizi. La cara *Mamà* diceva sempre che se avessi tenuto la casa, avrei dovuto prendere dei pensionanti e assicurarmi di non prendere dei forestieri. E poi, naturalmente, il giovanotto è anche un vampiro...».

Bonnie quasi spruzzò cioccolata per tutta la stanza. Si sentì soffocare e fu presa da un attacco di tosse. Meredith aveva la sua tipica espressione imperturbabile.

«...ma dopo un po', ho imparato a conoscerlo meglio e a capire i suoi problemi», continuò la signora Flowers, ignorando l'attacco di tosse di Bonnie. «E adesso, anche la ragazza bionda... poverina. Spesso parlo con *Mamà*», sempre con l'accento sulla seconda sillaba, «di queste cose».

«Quanti anni ha sua madre?», chiese Meredith. Il suo tono era di cortese curiosità, ma agli occhi esperti di Bonnie quella dell'amica era un'espressione di interesse leggermente morbosa.

«Oh, è morta all'inizio del secolo».

Ci fu una pausa, e poi Meredith si riebbe.

«Mi dispiace molto», disse. «Deve aver vissuto una lunga...».

«Avrei dovuto dire l'inizio del secolo *scorso*. È stato nel 1901».

Stavolta fu Meredith quella a rimanere senza fiato. Ma fu più silenziosa di Bonnie.

Lo sguardo gentile della signora Flowers si era posato nuovamente su di loro. «Ero una medium ai miei tempi. Nei vaudeville, sapete. Era così difficile andare in trance di fronte a una stanza piena di gente. Ma, sì, sono davvero una Strega Bianca. Possiedo il Potere. E adesso, se avete finito la vostra cioccolata, penso sia tempo di andare all'Old Wood per cercare i vostri amici. Anche se è estate, mie care, fareste meglio a mettervi qualcosa di più pesante addosso», aggiunse. «Io l'ho fatto».

4

Un bacetto sulle labbra avrebbe soddisfatto Damon, pensò Elena. D'altra parte, Matt avrebbe avuto bisogno di essere veramente sedotto per arrendersi. Fortunatamente Elena aveva infranto il codice di Matt Honeycutt molto tempo prima. E aveva in mente di usare, senza alcun rimorso, quello che aveva imparato sul corpo indebolito e sensibile dell'amico.

Ma Matt riusciva a essere fin troppo cocciuto per il proprio bene. Permise a Elena di poggiare le morbide labbra sulle sue, le permise di mettergli un braccio attorno alla vita. Ma quando Elena cercò di fare alcune delle cose che a lui piacevano di più... come far scorrere le sue unghie lungo la schiena, o sfiorargli con la punta della lingua le labbra chiuse... lui chiuse la bocca di scatto. Non avrebbe ricambiato l'abbraccio.

Elena allentò la stretta e sospirò. Poi avvertì una sensazione strisciante tra le scapole, come se si sentisse osservata, ma cento volte più forte. Guardò indietro per vedere Damon, a una certa distanza, con il suo bastone di pino della Virginia, ma non riuscì a trovare nulla di insolito. Si girò ancora una volta... e dovette mordersi la mano per non gridare.

Damon era *lì*, proprio dietro di lei; talmente vicino che non potevano esserci più di due dita tra i loro corpi. Non capiva perché il suo braccio non l'avesse colpito. Voltandosi, era rimasta praticamente intrappolata tra i due corpi maschili.

Ma come era riuscito a farlo? Non c'era stato il tempo per coprire la distanza tra dove si trovava e i pochi centimetri che lo separavano, nei pochi secondi in cui Elena aveva distolto lo sguardo. Né c'era stato alcun suono quando lui aveva calpestato gli aghi di pino per avvicinarsi a Elena; come la Ferrari, era semplicemente... lì.

La ragazza inghiottì l'urlo che disperatamente cercava di uscirle dai polmoni e cercò di respirare. Il suo corpo si era irrigidito dalla paura. Matt tremava debolmente dietro di lei. Damon si era chinato e tutto quello che lei poté sentire fu la dolcezza della resina di pino.

C'è qualcosa di sbagliato in lui. Qualcosa di sbagliato.

«Sai una cosa», disse Damon, chinandosi ancora di più, tanto che Elena dovette piegarsi all'indietro contro Matt; eppure, anche così piegata sul corpo tremante di Matt, si ritrovava a guardare dritto nei Ray-Ban che erano a soli cinque centimetri da lei. «Per questo ti meriti una D meno».

Adesso anche Elena, come Matt, stava tremando. Ma doveva controllarsi, doveva affrontare questa aggressione a viso duro. Più lei e Matt rimanevano passivi, più Damon aveva tempo per pensare.

La mente di Elena era in pieno fermento. Forse non sta leggendo le nostre menti, pensò, ma è sicuramente in grado di sapere se stiamo dicendo la verità o mentendo. È una cosa normale per un vampiro che beve sangue umano. Come facciamo a capirlo? Come dobbiamo agire?

«Quello era un bacio di saluto», disse, spavalda, Elena. «Serve a riconoscere la persona che incontri, così la conoscerai per sempre. Anche... anche i cani della prateria lo fanno. Adesso... per favore... potremmo muoverci solo un pochino, Damon? Sto per essere stritolata».

E questa è una posizione un po' troppo provocante, pensò. Per chiunque vi sia coinvolto.

«Un'altra possibilità», disse Damon, e questa volta non sorrise. «Voglio vedere un bacio – un bacio vero – tra di voi. Altrimenti...».

Elena si girò nello spazio ristretto. I suoi occhi cercarono quelli di Matt. Dopo tutto, erano stati insieme per un bel po' l'anno prima. Elena vide lo sguardo in quegli occhi azzurri: lui *voleva* baciarla, tanto quanto poteva volere qualsiasi cosa dopo quella sofferenza. E si era reso conto che lei aveva dovuto fare tutta quella scena per salvarlo da Damon.

In qualche modo ne usciremo, gli aveva detto Elena con il pensiero. Ora vuoi collaborare? Alcuni ragazzi non avevano pulsanti nella zona delle sensazioni egoistiche del loro cervello. Altri, come Matt, avevano dei pulsanti con su scritto ONORE o SENSO DI COLPA.

Matt rimase fermo mentre lei gli prendeva il viso tra le mani, attirandolo a sé e alzandosi sulla punta dei piedi per baciarlo. Elena pensò al loro primo bacio vero, nella macchina di lui, mentre tornavano a casa dopo un ballo. Lui era spaventatissimo, le mani sudate, tremava tutto. Lei era stata calma, esperta, dolce.

E così era adesso, mentre usava la punta calda della lingua per far sciogliere le labbra di lui. E nel caso Damon stesse spiando i suoi pensieri, li concentrò esclusivamente su Matt, sui suoi sguardi luminosi, sulla sua confortante amicizia e sulla cavalleria e cortesia che le aveva sempre dimostrato, anche dopo che lo aveva lasciato. Non si era accorta che le sue braccia le avevano circondato le spalle, né di quando lui aveva preso il controllo del bacio, come una persona che sta morendo di sete e che finalmente ha trovato l'acqua. Poteva vederlo con chiarezza nella sua mente: Matt non aveva mai pensato di poter baciare un'altra volta in quel modo Elena Gilbert.

Elena non sapeva quanto fosse durato. Alla fine sciolse Matt dall'abbraccio e indietreggiò.

E poi si accorse di una cosa. Non era un caso che Damon sembrasse un regista. Teneva in mano una piccola videocamera, guardando nel mirino. Aveva filmato tutto.

Ed Elena era chiaramente visibile. Non aveva idea di cosa fosse successo al cappellino da baseball e agli occhiali scuri. Aveva i capelli arruffati e respirava affannosamente. Il sangue le era salito a fior di pelle. Matt non sembrava molto più calmo di lei.

Damon alzò lo sguardo dal mirino.

«Cosa te ne farai di questo?», ringhiò Matt con un tono totalmente diverso dal solito. Il bacio gli aveva fatto effetto, pensò Elena. Molto più che a lei.

Damon prese nuovamente il suo ramo e nuovamente agitò le foglie come un ventaglio giapponese. Un aroma di pino si diffuse attorno a Elena. Sembrava pensieroso, come se stesse considerando l'idea di chiedere una nuova ripresa, ma poi cambiò idea, rivolse loro un sorriso brillante e si infilò la videocamera in tasca.

«Tutto quello che vi serve sapere è che è stata una ripresa perfetta».

«Allora ce ne andiamo». Il bacio sembrava aver dato a Matt nuova forza, anche se serviva a dire le cose sbagliate. «Subito».

«Oh, no. Ma mantieni questo atteggiamento dominante, aggressivo. Mentre le togli la camicia».

«*Cosa?*».

Damon ripeté le parole con il tono di un regista che impartisce delle istruzioni complicate a un attore.

«Sbottonale la camicia, per favore, e sfilagliela».

«Tu sei *pazzo*». Matt si girò e guardò Elena, scioccato nel vedere l'espressione sul viso di lei, solcato da un'unica lacrima non nascosta.

«Elena...».

Si spostò, e anche lei. Non riusciva a far sì che lo guardasse in faccia. Alla fine, Elena si fermò, con gli occhi bassi e gonfi di lacrime. Matt poteva sentire il calore che si sprigionava dalle sue guance.

«Elena, combattiamolo. Non ricordi come hai lottato contro ciò che di cattivo c'era nella stanza di Stefan?»

«Ma questo è peggio, Matt. Non ho mai provato niente di così brutto prima. Di così forte. Mi... sta schiacciando».

«*Stai forse dicendo che dovremmo arrenderci...?*». Questo fu ciò che Matt *disse*, e sembrò sul punto di sentirsi male. Quello che dissero invece i suoi occhi azzurro chiaro fu più semplice. Dicevano: *No. Neanche se mi uccide per essermi rifiutato.*

«Voglio dire...». Elena si girò improvvisamente verso Damon. «Lascialo andare», disse. «È una cosa tra me e te. Sistemiamola tra noi». Era dannatamente determinata a salvare Matt, anche se lui non voleva essere salvato.

Farò ciò che vuoi, trasmise a Damon più forte che poteva, sperando che lui potesse coglierne almeno in parte le sue intenzioni. Dopo tutto, lui l'aveva già morsa contro la sua volontà... almeno all'inizio. Avrebbe potuto sopravvivere a questo se lui l'avesse fatto di nuovo.

«Sì, farai *tutto* ciò che voglio», disse Damon, dimostrando di saper leggere i suoi pensieri ancora più chiaramente di quanto avesse immaginato. «Ma la domanda è: dopo quanto?». Non disse a cosa si riferiva con quel "quanto". Non era tenuto a farlo. «Ora, so di averti appena dato un ordine», aggiunse, girandosi a metà verso Matt, ma con gli occhi ancora fissi su Elena, «perché posso vederti raffigurarlo nella tua mente. Ma...».

Elena vide lo sguardo negli occhi di Matt, poi le sue guance in fiamme, e seppe, cercando subito di nascondere questo pensiero a Damon, quello che stava per fare.

Stava per suicidarsi.

«Se non possiamo convincerla, allora va bene», disse Meredith alla signora Flowers. «Ma... ci sono cose là fuori...».

«Sì, cara, lo so. E il sole sta calando. È un brutto momento per stare fuori. Ma come ha sempre detto mia madre, due streghe sono meglio di una». Rivolse a Bonnie un vago sorriso. «E, come voi gentilmente non avete detto prima, io sono molto vecchia.

Che diamine, riesco a ricordarmi quando ancora non erano state inventate le automobili e gli aerei. Forse ho delle conoscenze che potrebbero esservi utili per cercare i vostri amici... ma, d'altra parte, sono di troppo».

«Non lo è di certo», disse con convinzione Bonnie. Stavano usando il guardaroba di Elena adesso, e si infilavano uno sull'altro i suoi abiti. Meredith aveva preso la sacca con i vestiti di Stefan e l'aveva rovesciata sul letto del ragazzo, ma dopo aver raccolto una maglia, l'aveva lasciata cadere nuovamente.

«Bonnie, forse potresti prendere qualcosa di Stefan con te quando andiamo», disse. «Vedi se riesci a ricavarne qualche sensazione. E, forse anche lei, signora Flowers...», aggiunse. Bonnie capì. Una cosa era lasciare che qualcuno si definisse una strega; diverso era, invece, definire qualcuno di gran lunga il proprio superiore.

L'ultimo strato dell'abbigliamento di Bonnie fu una delle maglie di Stefan, mentre la signora Flowers si infilò in tasca una delle sue calze.

«Ma non esco dalla porta principale», disse categoricamente Bonnie. Non poteva neanche sopportare di immaginare quello che c'era là fuori.

«Va bene, allora usciamo dal retro», disse Meredith, spegnendo la lampada di Stefan. «Andiamo».

Erano sul punto di uscire dalla porta sul retro, quando suonò il campanello.

Tutte e tre si scambiarono uno sguardo. Poi Meredith si girò: «Potrebbero essere loro!». Si affrettò a tornare verso l'ingresso principale della casa immerso nella penombra. Bonnie e la signora Flowers la seguirono più lentamente.

Bonnie chiuse gli occhi quando sentì la porta che si apriva. Non essendoci alcuna immediata esclamazione, li aprì leggermente.

Non c'era segno che qualcosa di insolito fosse accaduto fuori dalla porta. Nessun corpo di insetto spiaccicato... né insetti morti o morenti sulla veranda.

Bonnie sentì la peluria drizzarsi sulla sua nuca. Non che volesse vedere i *malach*. Ma voleva sapere che fine avessero fatto. Automaticamente, si portò una mano ai capelli, per verificare se un viticcio fosse rimasto attaccato. Niente.

«Sto cercando Matt Honeycutt». La voce penetrò tra i pensieri di Bonnie come un coltello caldo nel burro, e i suoi occhi si spalancarono del tutto.

Sì, era lo sceriffo Rich "Burger di alce" Mossberg in tutta la sua imponenza, dagli stivali lucidi al colletto inamidato. Bonnie aprì la bocca, ma Meredith parlò per prima.

«Questa non è casa di Matt», disse, con un tono tranquillo e la voce calma.

«In effetti sono già stato a casa degli Honeycutt. E dai Sulez e dai McCullough. Ovunque mi hanno suggerito che, se Matt non era in nessuno di quei posti, allora poteva essere quaggiù con voi».

Bonnie avrebbe voluto prenderlo a calci negli stinchi. «Matt non si è messo a rubare i segnali di stop! Non farebbe mai e poi *mai* una cosa del genere. E volesse il cielo che sapessi dov'è, ma non lo so. Nessuna di noi lo sa!». Tacque, con la sensazione di aver detto troppo.

«E i vostri nomi sono?».

Ci pensò la signora Flowers. «Queste sono Bonnie McCullough e Meredith Sulez. Io sono la signora Flowers, la proprietaria di questa pensione, e credo di poter confermare le osservazioni di Bonnie riguardo i segnali...».

«In realtà si tratta di qualcosa di più serio di alcuni segnali stradali mancanti, signora. Matt Honeycutt è sospettato di aver aggredito una giovane donna. Ci sono considerevoli prove fisiche a sostegno del suo racconto. E lei afferma che si conoscono sin dall'infanzia, per cui non può esserci un errore di identità».

Ci fu un attimo di sbalordito silenzio, dopo di che Bonnie quasi urlò: «Lei? Lei *chi*?»

«La denuncia è stata fatta dalla signorina Caroline Forbes. E, anzi, se a qualcuna di voi tre dovesse *capitare* di vedere il signor Honeycutt, suggerirei di avvertirlo di presentarsi spontaneamente. Prima di essere preso in custodia con la forza». Fece un passo verso di loro come per minacciarle che sarebbe entrato, ma la signora Flowers, senza dire nulla, gli sbarrò la strada.

«*In realtà*», disse Meredith, riacquistando il suo contegno, «sono certa che lei si renda conto che è necessario un mandato per entrare in questi locali. Ne ha uno?».

Lo sceriffo Mossberg non rispose. Si girò bruscamente, percorse il vialetto fino all'auto e scomparve.

5

Matt si scagliò contro Damon con una velocità che chiaramente dimostrava le doti che gli avevano fatto meritare una borsa di studio per il football. Dalla completa immobilità, si trasformò in un oggetto indistinto in movimento, con l'intenzione di placcare Damon per buttarlo a terra.

«Corri», urlò nello stesso istante. «*Corri!*».

Elena rimase ferma, cercando di escogitare un piano A dopo quel disastro. Era stata costretta ad assistere all'umiliazione di Stefan per mano di Damon, alla pensione, ma non pensava di poter sopportare la vista di quello che sarebbe accaduto di lì a poco.

Ma quando guardò di nuovo, Matt era a circa una dozzina di metri da Damon, pallido e torvo, ma vivo e in piedi. Si stava preparando a caricare di nuovo.

Ed Elena... non riusciva a correre. Sapeva che probabilmente sarebbe stata la cosa migliore... Damon avrebbe potuto punire Matt, ma solo per poco, perché la sua attenzione sarebbe stata tutta rivolta a darle la caccia.

Ma non poteva esserne sicura. E non poteva essere sicura che la punizione non avrebbe ucciso Matt, o che lui sarebbe stato in grado di fuggire prima che Damon la trovasse e avesse di nuovo il tempo per pensare al ragazzo.

No, non con *questo* Damon, spietato e senza rimorso com'era.

Doveva esserci un modo... Elena poteva quasi sentire gli ingranaggi del suo cervello al lavoro.

E poi lo vide.

No, non quello...

Ma cos'altro le rimaneva da fare?

Matt stava ancora andando all'attacco di Damon, e questa volta, quando gli si stava avventando contro, leggero, inarrestabile e veloce come un serpente, Elena vide ciò che fece Damon. All'ultimo momento mosse un passo di lato, proprio mentre Matt stava per andargli a sbattere contro con una spalla. Per la grande velocità, Matt continuò a correre, ma Damon si girò e gli fu nuovamente di fronte. Poi raccolse il suo dannato ramo di pino. Era spezzato all'estremità che Matt aveva calpestato.

Damon guardò corrucciato il bastone, poi alzando le spalle lo sollevò... e sia lui che Matt si immobilizzarono. Era arrivato qualcosa, trasportato dal vento, e si era posato sul terreno in mezzo a loro. Giaceva lì a terra, increspato dalla brezza: era una maglietta marrone e blu scuro.

Entrambi i ragazzi si voltarono lentamente verso Elena, che indossava una sottoveste di pizzo bianco. Tremava leggermente e si era stretta le braccia attorno al corpo. Faceva insolitamente freddo per quell'ora della sera.

Molto lentamente, Damon abbassò il ramo di pino.

«Salvato dalla tua *innamorata*[1]», disse a Matt.

«So cosa significa quella parola e non è vero», disse Matt. «È mia amica, non la mia ragazza».

Damon sorrise freddamente. Elena sentiva i suoi occhi sulle proprie braccia nude. «Così... avanti con il prossimo passo», disse.

Elena non era sorpresa. Disperata, ma non sorpresa. Né fu sorpresa di vedere, quando Damon fece scorrere lo sguardo da lei verso Matt e viceversa, un guizzo di rosso. Sembrava fosse riflesso dall'interno dei suoi occhiali da sole.

«Adesso», disse a Elena, «credo che ti metteremo là, su quella roccia, diciamo semidistesa. Ma prima... un altro bacio». Guardò di nuovo Matt. «Avanti con il programma, Matt; stai perdendo

[1] In italiano nel testo (*n.d.t.*).

tempo. Prima potresti baciarle i capelli, poi le sposti la testa all'indietro e le baci il collo, mentre lei ti mette le braccia attorno alle spalle...».

Matt, pensò Elena. Damon aveva detto *Matt*. Era venuto fuori così facilmente, così innocentemente. All'improvviso il suo cervello, e il suo corpo, sembrarono vibrare come al ritmo di un'unica nota, le sembrò di essere immersa in una vasca d'acqua ghiacciata. E quello che la nota diceva non era scioccante, perché si trattava di qualcosa che in qualche modo, a livello subliminale, già sapeva...

Questo non è Damon.

Quella non era la persona che conosceva da... davvero erano solo nove o dieci mesi? Lo aveva visto sin da quando era umana, e gli aveva resistito e lo aveva desiderato in egual misura... e lui sembrava amarla di più quando lei gli resisteva.

Lo aveva visto quando era diventata un vampiro ed era stata completamente attratta da lui, e lui si era preso cura di lei come se fosse una bambina.

Lo aveva visto quando era uno spirito, e dall'aldilà aveva imparato tantissime cose.

Era un donnaiolo, riusciva a essere insensibile, passava nelle vite delle sue vittime come una chimera, come un catalizzatore, cambiando gli altri e rimanendo immutevole e immutato. Ingannava gli umani, li confondeva, li usava... lasciandoli disorientati, poiché aveva il fascino del diavolo.

Ma mai una volta lo aveva visto venir meno alla parola data. Elena aveva la remota sensazione che quella non fosse una sua decisione, ma che fosse così tanto una parte di Damon, talmente radicata nel suo subconscio, da non poter fare niente per cambiarla. Non era capace di venir meno alla parola data. Sarebbe morto di fame piuttosto.

Damon stava ancora parlando con Matt, dandogli ordini: «...e poi toglile...».

Cosa ne era della sua promessa di farle da guardia del corpo, di proteggerla?

Ora stava rivolgendosi a lei: «Sai, quindi, quando gettare la testa all'indietro? Dopo che lui...».

«*Chi sei?*»

«Cosa?»

«Mi hai sentita. *Chi sei?* Se veramente tu avessi visto Stefan andarsene e gli avessi promesso di prenderti cura di me, non sarebbe accaduto nulla di tutto ciò. Oh, forse avresti potuto affrontare Matt, ma non davanti a me. Tu non... Damon non è stupido. Sa cosa significa essere una guardia del corpo. Sa che guardare Matt che sta male fa stare male anche me. Tu non sei Damon. Chi... sei?».

La forza e la velocità fulminea di Matt non erano servite a niente. Forse avrebbe funzionato un approccio diverso. Mentre parlava, Elena si era avvicinata molto lentamente alla faccia di Damon. A quel punto, con un unico gesto, gli strappò via gli occhiali da sole.

Occhi rossi come sangue appena versato le scintillarono davanti.

«*Cosa hai fatto?*», sussurrò. «Cosa hai fatto a Damon?».

Matt era fuori dalla portata della sua voce ma si era avvicinato un poco alla volta, cercando di attirare la sua attenzione. Elena desiderava ardentemente che Matt pensasse a scappare via. E invece era solo un altro modo perché quella creatura potesse ricattarla.

Senza dare l'impressione di muoversi troppo velocemente, la creatura-Damon si abbassò e le sfilò gli occhiali dalle mani. Fu troppo veloce perché lei potesse opporsi.

Poi le strinse il polso facendole male.

«Sarebbe molto più semplice per entrambi se tu collaborassi», disse con disinvoltura. «Non sembra che tu ti renda conto di cosa potrebbe succedere se mi fate arrabbiare».

La stretta l'aveva obbligata ad abbassarsi, a inginocchiarsi. Elena decise che non glielo avrebbe permesso. Ma, sfortunatamente, il suo corpo non volle collaborare; le inviò messaggi urgenti di dolore, di agonia, di ardente, devastante agonia. Aveva pensato di poterlo ignorare, di poter sopportare che lui le spezzasse il polso. Si sbagliava. A un certo punto qualcosa nel suo cervello si oscurò totalmente, e seppe di trovarsi in ginocchio con un polso che sembrava tre volte più grande del normale e le doleva terribilmente.

«Debolezza umana», disse, sprezzante, Damon. «Mi infastidisce sempre... d'ora in poi farai meglio a non disobbedirmi».

Non Damon, pensò Elena, così impetuosamente che fu sorpresa che l'impostore non l'avesse sentita.

«Bene», continuò la voce di Damon allegramente, come se le avesse semplicemente dato un suggerimento. «Tu vai a sederti su quella roccia, e piegati all'indietro e Matt, tu vai laggiù, di fronte a lei». Il tono era fermo e gentile, ma Matt lo ignorò e andò accanto a lei, guardando i segni sui polsi di Elena come se non credesse ai propri occhi.

«Matt si alza, Elena si siede, o il contrario. Divertitevi, bimbi». Damon aveva tirato di nuovo fuori la videocamera.

Matt consultò Elena con uno sguardo. Lei guardò l'impostore e disse, sillabando con chiarezza: «Va' all'inferno, chiunque tu sia».

«Già fatto, e ho comprato lo zolfo», snocciolò il non-Damon. Rivolse a Matt un sorriso che era al tempo stesso luminoso e terrificante. Poi scrollò il ramo di pino.

Matt lo ignorò. Aspettò, stoico, che il dolore lo colpisse.

Elena si rialzò faticosamente per stargli accanto. Fianco a fianco, potevano resistere a Damon.

Che sembrò per un momento aver perso la ragione.

«Cercate di fingere che non avete paura di me. Ma ne avrete. Se aveste un briciolo di cervello, ne avreste ora».

Con fare aggressivo, fece un passo verso Elena. «*Perché non hai paura di me?*»

«Chiunque tu sia, sei solo un bullo troppo cresciuto. Hai fatto del male a Matt. Ne hai fatto a me. Sono certa che potresti ucciderci. Ma a noi i prepotenti non fanno paura».

«Avrete paura». Ora la voce di Damon era diventata un sussurro minaccioso. «Aspettate e vedrete».

Proprio mentre qualcosa risuonava nelle orecchie di Elena, dicendole di prestare ascolto a quelle ultime parole, per fare un collegamento... il dolore colpì.

Cadde in ginocchio per la sofferenza. Ma non solo: cercava di raggomitolarsi su se stessa per sopportare l'agonia. Ogni pensiero razionale le fu spazzato via dalla mente. Percepiva Matt accanto a lei; il ragazzo cercava di sorreggerla, ma lei non era in grado di comunicare come non lo era di volare. Tremando, cadde su un fianco, come se stesse avendo un attacco di convulsioni. Il suo intero universo era fatto di dolore e udiva le voci come se provenissero da molto lontano.

«*Basta!*», urlava affannoso Matt. «*Smettila! Sei pazzo? È Elena*, per l'amore di Dio! Hai intenzione di *ucciderla?*».

Il non-Damon lo avvertì gentilmente: «Io non lo farei di nuovo». Ma l'unico suono che Matt emise fu un urlo di rabbia primordiale.

«Caroline!». Bonnie era in preda all'ira, camminando su e giù nella stanza di Stefan mentre Meredith era impegnata al computer. «Come *osa*?»

«Non osa attaccare direttamente Stefan o Elena... c'è il giuramento», disse Meredith, «perciò ha escogitato questo per colpire tutti noi».

«Ma Matt...».

«Oh, Matt era a portata di mano», disse, torva, Meredith. «E sfortunatamente c'è il problema delle prove fisiche su entrambi».

«Cosa vuoi dire? Matt non...».

«I graffi, mia cara», si intromise la signora Flowers, con un'espressione triste. «Di quel vostro insetto dai denti affilati. Il cataplasma che vi ho applicato li ha guariti e adesso sembreranno graffi fatti dalle unghie di una ragazza. E il segno che ha sul collo...», la signora Flowers tossì delicatamente, «sembra quello che ai miei tempi veniva detto "morso d'amore". Forse il segno che un convegno amoroso è finito con la forza... Non che il tuo amico farebbe mai una cosa del genere».

«E ricordi che aspetto aveva Caroline quando l'abbiamo vista, Bonnie?», disse asciutta Meredith. «Non il modo in cui strisciava, scommetto qualsiasi cosa che adesso cammina più che bene. Intendo la sua faccia. Le stava venendo un occhio nero e una guancia gonfia. Perfetto con la sequenza dei tempi».

Bonnie si sentì come se tutti gli altri fossero avanti a lei di due passi. «*Quale* sequenza dei tempi?»

«La notte in cui l'insetto ha attaccato Matt. È stato la mattina successiva che lo sceriffo ha chiamato e ha parlato con lui. Matt ha ammesso che sua madre non l'aveva visto per tutta la notte, e il tizio della Vigilanza di Quartiere ha visto Matt guidare fino a casa sua e, praticamente, svenire».

«Ma è stato per il veleno dell'insetto. Aveva appena lottato con il *malach*!».

«Questo lo sappiamo noi. Ma diranno che era appena tornato dopo aver aggredito Caroline. La madre di Caroline sarà a malapena in grado di testimoniare... hai visto in che stato era. Perciò chi lo dice che Matt non era da Caroline? Soprattutto se stava progettando un'aggressione».

«Noi! Noi possiamo garantire per lui...». Bonnie si interruppe all'improvviso. «No, immagino che quello che si crede sia successo, risalga a dopo che Matt è andato via. Ma, no, è tutto sbagliato!». Riprese a camminare su e giù. «Ho visto da vicino uno di quegli insetti ed era identico alla descrizione di Matt...».

«E adesso cosa ne è rimasto? Niente. E poi, sosterranno che tu diresti *qualunque cosa* per lui».

Bonnie non ne poteva più di camminare senza uno scopo. Doveva arrivare a Matt, doveva avvertirlo... Se almeno avessero potuto trovare lui o Elena. «Pensavo fossi tu quella che non poteva aspettare un minuto di più per andare a cercarli», disse a Meredith con tono accusatorio.

«Lo so; ero io. Ma ho dovuto cercare una cosa... e poi volevo fare un altro tentativo su quella pagina che solo i vampiri dovrebbero poter leggere. Quella sullo *Shi no Shi*. Ma ho cercato di modificare le impostazioni dello schermo in tutti i modi che mi sono venuti in mente ma, se lì c'è scritto qualcosa, di certo non riesco a trovarlo».

«Meglio non sprecarci altro tempo, allora», disse la signora Flowers. «Vieni a metterti la giacca, mia cara. Prendiamo la Carrozza Gialla, no?».

Per un breve momento, Bonnie ebbe una vivida visione di un veicolo trainato da cavalli, una specie di carrozza di Cenerentola ma non a forma di zucca. Poi ricordò di aver visto l'antiquato modello T della signora Flowers, una Ford dipinta di giallo, parcheggiata dentro a quelle che un tempo dovevano essere state le stalle della pensione.

«È andata meglio quando eravamo a piedi che non quando noi *o* Matt eravamo in auto», disse Meredith, dando un ultimo e violento clic al menù del computer. «Ci muoviamo meglio che... oh, mio Dio! *Ce l'ho fatta!*».

«A fare cosa?»

«Il sito. Venite a dare un'occhiata».

Sia Bonnie che la signora Flowers si avvicinarono al computer. Lo schermo era di un verde brillante con delle scritte sottili, quasi invisibili, verde scuro.

«*Come* hai fatto?», chiese Bonnie mentre Meredith si era piegata a prendere carta e penna per trascrivere quello che vedevano.

«Non lo so. Ho solo modificato l'impostazione dei colori dello schermo un'ultima volta... avevo già provato con Risparmio di Energia, Batteria in Esaurimento, Alta Risoluzione, Contrasto Alto e ogni combinazione a cui sono riuscita a pensare».

Fissarono le parole.

Stanco di quei lapislazzuli?
Vuoi andartene in vacanza alle Hawaii?
Stanco della solita cucina liquida?
Vieni a conoscere Shi no Shi.

Seguiva un messaggio pubblicitario riguardante la "Morte della Morte", un luogo in cui i vampiri potevano curarsi dalla loro condizione maledetta e tornare a essere umani. E c'era un indirizzo. Solo una via, nessuna indicazione circa lo Stato, né tanto meno la città. Ma era un indizio.

«Stefan non ha parlato di un indirizzo», disse Bonnie.

«Forse non voleva spaventare Elena», disse risolutamente Meredith. «O forse, quando ha guardato su questa pagina, l'indirizzo non c'era».

Bonnie fu percorsa da un brivido. «*Shi no Shi*... non mi piace il suono. E non ridere di me», aggiunse, sulla difensiva, rivolta a Meredith. «Ricordi quello che Stefan ha detto del mio intuito?»

«Nessuno sta ridendo, Bonnie. Dobbiamo raggiungere Matt ed Elena. Cosa dice a proposito il tuo intuito?»

«Dice che ci metteremo nei guai, e che Matt ed Elena nei guai ci sono già».

«Buffo, perché è proprio quello che la mia capacità di giudizio sta dicendo a me».

«Siamo pronte, adesso?». La signora Flowers distribuì delle torce.

Meredith provò la sua e ne ricavò un raggio forte e fermo.

«Facciamolo», disse, spegnendo automaticamente la lampada di Stefan ancora una volta.

Bonnie e la signora Flowers la seguirono giù per le scale, fuori dalla casa e fin sulla strada dalla quale erano corse via non molto tempo prima.

Il battito di Bonnie era accelerato, le orecchie pronte a cogliere anche il più lieve *whipwhipwhip*. Ma a parte i raggi delle loro tor-

ce, l'Old Wood era completamente buio e stranamente silenzioso. Neanche il canto degli uccelli rompeva la notte senza luna.
Si immersero nel bosco e, dopo pochi minuti, vi si persero.

Matt si svegliò su un fianco e per un momento non capì dove fosse. All'aperto. Erba. Un picnic? Un'escursione? Si era addormentato?
Poi cercò di muoversi e il dolore esplose come un getto di fiamme, e ricordò ogni cosa. Quel *bastardo* sta torturando Elena, pensò.
Torturando Elena.
Ma le due parole non si armonizzavano, non con *Damon*. Cosa gli aveva detto Elena che alla fine lo aveva fatto tanto infuriare?
Il pensiero lo tormentava, ma era solo un'altra domanda senza risposta, come il messaggio di Stefan sul diario di Elena.
Matt si rese conto di potersi muovere, anche se molto lentamente. Si guardò attorno, muovendo la testa, poco alla volta, fino a che vide Elena, stesa accanto a lui come una bambola rotta. Aveva male ovunque e una sete disperata, e di sicuro anche lei si sentiva allo stesso modo. Per prima cosa bisognava portarla all'ospedale; quel tipo di contrazioni muscolari portate fino allo spasimo erano in grado di spezzare un braccio e perfino una gamba. Erano senz'altro forti abbastanza da causare una distorsione o una slogatura. Per non parlare di quello che Damon le aveva fatto al polso.
Quella che ora stava pensando era la sua parte pratica, sensibile. Ma la domanda che continuava ad aggirarsi nella sua mente l'aveva gettato nella confusione più totale.
È stato *lui* a ferire Elena? Nello stesso modo in cui ha fatto del male a me? Non ci credo. Sapevo che era malato, contorto, ma non avevo mai sentito dire che facesse del male alle ragazze. E mai e poi mai a Elena. *Mai*. Ma io... se mi tratta nel modo in cui tratta Stefan, mi ucciderà. Non ho la resistenza di un vampiro.

Devo tirare Elena fuori da questo guaio prima che lui mi uccida. Non posso lasciarla da sola con lui.

Per istinto, in qualche modo sapeva che Damon era ancora nei paraggi. Ne ebbe la conferma quando sentì dei piccoli rumori; girò la testa troppo velocemente e si ritrovò a mettere a fuoco uno stivale nero confuso e tremolante. Altrettanto velocemente si sentì schiacciare la faccia nel fango, tra gli aghi di pino.

Lo stivale gli premeva sul collo, affondandogli la faccia nel fango. Matt emise un suono di pura rabbia e afferrò la gamba al di sopra dello stivale con entrambe le mani, cercando di far leva e buttare giù Damon. Ma, pur essendo riuscito ad afferrare la liscia pelle dello stivale, muoverlo in qualsiasi direzione era impossibile. Era come se il vampiro si fosse trasformato in ferro. Matt poteva sentire i propri tendini sporgere dalla gola, la faccia diventargli rossa e i muscoli tendersi sotto la camicia, mentre cercava con tutte le forze di spostare Damon. Alla fine, esausto, con il petto ansimante, giacque immobile.

Nello stesso istante, lo stivale fu sollevato. Esattamente, si accorse, nel momento in cui era troppo stanco anche solo per alzare la testa. Fece uno sforzo supremo e la alzò di pochi centimetri.

E lo stivale gli si infilò sotto il mento, alzandogli ancora un po' il capo.

«Che peccato», disse Damon con disprezzo, «che voi umani siate così deboli. Non c'è gusto a giocare con voi».

«Stefan... tornerà», disse Matt con grande sforzo, guardando Damon da terra, dove era stato costretto a strisciare. «Stefan ti ucciderà».

«Indovina un po'?», disse Damon in tono discorsivo. «La tua faccia è un completo disastro da un lato. Escoriazioni, sai. Ti stai trasformando in una specie di Fantasma dell'Opera».

«Se non lo fa lui, lo farò io. Non so come, ma lo farò. Lo giuro».

«Bada bene a ciò che prometti».

Proprio quando Matt riuscì a far leva sul braccio per rialzarsi, esattamente allora, al millisecondo, Damon allungò una mano e gli afferrò dolorosamente una ciocca di capelli, tirandogli su la testa.

«Stefan», disse Damon, guardando Matt dritto in faccia e costringendolo a fare altrettanto, per quanto il ragazzo cercasse di distogliere il viso, «è stato potente solo per pochi giorni, perché beveva il sangue di uno spirito molto potente, che non si era ancora adattato alla Terra. Ma guardala adesso», torse i capelli di Matt ancora più dolorosamente. «Uno spirito. Lì a terra, nel fango. Ora il Potere è tornato dove avrebbe dovuto essere. Capisci? *Capisci*... ragazzo?».

Matt fissò Elena. «Come hai potuto farlo?», sussurrò alla fine.

«Una dimostrazione pratica di cosa significa mettersi contro di me. E di certo non vorresti che io sia sessista e la escluda?», disse, beffardo, Damon. «Bisogna tenersi al passo con i tempi».

Matt non disse nulla. Doveva portare Elena via da lì.

«Ti preoccupi per la ragazza? Finge di dormire. Spera che io la ignori e mi concentri su di te».

«Sei un bugiardo».

«Allora mi concentrerò su di te. A proposito di mantenersi al passo con i tempi, sai... tranne che per i graffi e cose del genere, sei un giovane molto attraente».

All'inizio quelle parole non significarono nulla per Matt. Quando le capì, si sentì gelare il sangue nelle vene.

«In quanto vampiro, posso darti un'opinione sincera ed esperta. E in quanto vampiro, mi sta venendo una gran sete. Ci sei tu. E poi c'è la ragazza che sta ancora facendo finta di dormire. Sono certo che puoi vedere da te cosa intendo».

Credo in te, Elena, pensò Matt. Lui è un bugiardo, e lo sarà sempre. «Prendi il mio sangue», disse stancamente.

«Ne sei sicuro?». Ora Damon sembrava premuroso. «Se fai resistenza, il dolore è orribile».

«Fallo e basta».

«Come preferisci». Damon si piegò agilmente su un ginocchio, aumentando al tempo stesso la presa sui capelli di Matt, che fece una smorfia di dolore. In questo modo, Damon attirò sul suo ginocchio la parte superiore del corpo di Matt, così che la sua testa era gettata all'indietro e il collo inarcato e scoperto. Mai, in tutta la sua vita, Matt si era sentito così esposto, così inerme, così vulnerabile.

«Puoi sempre cambiare idea», lo provocò Damon.

Matt chiuse gli occhi, in ostinato silenzio.

All'ultimo momento, tuttavia, quando Damon si chinò con le zanne scoperte, le dita di Matt, quasi involontariamente, come se il suo corpo stesse facendo qualcosa di *indipendente* dal suo cervello, si chiusero a pugno e all'improvviso, imprevedibilmente, colpirono con violenza Damon a una tempia. Ma, rapido come un serpente, Damon si rialzò e bloccò il colpo con nonchalance, con la mano aperta, trattenendo le dita di Matt in una presa schiacciante... proprio mentre le zanne affilate come rasoi laceravano una vena nella gola di Matt e la bocca aperta si attaccava alla sua gola scoperta, succhiando e bevendo il sangue che fuoriusciva con un getto.

Elena, sveglia ma incapace di spostarsi da dove era caduta, incapace di emettere un suono o di girare la testa, fu costretta ad assistere all'intero scambio, a sentire i lamenti di Matt, mentre il sangue gli veniva sottratto contro la sua volontà, mentre cercava di resistere fino alla fine.

E poi pensò a qualcosa che, stordita e impaurita com'era, la fece quasi svenire dal terrore.

6

Linee energetiche. Stefan ne aveva parlato, e con l'influsso del mondo degli spiriti ancora su di lei, le aveva viste senza alcuno sforzo. Ora, ancora distesa su un fianco, incanalando verso gli occhi quello che le rimaneva del Potere, guardò il terreno.

E fu quello che quasi le ottenebrò la mente per il terrore.

Per quello che poteva vedere, c'erano linee che convergevano in quel punto da tutte le direzioni. Linee spesse che rilucevano di una fredda fosforescenza, linee di media grandezza che avevano la pallida lucentezza dei funghi velenosi in una cantina, e linee sottili che sembravano crepe perfettamente dritte sulla superficie della terra. Erano simili a vene, arterie e nervi proprio sotto la pelle della bestia-radura.

Non c'era da meravigliarsi che quel luogo sembrasse vivo. Elena era distesa su una massiccia convergenza di linee energetiche. E se il cimitero era peggio di così... non riusciva a immaginare che aspetto potesse avere.

Se Damon aveva trovato, chissà come, il modo di attingere a quel Potere, non era poi così strano che sembrasse diverso, arrogante, invincibile. Sin da quando l'aveva lasciata per bere il sangue di Matt, Elena aveva continuato a scuotere la testa, cercando di liberarsi da quell'umiliazione. Ma ora finalmente si era fermata e si era messa a pensare a come usare quel Potere. Doveva esserci un modo per farlo.

Aveva ancora la vista annebbiata. Alla fine si rese conto che ciò non era dovuto alla sua debolezza, ma al fatto che si stava facendo buio: il crepuscolo lasciava posto alla vera oscurità.

Cercò nuovamente di tirarsi su, e stavolta ci riuscì. Quasi immediatamente una mano si allungò verso di lei, la afferrò ed Elena si lasciò tirare su.

Si trovò davanti Damon, chiunque fosse o chiunque stesse usando i suoi tratti o il suo corpo. Nonostante la quasi oscurità, indossava ancora quegli occhiali da sole avvolgenti. Elena non riusciva a decifrare il resto del suo volto.

«Adesso», disse la cosa con gli occhiali da sole, «verrai con me».

Era quasi buio pesto ed erano ancora in quella radura che in realtà era una bestia.

Quel luogo... era corrotto. Elena aveva paura di quella radura come mai ne aveva avuta di una persona o di una creatura. Risuonava di malignità, e non poteva tapparsi le orecchie per non sentire.

Doveva continuare a ragionare, e a ragionare bene, pensò.

Era terribilmente spaventata per Matt; aveva paura che Damon gli avesse preso troppo sangue o avesse esagerato con il suo giocattolo, rompendolo.

E poi temeva quel Damon. Era anche preoccupata dell'influenza che quel posto poteva aver avuto sul vero Damon. Gli alberi attorno a loro non avrebbero dovuto avere alcun effetto sui vampiri, a parte ferirli. Il Damon reale, all'interno della creatura che lo aveva posseduto, era ferito? Se avesse potuto capire qualcosa di ciò che stava succedendo, sarebbe stato in grado di distinguere quella ferita dal risentimento e dalla rabbia che provava per Stefan?

Elena non lo sapeva. Sapeva però che c'era stato uno sguardo terribile negli occhi di Damon quando Stefan lo aveva cacciato dalla pensione. E sapeva che nella foresta esistevano creature, i *malach*, in grado di influenzare la mente di una persona. Aveva paura, una profonda paura, che il *malach* ora stesse usando Damon, facendo diventare più foschi i suoi desideri più oscuri e che lo avesse trasformato in una creatura orribile, come non era mai stato neanche nei momenti peggiori.

Ma poteva esserne certa? Come poteva sapere se dietro al *malach* c'era o meno qualcosa che lo manovrava? L'animo le diceva che poteva essere così, che Damon poteva essere completamente ignaro di quello che il suo corpo faceva, ma poteva anche trattarsi di un pio desiderio.

Di certo, tutto quello che riusciva a percepire attorno a sé erano piccole creature maligne. Le sentiva circondare la radura, strani esseri simili a insetti, come quello che aveva attaccato Matt. Erano in preda all'eccitazione, facevano turbinare i loro tentacoli con un rumore simile a quello di un elicottero ronzante.

Damon era sotto la loro influenza? Sicuramente non aveva mai fatto del male a nessuno degli altri umani che Elena conosceva, non nel modo in cui l'aveva fatto quel giorno. Doveva riuscire a portar via da quel posto tutti loro. Era un luogo malato, contaminato. Di nuovo desiderò fortemente Stefan, che avrebbe saputo cosa fare in quella situazione.

Si girò, lentamente, per guardare Damon.

«Posso chiamare qualcuno che venga ad aiutare Matt? Ho paura a lasciarlo qui; ho paura che lo prendano». Ecco come fargli sapere che lei era consapevole che quelle creature si nascondevano tra l'erba trinità e i rododendri e i cespugli di agrifoglio montano, tutto attorno.

Damon esitò; sembrò pensarci su. Poi scosse la testa.

«Non vorremo dar loro troppi indizi riguardo a dove sei», disse allegramente. «Sarà un esperimento interessante vedere se il *malach* lo prenderà... e come lo farà».

«Non sarebbe un esperimento interessante per *me*». La voce di Elena era piatta. «Matt è un mio amico».

«Nonostante ciò, lo lasceremo qui per adesso. Non mi fido di te – neanche per mandare un messaggio a Meredith o Bonnie – al punto da farti usare il mio telefono».

Elena non disse niente. A dire la verità aveva ragione a non fidarsi di lei, infatti con Meredith e Bonnie aveva elaborato un sofisticato codice di frasi, apparentemente innocue, non appena avevano saputo che Damon le dava la caccia. Una vita fa per lei, letteralmente, ma ancora riusciva a ricordarle.

In silenzio, seguì Damon alla Ferrari.

Era responsabile per Matt.

«Non stai facendo troppe storie stavolta, e mi chiedo cosa tu stia tramando».

«Sto tramando che a questo punto possiamo andare avanti con questa cosa. Se mi dici di cosa si tratta», disse, con molto più coraggio di quanto ne avesse.

«Be', quello di cui si tratta dipende da te». Nel passargli accanto, Damon diede a Matt un calcio nelle costole. Ora stava camminando in cerchio attorno alla radura, che sembrava più piccola che mai, un cerchio che non includeva Elena. Lei fece qualche passo verso di lui... e scivolò. Non sapeva come fosse successo. Forse il gigantesco animale aveva respirato. Forse erano gli aghi di pino scivolosi sotto i suoi stivali.

Ma un momento prima si stava dirigendo verso Damon, e il momento dopo i piedi non l'avevano più sostenuta e stava per cadere al suolo senza nulla a cui aggrapparsi.

E poi, morbidamente e comodamente, si trovò tra le braccia di Damon. Con secoli di etichetta virginiana alle spalle, disse automaticamente: «Grazie».

«È stato un piacere».

Sì, pensò lei. È proprio la verità. *Per lui* è un piacere e questo è tutto ciò che importa.

E in quel momento si rese conto che erano diretti alla sua Jaguar.

«*Oh*, no, non lo faremo», disse.

«Oh, sì, lo faremo... se mi va», disse lui. «A meno che tu non voglia veder soffrire di nuovo il tuo amico Matt. A un certo punto il suo cuore *si spegnerà*».

«Damon». Si divincolò dalle braccia di lui, reggendosi in piedi da sola. «Non capisco. Tu non sei così. Prendi ciò che vuoi e vattene».

Lui continuò a guardarla. «È quello che stavo facendo».

«Non devi», anche se si trattava di salvarsi la vita, non riuscì a trattenere un tremito nella propria voce, «portarmi in qualche posto speciale per prendere il mio sangue. E Matt non lo saprà. È svenuto».

Per un lungo momento ci fu silenzio nella radura. Silenzio totale. Gli uccelli notturni e i grilli smisero di suonare la propria musica. A un tratto Elena si sentì come su un ottovolante in caduta libera, con lo stomaco in subbuglio. Poi Damon lo espresse a parole.

«Voglio *te*. Esclusivamente».

Elena si fece forza, cercando di mantenere la mente lucida nonostante la nebbia che sembrava invaderla.

«Sai che questo non è possibile».

«So che per Stefan era possibile. Quando eri con lui, sembrava che tu non pensassi ad altro se non a lui. Non riuscivi a vedere, a sentire, a provare nient'altro che lui».

La pelle d'oca ricoprì l'intero corpo di Elena. Parlando con cautela, nonostante la gola chiusa, disse: «Damon, hai fatto qualcosa a Stefan?»

«Suvvia, perché dovrei voler fare una cosa del genere?».

Con voce molto bassa, Elena disse: «Sappiamo entrambi perché».

«Intendi dire», Damon cominciò a parlare con indifferenza, ma la sua voce divenne più intensa quando la afferrò per le spalle, «perché così non vedresti che *me*, non sentiresti che *me*, non penseresti che a *me*?».

Sempre con calma, sempre controllando il proprio terrore, Elena disse: «Togliti gli occhiali, Damon».

Damon guardò in su come per accertarsi che nessun ultimo raggio di tramonto potesse penetrare il mondo grigio-verde che li circondava. Poi, con una mano, si tolse gli occhiali da sole.

Elena si ritrovò a guardare in occhi così neri che sembrava non esserci alcuna differenza tra l'iride e la pupilla. Poi... accese un interruttore nel suo cervello e fece in modo che tutti i suoi sensi fossero concentrati sul volto di Damon, la sua espressione, il Potere che circolava in lui.

I suoi occhi erano ancora neri come le profondità di una caverna inesplorata. Nessuna traccia di rosso. Ma questa volta lui aveva avuto tempo, il tempo di prepararsi per lei.

Credo a quello che ho visto prima, pensò Elena. Con i *miei* occhi.

«Damon, farò qualunque cosa, qualunque cosa tu voglia. Ma devi dirmelo. *Hai fatto qualcosa a Stefan?*»

«Stefan era ancora pieno del *tuo* sangue quando ti ha lasciata», le ricordò lui, e prima che lei potesse parlare per negarlo, «e per rispondere con precisione alla tua domanda, non so dove si trovi. Su questo, hai la mia parola. Ma in ogni caso, è vero quello che stavi pensando prima», aggiunse, mentre Elena cercava di allontanarsi, per liberarsi dalla stretta con cui le teneva ferme le braccia. «*Io* sono l'unico, Elena. L'unico che non hai conquistato. L'unico che non puoi manipolare. Intrigante, non è vero?».

All'improvviso, nonostante la sua paura, si infuriò. «Allora perché fare del male a Matt? È solo un amico. Cos'ha a che fare lui con tutto questo?»

«Solo un amico». E Damon cominciò a ridere nel modo in cui aveva fatto prima, misteriosamente.

«Be', so che *lui* non ha niente a che fare con la partenza di Stefan», scattò Elena.

Damon le si rivoltò contro, ma allora la radura era così buia che Elena non poté decifrare la sua espressione. «E chi lo dice che io vi abbia a che fare? Ma questo non significa che non sfrutterò l'occasione». Con una mano tirò su Matt e con l'altra alzò qualcosa di argenteo.

Le sue chiavi. Dalla tasca dei suoi jeans. Prese, senza dubbio, quando era rimasta svenuta a terra.

Non riuscì a capire nulla dalla voce di lui, tranne che era amara e risoluta... tutto nella norma se si parlava di Stefan. «Con il tuo sangue dentro di lui, non avrei potuto uccidere mio fratello, se anche ci avessi provato, l'ultima volta che l'ho visto», aggiunse.

«Ci hai provato?»

«In realtà, no. Hai la mia parola anche riguardo a questo».

«E non sai dove si trovi?»

«No». Sollevò Matt.

«Cosa pensi di fare?»

«Portarlo con noi. Sarà un ostaggio per farti comportare bene».

«*Oh,* no», disse Elena con decisione, continuando a camminare. «Questa è una cosa tra me e te. Gli hai fatto abbastanza male». Strizzò gli occhi e ancora una volta fu sul punto di urlare nel trovarsi Damon fin troppo vicino, fin troppo velocemente. «Farò qualsiasi cosa tu voglia. *Qualsiasi* cosa tu voglia. Ma non qui all'aperto e non con Matt nei paraggi».

Forza, Elena, pensava. Dov'è quell'atteggiamento seducente quando ne hai bisogno? Eri brava a sedurre qualsiasi ragazzo; dai, solo perché è un vampiro, non ci riesci?

«Portami da qualche parte», disse dolcemente, intrecciando le sue braccia attorno a quello libero di lui, «ma con la Ferrari. Non voglio andare con la mia auto. Portami nella Ferrari».

Damon tornò indietro verso il bagagliaio della Ferrari, lo aprì e vi guardò dentro. Poi guardò Matt. Era evidente che il ragazzo, alto e massiccio, non sarebbe mai entrato lì... per lo meno non con tutti gli arti attaccati.

«Non *pensarci* nemmeno», disse Elena. «Mettilo nella Jaguar con le chiavi attaccate e lì sarà abbastanza al sicuro... chiudilo dentro». Elena pregò ferventemente che quello che diceva fosse vero.

Per un momento Damon rimase in silenzio, poi alzò lo sguardo con un sorriso così smagliante che lei riuscì a vederlo nella semioscurità.

«Va bene», disse. Lasciò cadere nuovamente Matt a terra. «Ma se cerchi di fuggire mentre sposto le macchine, *lo* metto sotto».

Damon, Damon, non capirai mai? Gli umani *non fanno* queste cose ai loro amici, pensò Elena mentre lui portava la Ferrari sulla strada per far entrare la Jaguar nella radura e rinchiudervi dentro Matt.

«D'accordo», disse lei a voce bassa. Aveva paura di guardare Damon. «Adesso... cosa vuoi?».

Damon fece un grazioso inchino, indicandole la Ferrari. Elena si chiese cosa sarebbe successo una volta entrata nell'auto. Se fosse stato un normale aggressore... se non ci fosse stato Matt a cui pensare... se non avesse avuto paura della foresta più di quanto ne avesse di lui...

Dopo un attimo di esitazione, entrò nell'auto di Damon.

Una volta dentro, si tirò la camicetta fuori dai jeans per nascondere il fatto che non portava la cintura di sicurezza. Dubitava che Damon ne avesse mai indossata una o che mettesse la sicura alle portiere o qualsiasi altra cosa del genere. Le precauzioni non erano il suo forte. E ora Elena pregava che avesse altro per la testa.

«Sul serio, Damon, dove stiamo andando?», disse quando lui entrò nella Ferrari.

«Prima, cosa ne dici del bicchiere della staffa?», suggerì Damon, con un tono falsamente scherzoso.

Elena si aspettava qualcosa del genere. Rimase seduta passivamente quando Damon le prese il mento tra le dita, che tremavano leggermente, e lo sollevò. Lei chiuse gli occhi sentendo il doppio morso di serpente delle zanne affilate che le penetravano la pelle. Tenne gli occhi chiusi quando il suo aggressore attaccò la sua bocca alla carne sanguinante e cominciò a bere avidamente. L'idea che Damon aveva del "bicchiere della staffa" era esattamente quello che si sarebbe aspettata: abbastanza da mettere entrambi in pericolo. Ma aspettò fino a che non le sembrò di svenire da un momento all'altro e poi spinse via la spalla di Damon.

Lui continuò per alcuni dolorosissimi secondi solo per dimostrare che il Capo era lui. Poi mollò la presa, leccandosi avidamente le labbra, con gli occhi che la guardavano scintillanti *attraverso* i Ray-Ban.

«Squisito», disse. «Incredibile. Sei...».

Sì, dimmi che sono una bottiglia di scotch single malt, pensò lei. È quella la chiave del mio cuore.

«Possiamo andare ora?», chiese energicamente. E poi, ricordandosi d'un tratto delle abitudini di Damon alla guida, aggiunse a bella posta: «Sta' attento; questa strada ha un sacco di curve».

Sortì l'effetto che aveva sperato. Damon schiacciò l'acceleratore e schizzarono via dalla radura ad alta velocità. Ed erano già sulla strada, prendendo le strette curve dell'Old Wood con maggiore velocità di quanto Elena avesse mai guidato da quelle parti; più veloci di quanto nessuno avesse mai osato fare con lei come passeggero.

Eppure quelle erano le *sue* strade. Sin dall'infanzia aveva giocato da quelle parti. C'era una sola famiglia che viveva proprio lungo il perimetro dell'Old Wood, ma il loro vialetto era sul lato destro della strada – il suo – e lei si tenne pronta. Damon avrebbe preso la curva improvvisa a sinistra proprio prima della seconda curva, che corrispondeva al vialetto dei Dunstan... e a quella seconda curva lei sarebbe saltata giù.

Lungo la Old Wood Road non c'erano marciapiedi, naturalmente, ma in quel punto c'era un fitto rododendro e altri cespugli. Non le rimaneva che pregare. Pregare che non si rompesse il collo per l'impatto. Pregare che non si rompesse un braccio o una gamba prima di essere riuscita a percorrere quei pochi metri di bosco fino al vialetto. Pregare che i Dunstan fossero a casa quando avrebbe tempestato di pugni la loro porta, e pregare che le dessero ascolto quando avrebbe detto loro di non lasciare entrare il vampiro alle sue spalle.

Vide la curva. Non sapeva perché Damon non riuscisse a leggerle la mente, ma a quanto pareva era proprio così. Non parlava e la sua unica precauzione, affinché lei non cercasse di fuggire, era la velocità.

Si sarebbe fatta male, questo lo sapeva. Ma la parte peggiore di qualsiasi ferita era la paura, e lei non ne aveva.

Quando Damon imboccò la curva, lei tirò la maniglia e si mise a spingere la portiera più forte che poteva con entrambe le mani, mentre la prendeva a calci con la stessa forza. Finalmente si aprì, risucchiata rapidamente dalla forza centrifuga, al pari delle gambe di Elena. Al pari di Elena.

Bastò un calcio per farla uscire a metà dall'auto. Damon cercò di afferrarla ma si ritrovò solo con una ciocca di capelli. Per un attimo Elena pensò che lui l'avrebbe costretta a rimanere dentro, anche senza afferrarla. Fu catapultata fuori nell'aria, galleggiò, rimanendo a circa mezzo metro da terra e si aggrappò al fogliame, ai rami dei cespugli, a qualunque cosa potesse usare per rallentare la sua velocità. E in quel posto, dove la magia e la fisica si incontravano, fu in grado di farlo: rallentò continuando a fluttuare sull'onda del potere di Damon, nonostante la portasse più lontano dalla casa dei Dunstan di quanto avesse desiderato.

Colpì il suolo, rimbalzò e fece del suo meglio per rigirarsi in aria, in modo da affrontare l'impatto con le natiche o con una spalla, ma qualcosa andò storto e il suo piede sinistro toccò terra per primo, *Dio!*, e incespicò, facendole compiere un giro completo su se stessa, facendole sbattere un ginocchio sull'asfalto – *Dio, Dio!* –, facendola nuovamente volare per aria e riportandola a terra. Sbatté il braccio destro così forte che sembrò volerle rientrare nella spalla.

Con il primo urto era rimasta senza fiato e fu costretta a inspirare affannosamente durante il secondo e il terzo.

Nonostante l'universo che saltava e volava attorno a lei, ci fu un segno che non poteva lasciarsi sfuggire... un insolito abete rosso che cresceva sulla strada e che aveva notato circa tre metri dietro di lei, quando si era scagliata fuori dall'auto. Le guance le si bagnarono di lacrime copiose mentre tirava via i viticci che le avevano intrappolato la caviglia... ed era una cosa buona. Poche lacrime avrebbero potuto annebbiarle la vista, farle temere, come era successo per le ultime due esplosioni di dolore, di poter svenire. Ma ora era lontana dalla strada, le lacrime le avevano rinfrescato gli occhi, e riusciva a vedere proprio davanti a sé l'abete rosso e il tramonto, ed era del tutto cosciente. E ciò significava che se si fosse diretta verso il tramonto, ma con un angolo di quarantacinque gradi a destra, non avrebbe potuto mancare la casa dei Dunstan; il vialetto, la casa, il fienile, il campo di granturco erano tutti lì per guidarla dopo forse venticinque passi tra gli alberi.

Aveva appena smesso di rotolare e si aggrappò al cespuglio che l'aveva ostacolata, riuscendo a rialzarsi mentre si tirava via dai capelli un groviglio di foglie.

Le previsioni circa l'esatta posizione della casa dei Dunstan si avverarono all'istante nella sua mente, anche quando si girò e vide il fosso che aveva lasciato nel verde e il sangue sulla strada.

Si guardò le mani escoriate piena di stupore: non potevano aver lasciato una traccia di sangue così abbondante. E infatti non erano state le mani. Un ginocchio le si era sbucciato – scorticato, in realtà – attraverso i jeans e aveva una gamba conciata male, non sanguinava molto ma il dolore era lancinante, anche senza muoverla. Su entrambe le braccia aveva numerose escoriazioni.

Non c'era tempo per scoprire cosa si fosse fatta alla spalla. Uno *screeeeech* di freni più avanti. Signore, fa' che sia lento. No, io sono veloce, piena di adrenalina per il dolore e il terrore. Usali!

Ordinò alle sue gambe di schizzare verso il bosco. La gamba destra le obbedì, ma quando fece per spostare la sinistra vide lampi di dolore. Era in uno stato di iperallerta, vide il bastone anche mentre stava cadendo. Rotolò due o tre volte, e il dolore, come una sorda esplosione, le andò alla testa; ma riuscì ad afferrarlo. Forse era stato pensato per fare da stampella: alto fino all'ascella, smussato da una parte e appuntito dall'altra. Lo infilò sotto il braccio sinistro e in qualche modo riuscì a rialzarsi dal fango: si diede una spinta con la gamba destra e si aggrappò alla stampella, in modo da non far quasi toccare terra alla gamba sinistra.

Cadendo si era ritrovata nella direzione opposta e dovette rigirarsi... ma eccolo, l'ultimo raggio del tramonto e la strada dietro di lei. Vai avanti con un angolo di quarantacinque gradi a destra, pensò. Grazie a Dio, era il braccio destro quello messo male, quindi poteva sorreggersi sulla stampella usando la spalla sinistra. E senza un attimo di esitazione, senza dare a Damon un millisecondo in più di vantaggio, si addentrò nel bosco nella direzione che aveva deciso.

Nell'Old Wood.

7

Quando Damon si svegliò, stava lottando con il volante della Ferrari. Era su una strada stretta, in direzione di uno splendido tramonto... e la portiera dal lato passeggero era aperta.

Ancora una volta, solo la combinazione di riflessi quasi istantanei e un'automobile perfettamente efficiente gli permisero di evitare i larghi fossi fangosi su entrambi i lati della strada a una corsia. Ma ci riuscì e si ritrovò con il tramonto alle spalle, a guardare le lunghe ombre sulla strada e a chiedersi cosa diavolo gli fosse successo.

Si addormentava alla guida adesso? E la portiera dal lato passeggero... perché era aperta?

E poi accadde qualcosa. Un filo lungo e sottile, leggermente ondulato, quasi come un filo di ragnatela, illuminato dalla luce rossastra del sole. Dondolava dalla sommità del finestrino del lato passeggero, che era chiuso, e la capote era alzata.

Non si preoccupò di accostare, ma si fermò in mezzo alla strada e fece il giro per andare a dare un'occhiata a quel capello.

Tra le sue dita, tenendolo alla luce, sembrava bianco. Ma poi girato verso il buio della foresta, mostrò il suo vero colore: dorato.

Un lungo capello d'oro, leggermente ondulato.

Elena.

Non appena lo riconobbe, rientrò in macchina e cominciò a pensare. Qualcosa aveva strappato via Elena dalla sua auto facendo poco più di un graffio alla vernice. Cosa poteva essere stato?

E poi, come era riuscito a convincere Elena a farsi un giretto? E perché non riusciva a ricordarlo? Erano stati aggrediti...?

Ripensandoci, tuttavia, i segni sulla strada dal lato passeggero spiegavano l'intera macabra storia. Per qualche ragione, Elena aveva avuto paura al punto tale da saltare fuori dall'auto... o era stato qualche potere a tirarla fuori. E Damon, che ora si sentiva ribollire, sapeva che in tutti i boschi c'erano solo due creature che potevano esserne responsabili.

Emise un segnale per sondare i dintorni, un semplice cerchio fatto in modo da non essere individuabile, e per poco non perse nuovamente il controllo dell'auto.

Merda! Quello sfogo gli era venuto fuori come una mortale mitragliata sferica... dal cielo cominciarono a piovere uccelli. Si diffuse velocemente attraverso l'Old Wood, attraverso Fell's Church, prima di scemare, alla fine, centinaia di chilometri più lontano.

Potere? Ma lui non era un vampiro, era la Morte fatta persona. Damon aveva una vaga intenzione di accostare e aspettare che il tumulto interno si placasse. Da dove veniva tutto quel Potere?

Stefan si sarebbe fermato, si sarebbe agitato, si sarebbe fatto domande. Damon ghignò ferocemente, si caricò e fece piovere dal cielo centinaia di sonde, tutte sintonizzate per catturare una creatura con le sembianze di una volpe che correva o si nascondeva nell'Old Wood.

Ebbe subito un riscontro, in un decimo di secondo.

Ecco. Sotto un cespuglio di cimicifuga, se non andava errato... sotto un cespuglio dal nome strano, comunque. E Shinichi sapeva che stava arrivando.

Bene. Damon emise un'ondata di Potere direttamente contro la volpe, intrappolandola in un *kekkai*, una sorta di barriera invisibile che strinse deliberatamente, lentamente, attorno all'animale che si dibatteva. Shinichi combatté a sua volta, con una forza mortale. Damon usò il *kekkai* per tirare su di peso e abbattere al suolo il piccolo corpo della volpe. Dopo alcuni di questi forti colpi, Shinichi decise di smettere di lottare e si finse morto. A

Damon andava bene. Era il modo in cui pensava che Shinichi stesse meglio, tranne per il piccolo particolare che fingeva.

Alla fine dovette nascondere la Ferrari tra due alberi, e correre velocemente verso il cespuglio in cui Shinichi stava lottando contro la barriera che lo circondava, cercando di assumere sembianze umane.

Rimanendo indietro, con gli occhi socchiusi e le braccia incrociate sul petto, Damon assisté per un po' al suo dibattersi. Poi allentò il campo del *kekkai* abbastanza per consentirgli il cambiamento.

E nell'istante in cui Shinichi divenne umano, le mani di Damon erano attorno alla sua gola.

«Dov'è Elena, *kono bakayarou*?». Nella loro lunga vita, i vampiri imparavano un sacco di imprecazioni. Damon preferiva usare quelle della lingua madre della vittima. Definì Shinichi in tutti modi che gli vennero in mente, perché Shinichi si dibatteva e Chiamava telepaticamente sua sorella. Damon aveva a disposizione alcune espressioni da dire anche su di lei in italiano, perché farsi scudo della propria gemella era... be', un'ottima cosa per una serie di insulti creativi.

Percepì l'attacco di un altro essere-volpe... e capì che Misao era intenzionata a uccidere. Aveva le sue reali sembianze di *kitsune*, proprio come la cosa rossastra che aveva cercato di investire mentre era con Damaris. Una volpe, sì, ma una volpe con due, tre... sei code. Quelle extra erano di solito invisibili, dedusse, quando intrappolò abilmente anche lei in un *kekkai*. Ma era pronta a mostrarle, pronta a usare tutti i suoi poteri per salvare suo fratello.

Damon si accontentò di trattenerla, mentre lei si dibatteva invano nella barriera, e di dire a Shinichi: «La tua sorellina lotta meglio di te, *bakayarou*. Adesso *dammi Elena*».

Shinichi cambiò forma all'improvviso e balzò alla gola di Damon, con gli affilati denti in mostra. Erano entrambi troppo eccitati, troppo pieni di testosterone, e Damon del suo nuovo Potere, per mollare.

Damon sentì i denti graffiargli la gola prima di prendere nuovamente per il collo la volpe. Ma stavolta Shinichi mostrava le code, un pennacchio che Damon non si prese il disturbo di considerare.

Le pestò, abilmente, con uno stivale e *tirò* con entrambe le mani. Misao guardava e urlava di rabbia e dolore. Shinichi si dibatteva, si inarcava, con gli occhi dorati fissi su Damon. Ancora un altro minuto e la spina dorsale gli si sarebbe spezzata.

«Mi godrò il momento», gli disse Damon dolcemente, «perché scommetto che Misao sa quello che sai tu. Peccato che non sarai qui a *vederla* morire».

Shinichi, schiumante di rabbia, sembrava desideroso di morire e condannare Misao alla mercé di Damon, solo per non perdere la battaglia. Ma i suoi occhi divennero improvvisamente più scuri, il corpo si afflosciò e le parole apparvero sbiadite nella mente di Damon.

...fa male... non riesco... a pensare...

Damon lo guardò riflettendo. Stefan, a quel punto, avrebbe allentato un bel po' la pressione, così la piccola povera volpe avrebbe potuto pensare. Damon, invece, la aumentò di poco, per poi allentarla al punto in cui era prima.

«Va meglio?», chiese premurosamente. «Adesso la piccola volpe carina riesce a pensare?».

Tu... bastardo...

Arrabbiato com'era, Damon si ricordò all'improvviso del suo scopo.

«*Cosa è successo a Elena?* Le sue tracce finiscono dritte contro un albero. È lì dentro? Ti rimangono pochi secondi da vivere, adesso. Parla».

«Parla», lo incoraggiò un'altra voce, e Damon diede un'occhiata di sfuggita a Misao. L'aveva lasciata relativamente incustodita e lei aveva trovato potere e spazio per assumere sembianze umane. La guardò subito attentamente, impassibile.

Era minuta e aggraziata, sembrava una qualunque scolaretta giapponese, tranne per i capelli, che erano proprio come quelli di suo fratello, neri e orlati di rosso. L'unica differenza era un rosso più leggero e brillante... uno scarlatto lucente. I ciuffi che le ricadevano sugli occhi avevano punte che sembravano fiamme vive, proprio come i serici capelli scuri che le scendevano sulle spalle. Era notevole, ma l'unico neurone che si accese in reazione nella mente di Damon era collegato alla sensazione di fuoco, pericolo e inganno.

Potrebbe essere caduta in una trappola, provò Shinichi.

Una trappola? Damon aggrottò la fronte. *Che tipo di trappola?*

Ti porto dove puoi provare a guardare, disse, evasivo, Shinichi.

«E la volpe a un tratto riesce di nuovo a pensare. Ma sai una cosa? Non credo che tu sia affatto carina», sussurrò Damon, e lasciò cadere il *kitsune* al suolo. Shinichi si rialzò in forma umana e Damon allargò la barriera abbastanza perché la volpe dall'aspetto umano cercasse di staccargli la testa con un pugno. Damon lo schivò abilmente e ricambiò con un colpo che mandò Shinichi a sbattere contro un albero, così forte da rimbalzare. Poi, mentre il *kitsune* era ancora stordito e con lo sguardo vitreo, lo sollevò, se lo gettò su una spalla e ritornò alla macchina.

E io? Misao cercava di trattenere l'ira e di suscitare pietà, ma non le riusciva bene.

«Neanche tu sei carina», disse Damon con noncuranza. Questa storia del Potere cominciava a piacergli. «Ma se intendi sapere quando verrai liberata, sarà quando riavrò Elena. Sana e salva, e tutta intera».

La lasciò alle sue imprecazioni. Voleva portare Shinichi ovunque dovessero andare, mentre la volpe era ancora stordita e dolorante.

Elena stava contando. Avanti uno, avanti due... libera la stampella dal rampicante, tre, quattro, avanti cinque... stava diventando decisamente buio adesso, avanti sei, qualcosa l'aveva presa per i capelli, *strappo*, sette, otto, va' avanti... dannazione! Un albero caduto. Troppo alto da scavalcare. Doveva passarci attorno. Va bene, a destra, uno, due, tre... un albero lungo... sette passi. Sette passi indietro... adesso gira *subito* a destra e continua a camminare. Per quanto vorresti, non puoi contare quei passi. Perciò sei a nove. Riprendi la giusta direzione, sempre dritto, perché l'albero era perpendicolare... santo cielo, è buio pesto ora. Siamo a undici... e poi stava volando. Cosa avesse fatto scivolare la stampella, non lo sapeva, non poteva dirlo. Era troppo buio per andare saltellando in giro, per trovarsi magari alle prese con una quercia velenosa. Ciò che doveva fare era distrarsi, così quel diffuso dolore infernale alla gamba sinistra si sarebbe calmato. Non era migliorato neanche il braccio destro... per colpa di quell'istintivo mulinare il braccio, cercando di afferrare qualcosa per salvarsi. Dio, quella caduta le aveva fatto male. Tutto quel lato del corpo le doleva così tanto...

Ma doveva trovare delle persone perché credeva che solo così avrebbe potuto salvare Matt.

Devi rialzarti, Elena.

Lo sto *facendo*!

Ora... non riusciva a vedere nulla, ma aveva più o meno idea della direzione presa quando era caduta. E se si fosse sbagliata, sarebbe stata capace di tornare sui propri passi.

Dodici, tredici... continuava a contare, continuava a parlare tra sé. Quando arrivò a venti provò sollievo e gioia. Tra qualche minuto sarebbe arrivata al vialetto.

Qualche minuto e l'avrebbe trovato.

Era buio pesto, ma stava attenta a camminare strisciando i piedi così avrebbe riconosciuto all'istante il percorso seguito.

Ancora... qualche... minuto...

Arrivata a quaranta, Elena seppe di essere nei guai. Ma dove poteva essere arrivata? Ogni volta che un piccolo ostacolo l'aveva fatta girare a destra, era stata attenta, poi, a girarsi a sinistra. E c'era tutta quella serie di punti di riferimento sul suo cammino: la casa, il fienile, il piccolo campo di granturco... Come aveva potuto perdersi? *Come?*

Era passato solo mezzo minuto nel bosco... solo pochi passi nell'Old Wood.

Persino gli alberi stavano cambiando. Prima, sulla strada, per lo più c'erano noci americani e liriodendri. Ora si trovava in una boscaglia di querce bianche e querce rosse... e conifere.

Vecchie querce... e a terra, aghi e foglie che smorzavano i suoi passi fino a renderli muti.

Muti... ma lei aveva bisogno di aiuto!

«Signora Dunstan! Signor Dunstan! Kristin! Jake!». Urlava quei nomi in un mondo che sembrava opporsi e attutire la sua voce. Anzi, nell'oscurità, riusciva a distinguere un grigiore di fili che si attorcigliavano che sembrava essere, sì, era nebbia.

«Signora Dunstaa...a-aan! Signor Dunstaa...aa-an! Kriiiiisss-tiiiiiin! Jaaaa-aaaake!».

Aveva bisogno di un riparo; aveva bisogno d'aiuto. Tutto le faceva male, soprattutto la gamba sinistra e la spalla destra. Riusciva solo a immaginare che aspetto potesse avere: coperta di fango e foglie per essere caduta dopo qualche passo, i capelli arruffati perché impigliati tra gli alberi, sangue dappertutto...

Un'unica cosa positiva: non sembrava di certo Elena Gilbert. Elena Gilbert aveva lunghi capelli di seta, sempre acconciati o fascinosamente disordinati. Elena Gilbert dettava moda a Fell's Church e non si sarebbe mai vista indossare una camicetta strappata e dei jeans infangati. Con quell'aspetto da derelitta, non l'avrebbero riconosciuta come Elena.

Ma la derelitta stava provando un'improvvisa sensazione di paura. Aveva camminato per i boschi per tutta la vita e non le si erano impigliati i capelli una sola volta. Oh, certo, era stata in grado di vedere gli alberi, ma non ricordava di aver mai dovuto scostarsi tanto spesso durante il suo cammino.

Ora, invece, era come se cercassero deliberatamente di abbassare i rami per tirarle i capelli. Nei casi peggiori doveva tenere goffamente il corpo fermo e cercare di scuotere la testa... non riusciva a stare diritta e a scacciare i rami al tempo stesso.

Ma per quanto fossero dolorosi gli strattoni ai capelli, nulla la spaventava di più che sentirsi afferrare le gambe.

Elena era cresciuta giocando in quel bosco, e c'era sempre stato un sacco di spazio per camminare senza farsi male. Ma adesso... le cose si allungavano verso di lei, viticci fibrosi le afferravano la caviglia, dove più le doleva. Ed era pura agonia cercare di strapparsi con le dita quelle radici spesse, coperte di linfa e urticanti.

Sono terrorizzata, pensò, esprimendo a parole, alla fine, quelle che erano state le sue sensazioni da quando si era addentrata nelle tenebre dell'Old Wood. Era umida di rugiada e sudore, i capelli bagnati come se fosse stata sotto la pioggia. Era così buio! E a quel punto la sua fantasia cominciò a lavorare, e diversamente dalla maggior parte delle persone, la sua aveva delle informazioni reali e tangibili su cui basarsi. La mano di un vampiro sembrò impigliarsi nei suoi capelli. Dopo un periodo infinito di dolore alla caviglia e alla spalla, si era districata la "mano" dai capelli... per ritrovarsi solo un altro gambo arricciato.

Bene. Avrebbe ignorato il dolore e si sarebbe orientata da lì, partendo da dov'era un grosso albero, un massiccio pino bianco con un grosso buco al centro del tronco, grande abbastanza per potervi ospitare Bonnie. Dando la schiena all'albero, avrebbe camminato dritto verso ovest... non poteva vedere le stelle a causa delle nuvole, ma *sentiva* che l'ovest era alla sua sinistra. Se aveva visto giusto, l'avrebbe condotta sulla strada. Se si fosse sbagliata ed era il nord, l'avrebbe portata dai Dunstan. Se era il sud, l'avrebbe alla fine portata a un'altra curva della strada. Se era l'est... be', sarebbe stata una lunga camminata, ma alla fine l'avrebbe portata al torrente.

Ma prima doveva chiamare a raccolta tutto il suo Potere, tutto il Potere che aveva inconsciamente usato per attenuare il dolore e darsi forza... l'avrebbe chiamato a sé illuminando quel posto in modo da capire se si vedeva la strada – o, meglio, una casa – da dove si trovava lei. Era solo un potere umano ma, ancora, la consapevolezza di come farne uso faceva la differenza, pensò. Radunò il Potere formando una stretta palla bianca e la lanciò, girando su se stessa per guardarsi intorno prima che il potere svanisse.

Alberi. Alberi. Alberi.

Querce e noci americani, pini bianchi e faggi. Nessuna altura verso cui dirigersi. In ogni direzione, nient'altro che alberi, come se si fosse persa in una macabra foresta incantata e non potesse più uscirne.

Ma ne *sarebbe* uscita. Una qualsiasi di quelle direzioni l'avrebbe portata verso la gente, alla fine... persino se si fosse diretta a est. Persino a est, avrebbe potuto seguire il corso del torrente fino ad arrivare dove c'era gente.

Desiderò avere una bussola.

Desiderò riuscire a vedere le stelle.

Tremava tutta, e non solo per il freddo. Era ferita; era terrorizzata. Ma doveva dimenticarsene. Meredith non avrebbe pianto. Meredith non si sarebbe spaventata. Meredith avrebbe trovato un modo sensato per uscirne.

Doveva trovare aiuto per Matt.

Stringendo i denti per ignorare il dolore, Elena si rimise in cammino. Se avesse avuto una sola ferita, avrebbe fatto un sacco di storie, si sarebbe messa a piagnucolare e a contorcersi per il dolore. Ma con tanti dolori diversi, tutto era fuso in una terribile agonia.

Fa' attenzione adesso. Accertati di mantenere la direzione, senza deviare troppo da una parte. Scegli il tuo prossimo obiettivo proprio di fronte ai tuoi occhi.

Il problema era che ormai era troppo buio. Riusciva solo a scorgere una corteccia piena di scanalature davanti a sé. Una quercia rossa, probabilmente. Va bene, arriva fino a lì. Hop... *oh, fa male*... hop... le lacrime le rigavano le guance... hop... *ancora un po' più avanti*... hop... *puoi farcela*... hop. Posò la mano sulla corteccia squamata. Bene. Adesso, guarda dritto davanti a te. Ah. Qualcosa di grigio e ruvido e massiccio lì davanti... forse una quercia bianca. Saltella fino a lì... *agonia*... hop... *qualcuno mi aiuti*... hop... *quanto ancora ci vorrà?*... hop... *non manca tanto*... hop. *Ecco*. Poggiò la mano sul grosso tronco scabro.

E lo fece di nuovo.

E ancora.

E ancora. E ancora.

«Cos'è?», chiese Damon. Una volta scesi dall'auto, aveva dovuto lasciare che a condurre fosse Shinichi, ma teneva ancora il *kekkai*, non troppo stretto, attorno a lui e controllava ogni mossa della volpe. Non si fidava di lui riguardo a... be', in effetti non si fidava di lui e basta.

«Cosa c'è dietro il cancello?», disse di nuovo, più bruscamente, stringendo il cappio attorno al collo del *kitsune*.

«La nostra piccola capanna... mia e di Misao».

«E non potrebbe essere una trappola, no?»

«Se la pensi così, va bene! Entrerò da solo...». Shinichi, alla fine, si era tramutato in un essere mezzo volpe e mezzo uomo: capelli neri fino alla vita, con punte fiammeggianti di rosso rubino, una coda serica della stessa tonalità che ondeggiava alle sue spalle, e due orecchie setose, dalle punte cremisi, che si muovevano a scatti in cima alla sua testa.

A Damon esteticamente non dispiaceva e, cosa ben più importante, adesso aveva un appiglio che faceva al caso suo. Afferrò Shinichi per la coda e lo strattonò.

«*Smettila!*».

«La smetterò quando avrò Elena... a meno che non le abbia teso di proposito un'imboscata. Se si è ferita, prenderò chiunque le ha fatto del male e lo farò a fette. La sua vita ormai è perduta».

«Chiunque sia stato?»

«Chiunque».

Shinichi fu percorso da un leggero tremito.

«Hai freddo?»

«...stavo solo... ammirando la tua determinazione». Altro brivido involontario. Gli scosse quasi tutto il corpo. *Rideva?*

«Se Elena lo desidera, potrei lasciarlo vivere. Ma con grandi sofferenze». Damon tirò più forte la coda. «Avanti!».

Shinichi fece un altro passo e apparve un incantevole cottage, con un sentiero di ghiaia che si snodava tra i rampicanti che alla fine affollavano il portico decorandolo come fregi pensili.

Era delizioso.

Anche se il dolore aumentava, Elena cominciava ad avere qualche speranza. Non importava quanto avesse girato, *doveva* uscire dalla foresta a un certo punto. Doveva farcela. Il terreno era solido... niente di viscido né alcuna pendenza. Non si stava dirigendo al torrente. Era diretta alla strada. Ne era sicura.

Fissò lo sguardo su un albero lontano, dalla corteccia liscia. Poi saltellò per raggiungerlo, quasi dimenticando il dolore tanto era certa di essere quasi salva.

Si lasciò cadere contro il massiccio tronco scorticato, color grigio cenere. Stava riprendendo fiato quando qualcosa la preoccupò. La gamba penzoloni. Perché non aveva urtato dolorosamente contro il tronco? Aveva sbattuto in continuazione contro gli altri alberi ogni volta che vi si era poggiata per riposarsi. Si scostò dall'albero, e, come se sapesse che era importante, raccolse tutto il suo Potere e lo rilasciò in un'esplosione di luce bianca.

L'albero con il grosso buco sul tronco, l'albero da cui era partita, era di fronte a lei.

Per un momento, Elena rimase completamente immobile, sprecando Potere, emanando ancora luce. Forse era un altro albero...

No. Si trovava dall'altro lato dell'albero, ma era lo stesso. Quelli erano i *suoi* capelli impigliati nella corteccia quasi staccata. Quel sangue secco era la *sua* impronta. Sotto era dove la sua gamba aveva lasciato una macchia di sangue... fresco.

Aveva camminato tanto per tornare di nuovo a quell'albero.

«*Noooooooooooooooooooooooo!*».

Fu il primo suono che aveva articolato da quando si era lanciata fuori dalla Ferrari. Aveva sopportato tutto quel dolore in silenzio, con piccoli rantoli o rapidi respiri, ma non aveva mai imprecato né urlato. Ora voleva fare entrambe le cose.

Nooooooo, noooooooo, nooooooooooooo!

Forse il suo Potere sarebbe ritornato e avrebbe capito che era solo un'allucinazione...

No, no, no, no, no, no!

Non poteva essere possibile...

Noooooooo!

La stampella le scivolò da sotto il braccio. Le era affondata talmente tanto nell'ascella che il dolore quasi superava gli altri. Tutto le faceva male. Ma la cosa peggiore era la sua mente. Immaginava una sfera simile a quelle di Natale, che si scuotono per far cadere la neve o i brillantini immersi nel liquido. Ma questa sfera conteneva solo alberi. Da cima a fondo, da un lato all'altro, tutti con la punta rivolta al centro. E poi c'era lei stessa, che vagava in quella sfera solitaria... non importava dove andasse, avrebbe trovato altri alberi, perché erano tutto ciò che c'era nel mondo in cui era inciampata.

Era un incubo, ma molto reale.

Gli alberi erano anche dotati di intelligenza, si rese conto. I sottili viticci striscianti, tutta la vegetazione in quello stesso istante stava cercando di tirarle via la stampella. Il suo bastone si spostava, come venisse passato di mano in mano da esseri minuscoli. Si allungò e per un pelo riuscì ad afferrarne un'estremità.

Non ricordava di essere caduta a terra, ma era lì. E c'era un odore, un aroma dolce, resinoso, di terra. Ed ecco i rampicanti, che la esaminavano, la assaggiavano. Con piccoli tocchi delicati, affondarono tra i suoi capelli così che non riuscì più ad alzare la testa. Poi poté sentirli assaporare il suo corpo, le sue spalle, il ginocchio insanguinato. Non aveva importanza.

Chiuse più che poté gli occhi, mentre il suo corpo era scosso dai singhiozzi. I rampicanti le stavano tirando la gamba ferita, e istintivamente Elena si ritrasse di scatto. Per un momento il dolore la svegliò e allora pensò: *Devo andare da Matt*, ma il momento successivo anche quel pensiero si era offuscato. Il dolce odore resinoso rimaneva. I rampicanti si fecero strada attraverso il suo torace, attraverso il suo seno. Le cinsero lo stomaco.

E allora cominciarono a stringere.

Quando Elena si rese conto del pericolo, le stavano già mozzando il respiro. Non riusciva a espandere il torace. Quando espirò, strinsero di nuovo, tutti insieme: tutti i piccoli rampicanti come un'anaconda gigantesca.

Non riusciva a strapparli via. Erano duri ed elastici e non riusciva a tagliarli con le unghie. Infilando le dita sotto una manciata di essi, tirò più forte che poteva, mentre continuava a grattare con le unghie e a torcerle. Alla fine una fibra si ruppe provocando il suono di una corda d'arpa che si spezza e una violenta sferzata nell'aria.

Il resto dei rampicanti strinse più forte.

Ora doveva lottare per inspirare, lottare per non contrarre il torace. I rampicanti le toccavano le labbra con delicatezza, fluttuando sul suo viso come minuscoli cobra, e poi la colpivano all'improvviso per andare, poi, a stuzzicarle le guance e la testa.

Sto per morire.

Provò un profondo rammarico. Le era stata data l'occasione di una seconda vita – di una terza, contando quella da vampiro – e non ne aveva fatto nulla. Nulla se non cercare il proprio piacere. E adesso Fell's Church era minacciata e Matt in imminente pericolo, e non solo lei non stava andando a salvarli, ma stava per arrendersi e morire lì.

Qual era la cosa giusta da fare? La soluzione spirituale? Collaborare per il momento con il male, con la speranza di avere la possibilità di annientarlo in seguito? Forse. Forse tutto ciò di cui aveva bisogno era chiedere aiuto.

La sensazione di apnea la stava stordendo. Non avrebbe mai creduto che Damon potesse farle passare tutto ciò, che l'avrebbe lasciata morire. Solo qualche giorno prima lei aveva preso le sue difese con Stefan.

Damon e i *malach*. Forse lei era il tributo che lui aveva dato ai *malach*. Di certo le creature erano molto esigenti.

O forse Damon voleva che lei chiedesse aiuto. Forse era lì vicino, ad aspettare al buio, la mente concentrata su quella di Elena, in attesa di un *Ti prego* sussurrato.

Cercò di far sprizzare quello che le rimaneva del Potere. Era quasi esaurito, ma come un fiammifero, sfregandolo ripetutamente, riuscì a ottenere una minuscola fiammella bianca.

Ora visualizzò la fiamma entrarle nella fronte. Dentro la testa. Dentro. Ecco.

Ora.

Nonostante l'agonia di non poter respirare, pensò: *Bonnie, Bonnie. Ascoltami.*

Nessuna risposta... ma non avrebbe potuto ascoltarne nessuna.

Bonnie, Matt è in una radura su un sentiero fuori dall'Old Wood. Può aver bisogno di sangue o altro tipo di aiuto. Cercalo. Nella mia auto. Non preoccuparti per me. È troppo tardi per me. Trova Matt.

E questo è tutto ciò che riesco a dire, pensò stancamente Elena. Aveva la vaga, triste sensazione di non essere riuscita ad arrivare a Bonnie. I polmoni stavano per esploderle. Era un modo orribile di morire. Sarebbe stata in grado di espirare ancora una volta e poi non ci sarebbe stata più aria...

Dannazione a te, Damon, pensò, e poi concentrò tutti i suoi pensieri, tutta la capacità della sua mente sui ricordi che aveva di Stefan. Sulla sensazione di essere tenuta stretta da Stefan, sul sorriso improvviso di Stefan, sul contatto con Stefan.

Occhi verdi, verde foglia, di un colore come di foglia in controluce...

Il decoro che aveva cercato di conservare, intatto...

Stefan... ti amo...

Ti amerò per sempre...

Ti ho sempre amato...

Ti amo...

8

Matt non aveva idea di che ora fosse, ma era il crepuscolo inoltrato sotto gli alberi. Era steso di traverso nell'auto nuova di Elena, come se vi fosse stato gettato dentro e dimenticato. Si sentiva l'intero corpo dolorante.

Appena si svegliò pensò immediatamente: Elena. Ma non riusciva a vedere da nessuna parte il bianco della sua camicetta, e quando la chiamò, prima piano, poi urlando, non ebbe alcuna risposta.

Adesso, carponi, cercava di farsi strada nella radura. Sembrava che Damon fosse andato via e ciò gli diede un briciolo di speranza e coraggio che accese la sua mente come un faro. Trovò la maglia che indossava Elena... decisamente malridotta. Ma quando non riuscì a trovare un altro corpo, morbido e caldo, nella radura, il cuore gli crollò fin sotto gli stivali.

E poi si ricordò della Jaguar. Rovistò affannosamente in una tasca alla ricerca delle chiavi, ma niente, e alla fine scoprì che, inspiegabilmente, erano già inserite.

Per uno straziante momento la macchina rifiutò di mettersi in moto, poi per fortuna Matt fu abbagliato per la luminosità dei fanali. Si scervellò su come girare l'auto assicurandosi di non investire Elena, qualora fosse svenuta, poi si tuffò nel vano portaoggetti facendo volare fuori manuali e occhiali da sole. Ah, e un anello di lapislazzuli. Qualcuno ne teneva uno di scorta lì dentro, nel caso servisse. Lo infilò; gli andava abbastanza bene.

Alla fine le sue dita si chiusero su una torcia, e così fu libero di ispezionare la radura quanto voleva.

Niente Elena.

E niente Ferrari.

Damon l'aveva portata da qualche parte.

Va bene, allora li avrebbe rintracciati. Per farlo, doveva lasciare l'auto di Elena, ma aveva già visto cosa erano in grado di fare alle macchine quei mostri, per cui non era una gran perdita.

Avrebbe dovuto fare attenzione anche con la torcia. Chi poteva sapere quanto fossero cariche le batterie?

Tanto per farlo, provò a chiamare il cellulare di Bonnie, poi a chiamarla a casa e infine alla pensione. Nessun segnale, anche se secondo il telefono avrebbe dovuto esserci. Non si meravigliò... quello era l'Old Wood, che incasinava le cose come al solito. Non si chiese neanche perché aveva fatto per primo il numero di Bonnie, quando Meredith sarebbe stata la più adatta.

Trovò facilmente le tracce della Ferrari. Damon era praticamente volato via di lì come un pipistrello... Matt sorrise tristemente finendo tra sé la frase.

E poi aveva guidato come per uscire dall'Old Wood. Questo era facile: evidentemente o Damon era andato troppo veloce per controllare bene l'auto oppure Elena aveva lottato, perché in diversi punti, soprattutto nelle curve, le tracce di pneumatici erano chiaramente visibili sul terreno morbido a lato della strada.

Matt fu attento specialmente a non calpestare nulla che potesse essere un indizio. C'era la possibilità che a un certo punto dovesse ritornare sui propri passi. Stette attento anche a ignorare i tenui rumori della notte attorno a lui. Sapeva che i *malach* erano là fuori, ma si rifiutò di pensarci.

E nemmeno si chiese mai perché stesse facendo tutto questo: andare intenzionalmente verso il pericolo anziché fuggire via, invece di cercare di tirar fuori la Jaguar dall'Old Wood. Dopo tutto, Stefan non aveva nominato *lui* guardia del corpo.

Ma a questo punto non devi fidarti di nulla di ciò che Damon potrebbe dire, pensò.

E poi... be', aveva sempre avuto un occhio di riguardo per Elena, anche prima del loro primo appuntamento. Poteva essere goffo, lento e debole in confronto ai loro nemici, ma non si sarebbe mai tirato indietro.

Adesso era buio pesto. Gli ultimi bagliori del crepuscolo avevano lasciato il cielo e, alzando lo sguardo, Matt poteva vedere nuvole e stelle... con gli alberi che incombevano inquietanti da ogni lato.

Stava arrivando alla fine della strada. La casa dei Dunstan sarebbe apparsa alla sua destra molto presto. Avrebbe chiesto loro se avessero visto...

Sangue.

Dapprima la sua mente corse a ridicole alternative, e pensò a vernice rosso scuro. Ma la sua torcia aveva evidenziato delle macchie marrone-rossiccio sul bordo della strada, proprio dove curvava bruscamente. Quello era *sangue*, lì sull'asfalto. E non era poco.

Stando attento a camminare attorno ai segni rosso bruno, illuminando con la torcia anche l'altro lato della strada, Matt cominciò a capire cos'era successo.

Elena era saltata giù.

Oppure Damon l'aveva spinta dall'auto in corsa... e dopo tutto il fastidio che si era preso per farcela entrare, ciò non aveva molto senso. Certo, poteva già averla dissanguata fino alla sazietà – le dita di Matt andarono istintivamente al collo ferito – ma allora, perché portarsela in macchina?

Per ucciderla spingendola fuori?

Un modo stupido per farlo, ma forse Damon faceva affidamento sui suoi animaletti, affinché si occupassero del corpo di Elena.

Possibile, ma non molto probabile.

Cosa *era* probabile?

Ecco, la casa dei Dunstan sorgeva su questo lato della strada, ma da lì non la si poteva vedere. E sarebbe stato proprio da Elena saltare fuori da un'auto in corsa in piena curva. Ci voleva cervello, coraggio e una fiducia sbalorditiva nella pura e semplice fortuna che questo non l'avrebbe uccisa.

La torcia di Matt seguì lentamente la devastazione di una lunga siepe di rododendro appena fuori dalla strada.

Mio Dio, è quello che ha fatto. Già. È saltata fuori e ha cercato di rotolarsi. Cavolo, è stata fortunata a non rompersi il collo. Ma ha continuato a rotolare, aggrappandosi alle radici e ai rampicanti per fermarsi. Ecco perché sono tutti divelti.

Un accenno di euforia stava sorgendo in Matt. Lo stava facendo. Era sulle tracce di Elena. Poteva vedere la sua caduta chiaramente, come se anche lui fosse stato presente.

Ma poi quella radice d'albero l'ha fatta ribaltare, pensò, e continuò a seguire la sua traccia. Deve averle fatto male. Sarà caduta e deve aver rotolato sul terreno duro per un tratto... deve essere stata una vera sofferenza, ha perso un sacco di sangue qui e poi deve essersi diretta verso i cespugli.

E poi? Il rododendro non mostrava altri segni della sua caduta. Cosa era successo lì? Damon aveva fatto inversione con la sua Ferrari abbastanza velocemente da riuscire a riprenderla?

No, decise Matt, esaminando con attenzione il terreno. C'era solo una fila di impronte lì, e appartenevano a Elena. Elena si era rialzata in quel punto... solo per cadere nuovamente, forse a causa della ferita. E poi aveva cercato di rialzarsi, ma i segni erano strani: una normale impronta da un lato e una profonda ma piccola tacca dall'altro.

Una stampella. Si era procurata una stampella. Sì, e quel segno di trascinamento era l'impronta del piede ferito. Ha camminato fino a quest'albero, e poi ha girato intorno... o saltellato, anzi, perché è quello che sembra. E poi si è diretta verso casa dei Dunstan.

Ragazza intelligente. Probabilmente ora era irriconoscibile, ma che importava se notavano la rassomiglianza tra lei e la defunta, grande Elena Gilbert? Poteva essere la cugina di Elena venuta da Filadelfia.

Così si era incamminata, uno, due, tre... otto passi... ed ecco la casa dei Dunstan. Matt ne vedeva le luci. Matt sentiva l'odore dei cavalli. Eccitato, fece di corsa il resto della strada, intervallato da piccole cadute che non fecero affatto bene al suo corpo dolorante, ma continuò ad andare dritto verso le luci del portico sul retro. I Dunstan non erano persone da portico anteriore.

Giunto alla porta, si mise a bussare furiosamente. L'aveva trovata. Aveva trovato Elena!

Sembrò passare un lungo tempo prima che alla porta si aprisse uno spiraglio. Matt, automaticamente, vi infilò il piede mentre pensava: Sì, bravi, siete persone prudenti. Non i tipi che lascerebbero entrare un vampiro appena dopo aver visto una ragazza ricoperta di sangue.

«Sì? Cosa vuoi?»

«Sono io, Matt Honeycutt», disse all'occhio che vedeva spuntare dallo spiraglio. «Sono qui per El... per la ragazza».

«Di quale ragazza parli?», disse una voce arcigna.

«Ascolti, non deve preoccuparsi. Sono io... andavo a scuola con Jake. E anche Kristin mi conosce. Sono venuto per aiutare».

Qualcosa nella sincerità della sua voce sembrò toccare una corda nell'animo della persona dietro la porta. Si aprì per mostrare un uomo grosso, dai capelli scuri, che indossava una canottiera e aveva bisogno di farsi la barba. Dietro di lui, nel soggiorno, c'era una donna alta e sottile, quasi emaciata. Sembrava che avesse pianto. Dietro a loro c'era Jake, che era stato un anno avanti a Matt alla Robert E. Lee High School.

«Jake», disse Matt. Ma non ebbe risposta se non uno spento sguardo d'angoscia.

«*Cosa c'è che non va?*», chiese Matt terrorizzato. «È venuta qui una ragazza non molto tempo fa... era ferita... ma... ma... voi l'avete fatta entrare, giusto?»

«Nessuna ragazza è venuta qui», disse seccamente il signor Dunstan.

«Ma deve essere venuta. Ho seguìto le sue tracce... ha lasciato una scia di sangue, capisce, fin quasi alla vostra *porta*». Matt non permetteva a se stesso di pensare. In qualche modo, se avesse continuato a raccontare i fatti ad alta voce, avrebbero fatto apparire Elena.

«Altri guai», disse Jake, ma con una voce spenta che andava di pari passo con la sua espressione.

La signora Dunstan cercò di mostrarsi più comprensiva. «Abbiamo sentito una voce fuori nella notte, ma quando abbiamo guardato, non c'era nessuno. E poi abbiamo i nostri guai».

Fu allora che, con perfetto tempismo, Kristin irruppe nella stanza. Matt la fissò con una sensazione di déjàvu. Era conciata più o meno come Tami Bryce. Si era tagliata gli shorts di jeans in modo da farli diventare praticamente inesistenti. Sopra portava il reggiseno di un bikini, ma – Matt distolse velocemente lo sguardo – con due grossi buchi tagliati proprio dove Tami aveva messo dei ritagli tondi di cartone. E si era decorata con la colla glitterata.

Dio, ha solo, quanto, dodici anni? Tredici? Com'è possibile che si comporti in questo modo?

Ma subito dopo, tutto il suo corpo fremeva per lo shock. Kristin gli si era incollata addosso e gli diceva seducente: «Matt Sederino d'Oro! Sei venuto a trovarmi!».

Matt respirò con calma per superare il trauma. *Matt Sederino d'Oro*. Lei non poteva saperlo. Non frequentava neanche la stessa scuola di Tami. Perché mai Tami avrebbe dovuto chiamarla e... raccontarle una cosa del genere?

Scosse la testa come per schiarirsi le idee. Poi guardò la signora Dunstan, che sembrava la più gentile. «Posso usare il vostro telefono?», chiese. «Ho bisogno... *ho davvero bisogno* di fare un paio di telefonate».

«Il telefono non funziona da ieri», disse con durezza il signor Dunstan. Non cercò di allontanare Kristin da Matt, il che era strano poiché era palesemente arrabbiato. «Probabilmente un albero caduto. E sai che i cellulari qui non funzionano».

«Ma...», la mente di Matt partì in quarta, «sul serio dite che nessuna ragazza è venuta a casa vostra chiedendo aiuto? Una ragazza con i capelli biondi e gli occhi azzurri? Lo giuro, non sono stato io a farle del male».

«Matt Sederino d'Oro? Mi sto facendo un tatuaggio, solo per te».

Ancora abbarbicata alle sue spalle, Kristin stese il braccio sinistro. Matt lo fissò, orripilato. La ragazza aveva senz'altro usato degli aghi o una spilla per punzecchiarsi l'avambraccio sinistro e aveva usato la cartuccia di una stilografica per ottenere il colore blu scuro. Era il tipico tatuaggio elementare da galera, sembrava fatto da un bambino. Le lettere disordinate M A T erano già visibili, seguite da uno sbaffo di inchiostro che sarebbe probabilmente diventato un'altra T.

Nessuna meraviglia che non fossero elettrizzati nel farlo entrare, pensò, sbalordito, Matt. Ora Kristin aveva entrambe le braccia attorno alla sua vita, rendendogli difficoltoso respirare. Era in punta di piedi e gli parlava, sussurrandogli velocemente alcune delle parole oscene che gli aveva detto anche Tami.

Guardò la signora Dunstan. «Sul serio, non vedo Kristin da... deve essere quasi un anno. C'è stata una fiera di fine anno e lei ha dato una mano con i giri sui pony, ma...».

La signora Dunstan annuiva lentamente. «Non è colpa tua. Si comporta allo stesso modo con Jake. Suo fratello. E con... con suo padre. Ma ora sono io a dirti la verità: non abbiamo visto nessun'altra ragazza. Nessuno tranne te è venuto alla nostra porta oggi».

«Ok». Gli occhi di Matt si stavano velando di lacrime. Il suo cervello, teso prima di tutto alla propria sopravvivenza, gli diceva di risparmiare fiato, di non discutere. Gli diceva di dire: «Kristin... non riesco a respirare...».

«Ma io ti *amo*, Matt Sederino d'Oro. Non voglio che mi lasci *mai*. Specialmente per quella vecchia puttana. Quella vecchia puttana con i vermi nelle orbite...».

Di nuovo Matt ebbe la sensazione che il mondo tremasse. Ma non riuscì a rimanere a bocca aperta. Gli mancava l'aria. Con gli occhi fuori dalle orbite, si girò smarrito verso il signor Dunstan, che era il più vicino.

«Non riesco... a respirare...».

Come faceva una tredicenne a essere così forte? Sia il signor Dunstan che Jake cercarono di toglierglìela di dosso. No, neanche questo funzionava. Cominciava a vedere una pulsante rete grigia davanti agli occhi. Aveva bisogno di aria.

Ci fu uno schiocco secco che terminò con un rumore come di carne colpita. E poi un altro. D'un tratto riuscì nuovamente a respirare.

«No, Jacob! Basta!», gridò la signora Dunstan. «L'ha lasciato andare... non colpirla più!».

Quando la vista di Matt si schiarì, il signor Dunstan stava rimettendosi la cinta. Kristin piangeva: «Aspetta e vedraaaai! Aspetta e vedraaaai! Ti farò pen-tire!». Poi corse via dalla stanza.

«Non so se può servire o se peggiora le cose», disse Matt quando riprese fiato, «ma Kristin non è l'unica ragazza che si sta comportando in questo modo. Ce n'è almeno un'altra in città...».

«Tutto ciò che mi interessa è Kristin», disse la signora Dunstan. «E... quella cosa non è lei».

Matt annuì. Ma c'era qualcosa che doveva fare adesso. Doveva trovare Elena.

«Se una ragazza bionda si presenta alla porta e chiede aiuto, la lascerete entrare, per favore?», chiese alla signora Dunstan. «La prego. Ma non lasciate entrare nessun ragazzo... neanche me se non volete», disse tutto d'un fiato.

Per un momento i suoi occhi e quelli della signora Dunstan si incontrarono, e sentì un contatto. Poi lei annuì e si affrettò a farlo uscire di casa.

Va bene, pensò Matt, Elena era diretta qui, ma non ci è proprio arrivata. Allora guarda gli indizi.

Guardò. E ciò che le tracce gli indicarono fu che, a pochi metri dalla proprietà dei Dunstan, Elena aveva inspiegabilmente girato a destra, addentrandosi nella foresta.

Perché? Qualcosa l'aveva spaventata? Oppure – Matt provò un senso di nausea – in qualche modo era stata convinta con l'inganno a trascinarsi sempre più all'interno, fino a che si era lasciata ogni presenza umana alle spalle?

Tutto ciò che Matt poteva fare era seguirla tra i boschi.

9

«Elena!».

Qualcosa le dava fastidio.

«Elena!».

Per favore, basta dolore. Non riusciva a sentirlo in quel momento, ma se lo ricordava... Oh, basta lottare per respirare...

«Elena!».

No... lasciatemi stare. Mentalmente, Elena spinse via la cosa che dava fastidio alle sue orecchie e alla sua testa.

«Elena, per favore...».

Voleva solo dormire. Per sempre.

«*Che tu sia dannato*, Shinichi!».

Damon aveva preso la palla di neve con la foresta in miniatura quando Shinichi si era accorto del bagliore sfocato di Elena che vi si sprigionava. Al suo interno, crescevano dozzine di abeti rossi, noci americani, pini e altri alberi... tutti su una membrana interna perfettamente trasparente. Una persona in miniatura – posto che qualcuno potesse essere miniaturizzato e messo in quel globo – avrebbe visto alberi davanti, alberi dietro, alberi in ogni direzione, ed avrebbe potuto camminare in linea retta e tornare al punto di partenza indipendentemente dalla strada che prendeva.

«È un divertimento», aveva detto Shinichi imbronciato, guardandolo intensamente da sotto le ciglia. «Un giocattolo, di solito per bambini. Una trappola-giocattolo».

«E tu trovi *questo* divertente?». Damon aveva scagliato il globo contro il tavolino di legno del delizioso cottage che era il nascondiglio segreto di Shinichi. Fu allora che aveva scoperto perché quelli erano giochi per bambini... il vetro era infrangibile.

Quindi Damon si era preso un attimo, solo un attimo, per ritrovare il controllo di se stesso. A Elena forse rimanevano solo pochi secondi da vivere. Doveva essere attento con le parole.

Dopo quella breve pausa, dalle sue labbra era sgorgato un lungo flusso di parole, la maggior parte in inglese e senza imprecazioni né insulti superflui. Non gli interessava insultare Shinichi. Aveva semplicemente minacciato – no, aveva *giurato* – di infliggere a Shinichi il genere di violenza che aveva talvolta visto in una lunga vita piena di umani e vampiri dalle fantasie distorte. Alla fine, Shinichi aveva capito che faceva sul serio, e così Damon si era ritrovato all'interno del globo con Elena fradicia di fronte a lui. Giaceva ai suoi piedi e stava peggio di quanto le sue peggiori paure gli avessero permesso di immaginare. Aveva il braccio destro lussato, con fratture multiple, e la tibia sinistra orrendamente fracassata.

Si era sentito orripilato nell'immaginarla barcollare nella foresta della palla di neve, con il sangue che le colava dal braccio destro, dalla spalla al gomito, trascinandosi la gamba sinistra come un animale ferito; ma ora era molto peggio. Aveva i capelli inzuppati di sudore e fango, sparpagliati sul viso. Ed era andata fuori di testa, letteralmente in delirio, perché parlava con persone che non erano lì.

E stava diventando cianotica.

Con tutti i suoi sforzi era riuscita a spazzare esattamente un solo rampicante. Damon ne ghermì una manciata, strappandoli ferocemente dalla terra se cercavano di resistere o di attorcigliarsi al suo polso. Elena, boccheggiando, fece un unico profondo respiro, proprio mentre l'asfissia l'avrebbe uccisa, ma non riprese conoscenza.

E non era l'Elena che lui ricordava. Quando l'aveva sollevata da terra, non aveva sentito alcuna resistenza, né accettazione: niente. Non lo riconosceva. Delirava in preda alla febbre, alla stanchezza e al dolore, ma in un momento di semicoscienza gli aveva baciato la mano attraverso i capelli bagnati e arruffati, sussurrando: «Matt... Trova... Matt». Non sapeva chi fosse lui... a malapena sapeva chi fosse *lei* stessa, eppure la sua preoccupazione era per il suo amico. Il bacio gli aveva attraversato la mano e il braccio come se fosse stato marchiato a fuoco, e da quel momento aveva controllato la mente di lei, cercando di scacciare l'agonia che provava e deviarla... in qualunque altro posto... nella notte... dentro se stesso.

Si girò verso Shinichi e, con la voce simile a un vento gelido, disse: «È meglio che tu abbia un modo per curare tutte le sue ferite... adesso».

Il delizioso cottage era circondato dagli stessi sempreverdi, noci americani e pini che crescevano all'interno del globo di neve. Il fuoco assunse un colore tra il verde e il viola quando Shinichi lo attizzò.

«Quest'acqua è quasi sul punto di bollire. Falle bere del tè con questa». Porse a Damon una tazza annerita – un tempo di bellissimo argento cesellato, ora un residuo malridotto di ciò che era stata – e una vecchia teiera con delle foglie spezzate e altre cose dall'aspetto sgradevole sul fondo. «Assicurati che beva almeno tre quarti di tazza, così si addormenterà e al risveglio sarà quasi come nuova».

Poi gli diede di gomito. «Oppure puoi solo farle bere qualche sorso, guariscila parzialmente e poi falle sapere che sta a te dargliene ancora... o no. Sai, dipende da quanto è collaborativa...».

Damon rimase in silenzio e si voltò. Se lo guardo, pensò, lo uccido. E potrei avere ancora bisogno di lui.

«Ma se vuoi davvero accelerare la guarigione, aggiungi un po' del tuo sangue. Ad alcuni piace fare così», aggiunse Shinichi, con la voce che aveva acquistato velocità per l'eccitazione. «Vedi quanto dolore è in grado di sopportare un umano, e poi, quando sta per morire, puoi nutrirlo con tè e sangue e ricominciare daccapo, se si ricorda di te dall'ultima volta – cosa che raramente fanno gli umani; di solito affrontano altro dolore solo per avere la possibilità di lottare contro di te...», ridacchiò, e Damon pensò che non sembrava molto sano di mente.

Ma quando si era improvvisamente voltato verso Shinichi, aveva dovuto mantenere i nervi molto saldi. Shinichi si era trasformato in una sagoma fiammeggiante, luminosa, con lingue di fuoco che si levavano dai suoi contorni, simili a eruzioni solari viste da vicino. Damon ne fu quasi accecato, e sapeva che era quella l'intenzione della creatura. Strinse forte la caraffa d'argento come se stesse tenendo stretta la propria sanità mentale.

Forse era così. Aveva uno spazio vuoto nella sua mente... e poi comparvero ricordi improvvisi di lui che cercava di trovare Elena... o Shinichi. Perché Elena era stata bruscamente strappata alla sua compagnia, e la colpa non poteva che essere del *kitsune*.

«C'è un bagno moderno qui?», chiese Damon a Shinichi.

«C'è tutto ciò che vuoi; basta che tu decida prima di aprire una porta con questa chiave. E adesso...». Shinichi si stiracchiò, socchiudendo gli occhi dorati. Si passò una mano nei lucenti capelli neri orlati di fiamma. «Ora, credo che me ne andrò a dormire sotto un cespuglio».

«Non è quello che fai sempre?». Damon non fece alcun tentativo di trattenere il tono di pungente sarcasmo nella sua voce.

«E divertirmi con Misao. E combattere. E andare ai tornei. Sono... be', devi venire a vederne uno».

«Non mi interessa andare da nessuna parte». Damon non voleva sapere cosa quella volpe e sua sorella considerassero un divertimento.

Shinichi allungò una mano e tolse dal fuoco il calderone in miniatura che bolliva. Versò l'acqua bollente sul miscuglio di corteccia d'albero, foglie e altri detriti contenuti nella decrepita teiera di metallo.

«Perché *ora* non vai a cercarti un cespuglio?», disse Damon... e non era un consiglio. Ne aveva avuto abbastanza della volpe, che per ora era servita al suo scopo, e non gli importava un bel niente di quale danno Shinichi potesse fare agli altri. Tutto ciò che voleva era rimanere solo... con Elena.

«Ricorda: faglielo bere tutto se vuoi tenertela per un po'. È decisamente irrecuperabile senza». Shinichi versò attraverso un colino l'infuso di tè verde scuro. «Meglio provare prima che si svegli».

«Perché non te ne vai e basta?».

Quando Shinichi attraversò l'apertura dimensionale, facendo attenzione a girare nel punto giusto per raggiungere il mondo reale, e non un altro globo, schiumava dalla rabbia. Avrebbe voluto tornare indietro e pestare Damon a morte. Voleva attivare il *malach* dentro Damon per fargli... be', non proprio uccidere la dolce Elena. Lei era un bocciolo il cui nettare non era stato ancora assaggiato, e Shinichi non aveva alcuna fretta di vederla sepolta sottoterra.

Ma riguardo al resto dell'idea... sì, decise. Ora sapeva cosa avrebbe fatto. Sarebbe stato semplicemente delizioso guardare Damon ed Elena fare pace, e poi quella sera, durante la Festa del Lunicornio, far riapparire il mostro. Avrebbe continuato a far credere a Damon che fossero "alleati", e poi, nel bel mezzo del loro piccolo festino... avrebbe liberato il Damon posseduto. Per fargli vedere che lui, Shinichi, aveva avuto il controllo per tutto il tempo.

Avrebbe punito Elena in modi che non si era mai immaginata e sarebbe morta in una deliziosa agonia... per mano di Damon. La coda di Shinichi fremette per l'estasi di quel pensiero. Ma per il momento, li avrebbe lasciati ridere e scherzare insieme. La vendetta maturava solo con il tempo e Damon era davvero difficile da controllare quando era infuriato.

Gli doleva ammetterlo, così come gli doleva la coda a causa dell'abominevole crudeltà di Damon verso gli animali. Quando Damon era in collera, occorreva ogni grammo della concentrazione di Shinichi per controllarlo.

Ma durante il Lunicornio, Damon sarebbe stato tranquillo, sarebbe stato calmo. Sarebbe stato soddisfatto di sé, poiché con Elena avrebbe senz'altro ordito qualche assurdo piano per cercare di fermare Shinichi.

Allora sarebbe iniziato il divertimento.

Elena sarebbe stata una magnifica schiava fino a che fosse rimasta in vita.

Andato via il *kitsune*, Damon sentì di potersi comportare con più naturalezza. Mantenendo un forte controllo sulla mente di Elena, prese la tazza. Assaggiò lui stesso un sorso del miscuglio, primo di provarlo su di lei, e trovò che il sapore era leggermente meno nauseante dell'odore. Tuttavia, Elena non aveva proprio alcuna scelta, non era in grado di fare nulla di sua volontà, e poco alla volta il miscuglio andò giù.

Seguìto da una dose del sangue di Damon. Elena era priva di sensi e non aveva voce in capitolo. Dopo un po' si addormentò.

Damon camminava senza posa. Un ricordo, più simile a un sogno, gli aleggiava nella testa. Riguardava Elena che cercava di buttarsi fuori da una Ferrari che andava a circa cento chilometri all'ora, per sfuggire da... cosa?

Da lui?

Perché?

In ogni caso, non il migliore degli inizi.

Ma era *tutto* ciò che riusciva a ricordare! Dannazione! Qualunque cosa fosse successa prima era buio totale. Aveva fatto del male a Stefan?

No, Stefan se n'era andato. C'era stato l'altro ragazzo insieme a lei: Mutt. *Cosa era successo?*

Dannazione! Doveva scoprire cosa era successo per poter spiegare tutto a Elena quando si sarebbe svegliata. Voleva che lei gli credesse, che si fidasse di lui. Non voleva che Elena fosse come una qualunque vittima da una notte e via. Voleva che lei lo *scegliesse*. Voleva che vedesse quanto lui fosse più adatto di quell'insignificante pappamolle di suo fratello.

La sua principessa delle tenebre. Questo era ciò che era destinata a essere. Con lui come re, consorte, qualunque cosa lei desiderasse. Quando avesse visto le cose più chiaramente, avrebbe capito che nulla aveva importanza. Che niente importava a parte che loro fossero insieme.

Osservò il suo corpo, velato dal lenzuolo, con distacco... no, con un concreto senso di colpa. *Dio mio*[1]... cosa ne sarebbe stato se non l'avesse trovata? Non riusciva a togliersi dalla mente l'immagine di come gli era apparsa: caduta a terra, e lì distesa senza respiro, che gli baciava la mano...

Damon si sedette. Perché era nella Ferrari insieme a lui? Era arrabbiata... no, non arrabbiata. Furiosa ci andava vicino, ma era anche terrorizzata... *da lui*. Ora riusciva a vederlo chiaramente: il momento in cui si era gettata dall'auto in corsa, ma prima di quello non riusciva a ricordare altro.

Stava andando fuori di testa?

Cosa le avevano fatto? No... allontanò con forza i propri pensieri da quella facile domanda e si pose quella vera. Cosa le aveva fatto *lui*? Gli occhi di Elena, azzurri con pagliuzze dorate, come i lapislazzuli, erano semplici da leggere, anche senza telepatia. Cosa... le... aveva fatto di tanto terrificante da farla saltare da un'auto in corsa per sfuggirgli?

Aveva tormentato il ragazzo biondo. Mutt... Gnat... come diavolo si chiamava. Loro tre erano stati insieme, e lui ed Elena erano... dannazione! Da quel punto fino al suo risveglio al volante della Ferrari, era tutto un vuoto accecante. Ricordava di aver salvato

[1] In italiano nel testo (*n.d.t.*).

Bonnie a casa di Caroline; ricordava di essere stato in ritardo per l'appuntamento che aveva con Stefan alle 4,44; ma, dopo di ciò, le cose cominciavano a frammentarsi. *Shinichi, che tu sia maledetto!* Quella volpe! Sapeva più di quello che aveva detto a Damon.

Sono sempre... stato più forte... dei miei nemici, pensò. Sono sempre... rimasto padrone della situazione.

Sentì un debole suono e fu accanto a Elena in un istante. I suoi occhi azzurri erano chiusi, ma ci fu un battito di ciglia. Si stava svegliando?

Si costrinse ad abbassarle il lenzuolo fino alla spalla. Shinichi aveva avuto ragione. C'era un sacco di sangue secco, ma aveva la sensazione che il flusso sanguigno si fosse normalizzato. Ma c'era qualcosa orribilmente fuori posto... no, non ci credeva.

Damon a stento si trattenne dal gridare per la frustrazione. Quella dannata volpe l'aveva lasciata con una spalla lussata.

Le cose decisamente non si mettevano bene per lui quel giorno.

E ora? Chiamo Shinichi?

Mai. Sentiva di non poter guardare un'altra volta la volpe quella notte senza desiderare di ucciderla.

Aveva intenzione di rimetterle la spalla in sede da solo. Di solito era una procedura eseguita da due persone, ma cosa poteva fare?

Continuando a tenere Elena in una morsa mentale ferrea, assicurandosi che *non potesse* svegliarsi, la afferrò per il braccio e iniziò la dolorosa manovra per dislocarle maggiormente l'omero, tirando l'osso per poi rilasciare la pressione e sentire il dolce *pop*, segno che il lungo osso del braccio era scivolato nuovamente nella sua cavità. Poi la lasciò andare. La testa di Elena fu sballottata da un lato e dall'altro, le sue labbra erano riarse. Damon versò dell'altro tè magico saldaossa di Shinichi nella tazza rovinata, poi le sollevò delicatamente la testa verso sinistra per portarle la tazza alle labbra.

A quel punto, concesse alla sua mente un po' di libertà; Elena iniziò a sollevare la mano destra ma la lasciò ricadere.

Damon sospirò e le inclinò la testa, inclinando la tazza d'argento così che il tè le colasse nella bocca. Lei deglutì obbediente. Tutto ciò gli ricordava Bonnie... ma Bonnie non aveva quelle terribili ferite. Damon sapeva di non poter restituire Elena ai suoi amici in quelle condizioni; non con la camicetta e i jeans a brandelli e sangue rappreso dappertutto.

Forse poteva rimediare in qualche modo. Si diresse verso la seconda porta dopo la camera da letto, pensò *bagno... bagno moderno*, infilò la chiave e aprì la porta. Era esattamente come l'aveva immaginato: un luogo immacolato, bianco, igienico, con un gran numero di asciugamani, pronti per gli ospiti, sul bordo della vasca da bagno.

Damon fece scorrere acqua calda su una salvietta. A quel punto sapeva che sarebbe stato meglio spogliare Elena e immergerla nell'acqua calda. Era ciò di cui aveva bisogno, ma se qualcuno l'avesse scoperto, i suoi amici gli avrebbero strappato il cuore ancora pulsante dal petto e l'avrebbero infilzato su un palo. Non doveva neanche pensarci... lo sapeva e basta.

Ritornò da Elena e cominciò dolcemente a sfregare il sangue secco dalla spalla. Lei mormorò, scuotendo la testa, ma lui continuò fino a che la spalla finalmente sembrò normale, per quanto poteva esserlo con i vestiti strappati.

Poi prese un'altra salvietta e si mise all'opera sulla sua caviglia. Era ancora gonfia... non sarebbe riuscita a correre tanto presto. La sua tibia, l'osso più lungo nella parte inferiore della gamba, si era saldata bene. Era una prova in più che Shinichi e lo *Shi no Shi* non avevano bisogno di soldi, altrimenti avrebbero potuto mettere quel tè sul mercato e fare una fortuna.

«Guardiamo le cose... in modo diverso», aveva detto Shinichi, fissando Damon con quegli strani occhi d'oro. «I soldi non significano molto per noi. Cosa ha significato, invece? Le sofferenze in punto di morte di un vecchio malvagio che ha paura di andare all'inferno. Guardarlo sudare, mentre cerca di ricordare gli scontri che ha da tempo dimenticato. La prima paura consapevole che un bambino ha della solitudine. Le emozioni di una moglie infedele quando il marito la sorprende con l'amante. Il primo bacio e la prima notte di una vergine. Un fratello che sceglie di morire al posto del proprio fratello. Cose del genere».

E molte altre cose che non era il caso di nominare in presenza di gentili ospiti, pensò Damon. Molte riguardavano il dolore. Erano sanguisughe di emozioni, si nutrivano dei sentimenti dei mortali per rifarsi del vuoto delle proprie anime.

Si sentì di nuovo male mentre cercava di immaginare... di calcolare il dolore che Elena doveva aver provato, saltando dalla sua auto. Doveva essersi aspettata una morte atroce... ma era sempre meglio che rimanere con lui.

Ora, prima di oltrepassare quella porta che fino a poco prima era stata un bagno dalle piastrelle bianche, pensò: *Cucina, moderna, con il freezer pieno di borse del ghiaccio.*

Neanche stavolta rimase deluso. Si ritrovò in una cucina di tipico gusto maschile, con cromature e piastrelle bianche e nere. Nel freeezer sei borse del ghiaccio. Ne portò tre a Elena e gliene mise una sulla spalla, una sul gomito e una sulla caviglia. Poi tornò all'immacolata bellezza della cucina per prendere un bicchiere di acqua ghiacciata.

Stanca. Così stanca.

Elena si sentiva il corpo di piombo.

Ogni arto... ogni pensiero... ricoperto da piombo.

Per esempio, c'era qualcosa che doveva fare... o non fare... in quel momento. Ma non riusciva a far affiorare quel pensiero. Era troppo pesante. Tutto era troppo pesante. Non riusciva neanche ad aprire gli occhi.

Un suono stridulo. Qualcuno era vicino, su una sedia. Poi sentì un liquido freddo sulle labbra, solo qualche goccia, ma la stimolò a provare a tenere da sola la tazza e a bere. Oh, acqua deliziosa.

Aveva un sapore migliore di qualsiasi altra cosa avesse bevuto prima. La spalla le faceva terribilmente male, ma valeva la pena sopportare per bere e bere... no! Il bicchiere le veniva portato via. Cercò, flebilmente, di trattenerlo, ma le fu strappato di mano.

Poi cercò di toccarsi la spalla, ma quelle mani gentili, invisibili non glielo permettevano, non fino a che non le ebbero lavato le mani con acqua calda. E dopo le applicarono borse di ghiaccio ovunque e la avvolsero come una mummia. Il freddo smorzò le immediate sensazioni di dolore, ma c'erano altri dolori, dentro di sé...

Era troppo difficile pensarci.

Quando le mani le tolsero le borse di ghiaccio – ora tremava dal freddo – si lasciò sprofondare nel sonno.

Damon curava Elena e si assopiva, la curava e si assopiva. Nel bagno perfettamente arredato, trovò una spazzola e un pettine di tartaruga. Sembravano utili. E una cosa sapeva per certo: i capelli di Elena non erano mai stati in quelle condizioni in tutta la sua vita... o non vita. Cercò di passarsi delicatamente la spazzola e si accorse che i nodi erano molto più difficili da districare di quanto avesse immaginato. Quando tirava più forte con la spazzola, lei si muoveva e mormorava qualcosa nel suo strano linguaggio del sonno.

E, alla fine, fu lei stessa a riuscirci. Elena, senza aprire gli occhi, allungò una mano e gli tolse la spazzola per continuare. Quando, poi, trovò un grosso nodo, si accigliò, e, afferrata una manciata di capelli, cercò di passarvi sopra la spazzola. Damon la capiva. Aveva talvolta portato i capelli lunghi durante la sua secolare esistenza... in certi casi non se ne poteva fare a meno e, nonostante i suoi capelli fossero naturalmente sottili come quelli di Elena, conosceva la sensazione frustrante di strapparsi i capelli alla radice. Damon stava per riprendere la spazzola, quando lei aprì gli occhi.

«Cosa...?», disse, e poi strizzò gli occhi.

Damon si era irrigidito, pronto a spingerla in un blackout mentale se fosse stato necessario. Ma lei non cercò neanche di colpirlo con la spazzola.

«Cosa... è successo?». Quello che Elena stava provando era evidente: la situazione non le piaceva. Era infelice a causa di un altro risveglio e aveva solo una vaga idea di quello che era accaduto mentre era addormentata.

Quando Damon, incerto se combattere o fuggire, le guardò il viso, Elena, lentamente, cominciò a ricostruire quello che le era successo.

«Damon?». Gli rivolse quello sguardo da "tutte le mosse sono ammesse".

Diceva: *Mi stanno torturando, o curando, o sei semplicemente uno spettatore interessato, che si gode il dolore di qualcuno bevendo un bicchiere di cognac?*

«Si *cucina* con il cognac, principessa. Si *beve* l'Armagnac. E io non bevo... nessuno dei due», disse Damon. Rovinò l'intero effetto aggiungendo in tutta fretta: «Non è una minaccia. Te lo giuro, Stefan mi ha lasciato a farti da guardia del corpo».

Questo era tecnicamente vero se si consideravano i fatti; Stefan aveva urlato: «Farai meglio ad assicurarti che a Elena non accada nulla, bastardo doppiogiochista, o troverò un modo per tornare e strapparti...». Il resto era stato coperto dalla lotta, ma Damon ne aveva colto il succo. E ora prendeva sul serio l'incarico.

«Nient'altro ti farà del male, se mi permetterai di badare a te», aggiunse, cominciando ad inventare, visto che chiunque l'aveva terrorizzata o spinta fuori dall'auto, aveva ovviamente agito anche in sua presenza. Ma in futuro non le sarebbe successo nulla, giurò a se stesso.

Per quanto quest'ultima volta fosse stato maldestro, da allora in poi non ci sarebbero state altre aggressioni ai danni di Elena Gilbert... altrimenti qualcuno sarebbe morto.

Non stava cercando di spiare i suoi pensieri, ma quando lei lo guardò negli occhi per un lungo momento, essi proiettarono con totale chiarezza, e completo mistero, le parole: sapevo che non mi sbagliavo. È stato qualcun altro per tutto il tempo. E seppe che, sotto il dolore, Elena provava un enorme senso di soddisfazione.

«Mi fa male la spalla». Sollevò la mano destra per stringersela, ma Damon la fermò.

«Te la sei lussata», disse Damon. «Ti farà male per un po'».

«E la caviglia... ma qualcuno... ricordo di essere stata nel bosco e di aver alzato gli occhi e c'eri tu. Non riuscivo a respirare ma tu mi hai strappato i rampicanti di dosso e mi hai presa tra le braccia...». Guardò Damon piena di stupore. «*Tu* mi hai salvata?».

La frase suonava come una domanda, ma non lo era. Elena si stava interrogando su qualcosa che sembrava impossibile. Poi cominciò a piangere.

La prima paura consapevole che un bambino ha della solitudine. Le emozioni di una moglie infedele quando il marito la sorprende con l'amante...

E forse il pianto di una ragazza quando crede che il suo nemico l'abbia salvata dalla morte.

Damon digrignò i denti per la frustrazione. Il pensiero che Shinichi potesse osservare tutto ciò, sentendo le emozioni di Elena, assaporandole... era impossibile da sopportare. Shinichi avrebbe restituito a Elena i suoi ricordi, ne era certo. Ma solo quando e dove lo avrebbe trovato più divertente.

«Era il mio compito», disse con fermezza. «Avevo giurato di farlo».

«Ti ringrazio», ansimò Elena tra i singhiozzi. «No, per favore... non andartene. Dicevo sul serio. Ohhh... c'è una scatola di fazzolettini... o qualsiasi cosa di *asciutto*?». Il suo corpo era di nuovo scosso dai singhiozzi.

Il bagno perfetto aveva una scatola di fazzolettini. Damon la portò a Elena.

Non la guardò usarli, mentre continuava a soffiarsi il naso e a piangere. Lì non c'era nessuno spirito incantato né incantatore, nessun risoluto e sofisticato combattente del male, nessuna pericolosa civetta. C'era solo una ragazza distrutta dal dolore, che gemeva come un cervo ferito e singhiozzava come un bambino.

E senza dubbio suo fratello avrebbe saputo cosa dirle. Lui, Damon, non aveva idea di cosa fare... eccetto sapere che avrebbe ucciso per quello che le era capitato. Shinichi avrebbe imparato cosa voleva dire avere a che fare con Damon quando si trattava di Elena.

«Come ti senti?», chiese bruscamente. Nessuno avrebbe potuto dire che si era approfittato della situazione... nessuno avrebbe potuto dire che le aveva fatto del male solo per... usarla.

«Mi hai dato il tuo sangue», disse Elena con stupore, e quando lui abbassò rapidamente lo sguardo sulle sue maniche arrotolate, lei aggiunse: «No... è solo una sensazione che conosco. Quando la prima volta... sono ritornata sulla Terra, dopo la vita da spirito, Stefan mi dava il suo sangue e, alla fine, mi sentivo... così. Molto calda. Un po' a disagio».

Lui si voltò di scatto e la guardò. «A disagio?»

«Troppo piena... qui». Si toccò il collo. «Noi crediamo che sia una cosa simbiotica... per i vampiri e gli umani che vivono insieme».

«Per un vampiro che Cambia un umano in vampiro, vuoi dire», disse lui seccamente.

«Tranne che io non sono Cambiata quando ero ancora metà spirito. Ma poi... sono ridiventata umana». Singhiozzò, tentò un patetico sorriso e si mise a usare di nuovo la spazzola. «Ti chiederei di darmi un'occhiata per vedere che non sono Cambiata, ma...». Fece un piccolo movimento involontario.

Damon si sedette e immaginò come sarebbe stato prendersi cura di Elena spirito-bambino. Era un'idea allettante.

Disse fuori dai denti: «Quando hai detto che eri un po' a disagio prima, intendevi dire che *io* dovrei prendere un po' del tuo sangue?».

Lei girò lo sguardo da un'altra parte e poi lo guardò di nuovo. «Ti ho detto che ti sono grata. Ti ho detto che mi sentivo... troppo piena. Non so in che altro modo ringraziarti».

Damon aveva impiegato secoli per allenarsi alla disciplina, altrimenti avrebbe fatto volare qualcosa per la stanza. Era una situazione da ridere... o da piangere. Lei gli si stava offrendo come ringraziamento per averla salvata dalle sofferenze che lui avrebbe dovuto ma non aveva saputo risparmiarle.

Ma Damon non era un eroe. Non era come santo Stefan, che avrebbe rifiutato il più grande dei premi, qualunque fosse la condizione in cui lei si trovava.

La voleva.

10

Matt aveva rinunciato a decifrare gli indizi. Per quello che poteva capire, qualcosa aveva fatto in modo che Elena aggirasse completamente la casa e il fienile dei Dunstan, continuando a saltellare, fino a che non si era imbattuta in un letto di sottili viticci rampicanti, ormai strappati e ridotti in poltiglia. Penzolavano flaccidi dalle dita di Matt, ma gli ricordavano, in modo inquietante, la sensazione dei tentacoli dell'insetto attorno al suo collo.

E da lì in avanti non c'era segno di movimenti umani. Era come se un UFO l'avesse risucchiata.

Poi, facendo tentativi in tutte le direzioni al punto da non aver più trovato la macchia dei rampicanti, Matt si era perso nel bosco. Ora, se voleva, poteva fantasticare di essere circondato da ogni sorta di rumore. Se voleva, poteva immaginare che la luce della torcia non era più brillante come prima, ma di un pallido colore giallastro...

Per tutta la durata della sua ricerca, aveva cercato di essere più silenzioso possibile, perché capiva che sarebbe potuto arrivare di soppiatto alle spalle di qualche creatura che non aveva intenzione di essere colta di sorpresa. Ma adesso, da qualche parte dentro di lui, qualcosa stava crescendo e la sua capacità di fermarlo si indeboliva ogni secondo che passava.

Quando gli esplose fuori, lo fece sussultare tanto quanto avrebbe fatto con qualsiasi altra persona in ascolto.

«*Eeeeleeeeeeeeenaaaaa!*».

Quando era bambino, a Matt era stato insegnato a dire le preghiere della buonanotte. Non conosceva molto altro riguardo alla religione, ma aveva una profonda e sincera sensazione che ci fosse Qualcuno o Qualcosa là fuori che si prendeva cura delle persone. Che in qualche posto e in qualche modo tutto avesse un senso, e che esistessero spiegazioni per ogni cosa.

Quella convinzione era stata messa a dura prova durante l'ultimo anno. Ma il ritorno di Elena dalla terra dei morti aveva spazzato via tutti i suoi dubbi. Sembrava avesse dimostrato tutto ciò in cui aveva sempre voluto credere.

Non ce l'avresti restituita solo per pochi giorni per poi riprendertela di nuovo?, si chiedeva, e questa domanda era, in realtà, una forma di preghiera. Non lo faresti... vero?

Perché il pensiero di un mondo senza Elena, senza la sua *scintilla*, la sua forte volontà, il suo modo di buttarsi in folli avventure – e poi uscirne, ancora più follemente – era troppo... c'era troppo da perdere. Il mondo sarebbe stato tetro e cupo, grigio e scuro senza di lei. Non ci sarebbe stato il rosso fuoco, né lampi di verde pappagallo, né il ceruleo, né il giallo giunchiglia, né l'argento... e neppure l'oro. Niente pagliuzze d'oro negli occhi di un infinito blu lapislazzuli.

«Eeeleeeeeeeenaaaa! Dannazione, rispondimi! Sono Matt, Elena! Eleee...».

Si interruppe bruscamente e si mise in ascolto. Per un attimo il cuore fece un balzo e tutto il corpo sussultò. Ma poi capì le parole che aveva sentito.

«Eeeleeeeenaaa? Maaatt? Dove siete?»

«Bonnie? *Bonnie! Sono qui!*». Rivolse il fascio di luce della torcia verso l'alto, tracciando un cerchio. «Riesci a vedermi?»

«Riesci a vederci?».

Matt girò lentamente su se stesso. E... sì... ecco i raggi di una torcia, due torce, tre!

Il cuore fece un balzo alla vista di tre torce. «Sto venendo verso di voi», urlò, e alle parole fece seguire l'azione. Quello non era il momento per la circospezione. Correva, strappava i viticci che cercavano di afferrargli le caviglie, continuando a urlare per tutto il tempo: «Restate dove siete! Sto venendo verso di voi!».

E poi i fasci di luce delle torce furono proprio davanti a lui, accecandolo, e in qualche modo si ritrovò Bonnie tra le braccia, e Bonnie stava piangendo. Il che, per lo meno, dava alla situazione una sorta di normalità. Bonnie piangeva contro il suo petto, mentre lui guardava Meredith, che gli sorrideva impaziente, e... la signora Flowers? Era proprio lei, portava quel cappello da giardinaggio con sopra i fiori finti, insieme a quelli che sembravano sette o otto maglioni di lana.

«Signora Flowers?», disse, quando la bocca finalmente si mise alla pari con il cervello. «Ma... dov'è Elena?».

Ci fu un improvviso sconforto nelle tre persone che lo guardavano, come se, impazienti di avere notizie, ora si fossero abbattute per la delusione.

«Non l'abbiamo vista», disse piano Meredith. «Eri *tu* quello che stava con lei».

«Io *ero* con lei, sì. Ma poi è arrivato Damon. *Le ha fatto del male*, Meredith». Matt sentì le braccia di Bonnie serrarsi attorno a lui. «L'ha fatta rotolare a terra in preda alle convulsioni. Credo che la ucciderà. E... ha ferito me. Credo di essere svenuto. Quando mi sono svegliato lei non c'era più».

«L'ha portata via?», chiese Bonnie aggressivamente.

«Sì, ma... non capisco cos'è successo dopo». Dolorosamente, spiegò che, a quanto pareva, Elena era saltata fuori dall'auto e che le sue tracce non portavano da nessuna parte.

Bonnie tremò tra le sue braccia.

«E poi sono successe altre cose strane», disse Matt. Lentamente, con qualche esitazione, fece del suo meglio per raccontare di Kristin e delle coincidenze con Tami.

«Questo è... semplicemente assurdo», disse Bonnie. «Pensavo di avere una risposta, ma se Kristin non ha avuto alcun contatto con nessuna delle altre ragazze...».

«Probabilmente pensavi alle streghe di Salem, cara», disse la signora Flowers. Matt non riusciva ancora ad abituarsi al fatto che la signora Flowers stesse *parlando* con loro. Lei continuò: «Ma voi non sapete davvero con chi sia stata Kristin in questi ultimi giorni. O con chi sia stato Jim, a questo punto. I ragazzi hanno molta libertà di questi tempi, e lui potrebbe essere... come si dice?... un *portatore*».

«E poi, anche se si tratta di possessione, può essere un tipo di possessione completamente diverso», disse Meredith. «Kristin vive nell'Old Wood. L'Old Wood è pieno di questi insetti... di questi *malach*. Chi lo sa se è successo quando lei è semplicemente uscita di casa? Chi può dire cosa la stava aspettando?».

Ora Bonnie tremava violentemente tra le braccia di Matt. Avevano spento tutte le torce tranne una, per risparmiare le batterie, e questo certo rendeva l'ambiente spettrale.

«Ma cosa ne dice della telepatia?», disse Matt alla signora Flowers. «Voglio dire, non credo neanche per un minuto che delle streghe *vere* abbiano aggredito quelle ragazze di Salem. Credo che fossero delle ragazze represse in preda a un'isteria di massa quando si ritrovavano insieme, e che in qualche modo la situazione sia sfuggita di mano. Ma come faceva Kristin a conoscere il nome... lo stesso nome... con cui mi ha chiamato Tami?»

«Forse tutti noi ci siamo sbagliati», disse Bonnie, la cui voce proveniva attutita da un punto del plesso solare di Matt. «Forse non è affatto come Salem, dove... l'isteria si è diffusa in senso orizzontale, se capite cosa voglio dire. Forse c'è qualcuno dietro a tutto questo, che la sta diffondendo dove gli pare».

Ci fu un breve silenzio, e poi la signora Flowers mormorò: «Sulla bocca dei bambini e dei lattanti...».

«Significa che crede sia così? Ma allora chi c'è dietro? Chi sta facendo tutto questo?», chiese Meredith. «Non può essere Damon perché lui ha salvato Bonnie due volte... e me una volta». Prima che chiunque potesse mettere insieme le parole per fare domande, lei stava già continuando: «Elena era piuttosto sicura che Damon fosse posseduto da qualcosa. Quindi chi altri può essere?»

«Qualcuno che non abbiamo ancora incontrato», mormorò sinistramente Bonnie. «Qualcuno che non ci piacerà».

Con tempismo perfetto, si sentì lo schiocco di un ramo alle loro spalle. Come una persona sola, un corpo solo, si voltarono per guardare.

«Ciò che voglio veramente», disse Damon a Elena, «è farti riscaldare. E questo vuol dire o cucinarti qualcosa di caldo, così ti riscalderai dall'interno, oppure metterti nella vasca da bagno per farti riscaldare dall'esterno. E considerando quello che è accaduto l'ultima volta...».

«Io... non ho voglia di mangiare nulla...».

«Coraggio, è una tradizione americana. Zuppa di mele? Torta di pollo della mamma?».

Elena ridacchiò senza volerlo, poi fece una smorfia. «È torta di mele e zuppa di pollo della mamma. Ma non è male come inizio».

«Va bene. Prometto di non mescolare le mele con il pollo».

«Potrei assaggiare un po' di zuppa», disse lentamente Elena. «E, oh, Damon, ho una gran sete d'acqua. Per favore».

«Lo so, ma se bevi troppo, ti farà male. Preparo la zuppa».

«È in una delle lattine con l'etichetta rossa. Strappa la linguetta in cima per versarla...». Elena si fermò quando lui si girò verso la porta.

Damon sapeva che lei aveva seri dubbi su tutta la faccenda, ma sapeva anche che se le avesse portato qualsiasi cosa da bere, lei l'avrebbe bevuta. La sete aveva questo effetto.

Lui ne era la prova non vivente.

Quando oltrepassò la soglia, ci fu un rumore spaventoso, come lo scatto di un trinciapollo. Rimase quasi paralizzato.

«*Damon!*». Una voce si lamentava debolmente dietro la porta. «Damon, stai bene? Damon! Rispondimi!».

Invece, si girò, esaminò la porta, che sembrava perfettamente normale, e la aprì. Chiunque l'avesse guardato si sarebbe meravigliato nel vedere che usava la chiave su una porta non chiusa, e nel sentirgli dire: «Stanza di Elena», per poi girare la chiave e aprire la porta.

Una volta entrato, si mise a correre.

Elena giaceva in un groviglio indistricabile di coperte e lenzuola sul pavimento. Cercava di rialzarsi, ma la faccia era terrea per il dolore.

«Cosa ti ha spinto giù dal letto?», disse. Avrebbe ucciso Shinichi *lentamente.*

«Niente. Ho sentito un rumore tremendo proprio quando la porta si è chiusa. Ho cercato di raggiungerti, ma...».

Damon la fissò. «*Ho cercato di raggiungerti, ma...*». Quella creatura affranta, dolorante, esausta aveva cercato di salvare *lui*? Si era sforzata talmente tanto da cadere dal letto?

«Mi dispiace», disse lei, con le lacrime agli occhi. «Non riesco ad abituarmi alla forza di gravità. Sei ferito?»

«Non quanto te», disse, con voce intenzionalmente brusca e distogliendo lo sguardo. «Ho fatto una sciocchezza a lasciare la stanza, e la casa... me l'ha ricordato».

«Di cosa stai parlando?», disse afflitta Elena, coperta solo di lenzuola.

«Questa chiave». Damon la sollevò così che lei potesse vederla. Era dorata e si poteva portare come un anello, ma da essa si dipartivano due ali e diventava una bellissima chiave.

«Cos'ha che non va?»

«Il modo in cui l'ho usata. Questa chiave ha il potere del *kitsune* dentro di sé, e apre qualsiasi cosa e ti porta ovunque, ma per farla funzionare devi metterla nella toppa, dire dove vuoi andare e poi girare la chiave. Ho dimenticato di farlo quando sono uscito dalla tua stanza».

Elena sembrava perplessa. «Ma se una porta non ha serratura? La porta di molte camere da letto non ce l'ha».

«Questa chiave si adatta a ogni porta. Si direbbe che crea la propria serratura. È un tesoro del *kitsune*... che ho sottratto a Shinichi scuotendolo quando ero arrabbiatissimo perché eri ferita. Ben presto la vorrà indietro». Gli occhi di Damon si rimpicciolirono e sorrise debolmente. «Mi chiedo chi di noi due finirà per tenerla. Ne ho notata un'altra in cucina... una di riserva, naturalmente».

«Damon, tutta questa storia sulle chiavi magiche è interessante, ma se tu riuscissi a togliermi dal pavimento...».

Fu d'un tratto contrito. Poi ci fu il problema se rimetterla sul letto o meno.

«Farò il bagno», disse Elena a voce bassa. Si sbottonò i jeans e cercò di sfilarseli.

«Aspetta un minuto! Potresti svenire e affogare. Sdraiati, e prometto che ti farò lavare, dopo che proverai a mangiare». Aveva nuove riserve riguardo alla casa.

«Ora svestiti sul letto e copriti con le lenzuola. Faccio dei massaggi favolosi», aggiunse, voltandosi.

«Ascolta, non è che non devi guardare. È qualcosa che non mi è chiaro da quando... sono tornata», disse Elena. «Pudore. Non capisco perché ci si debba vergognare del proprio corpo». (Queste parole gli giunsero con un tono piuttosto smorzato). «Cioè, per chi crede che ci ha creati Dio... Dio ci ha creati senza vestiti, persino dopo Adamo e Eva. Se è così importante, perché non ci ha fatti già con i pannolini?»

«Già, anzi, le tue parole mi ricordano quello che una volta dissi alla regina madre di Francia», rispose Damon, deciso a farla spogliare mentre lui guardava una crepa in uno dei pannelli di legno della parete. «Ho detto che se Dio fosse stato onnisciente e onnipotente, allora avrebbe conosciuto in anticipo i nostri destini, e quindi perché i giusti sono destinati a nascere peccaminosamente nudi come i dannati?»

«E lei cosa ha detto?»

«Non una parola. Ma ha ridacchiato e mi ha dato tre colpetti sul dorso della mano con il suo ventaglio, il che, mi fu detto in seguito, era un invito a un convegno amoroso. Ahimè, avevo altri impegni. Sei sul letto?»

«Sì, e sono sotto un lenzuolo», disse Elena stancamente. «Se era la regina *madre*, immagino che tu sia stato felice», aggiunse con voce quasi stupita. «Non era vecchia?»

«No, Anna d'Austria, regina di Francia, ha conservato la sua notevole bellezza fino alla fine. Fu l'unica rossa a...».

Damon si interruppe, cercando affannosamente le parole quando si trovò davanti al letto. Elena aveva fatto ciò che le aveva chiesto. Non si era proprio reso conto di quanto gli avrebbe ricordato Afrodite che sorge dalle acque. Il bianco sgualcito del lenzuolo ricopriva il bianco latte più caldo della sua pelle. Aveva, certo, bisogno di una ripulita, ma sapere che sotto quel sottile lenzuolo era stupendamente nuda, era abbastanza da mozzargli il respiro.

Elena aveva appallottolato i suoi vestiti e li aveva gettati nell'angolo più lontano della stanza. Lui non la biasimò.

Non pensò. Non se ne diede il tempo. Allungò semplicemente una mano e disse: «Consommé di pollo al limone e timo, bollente, in una tazza Misaka... e olio di fiori di susino, molto caldo, in una boccetta».

Una volta terminato diligentemente il brodo, Elena si ridistese e lui iniziò a massaggiarla con delicatezza. I fiori di susino erano sempre un ottimo inizio. Rendevano la pelle e i sensi quasi insensibili al dolore, e facevano da base ad altri, più esotici, oli che intendeva usare su di lei.

In un certo senso, era meglio che infilarla in una moderna vasca o in una Jacuzzi. Così poteva vedere le sue ferite, poteva riscaldare l'olio alla temperatura giusta per ognuna di esse. E invece del getto di una Jacuzzi che spruzzava acqua su un'escoriazione, lui avrebbe fatto in modo di evitare i punti più sensibili... al dolore.

Cominciò con i suoi capelli, stendendo una leggerissima patina di olio che avrebbe reso pettinabili anche i nodi più intricati. Dopo l'olio, i capelli rilucevano come l'oro contro la sua pelle... miele sulla panna. Poi cominciò con i muscoli del viso: dei colpetti con i pollici sulla fronte per distenderla e rilassarla, facendo in modo che anche lei si rilassasse con tali movimenti. Lente rotazioni sulle tempie, con una lievissima pressione. Poteva vedere le sottili vene azzurre disegnate, e sapeva che una pressione più profonda l'avrebbe fatta addormentare.

Poi proseguì con le braccia, gli avambracci, le mani, facendola rilassare con gesti antichi accompagnati da antiche e adatte essenze, fino a che lei non fu altro che una cosa morbida, senza ossa sotto il lenzuolo: lucida, soffice e cedevole. Damon scoccò per un attimo il suo sorriso incandescente, tirandole un alluce fino a che non fece *pop*... e poi il suo sorriso divenne ironico. Poteva avere tutto ciò che desiderava di lei, adesso. Sì, lei non era nelle condizioni di rifiutare nulla. Ma non aveva fatto i conti con ciò che quel dannato lenzuolo avrebbe fatto a *lui*. Tutti sapevano che una minima copertura, per quanto semplice fosse, attirava sempre l'attenzione sulle parti tabù, cosa che la pura nudità non faceva. E massaggiare Elena, centimetro dopo centimetro in quel modo, fece sì che la sua attenzione si concentrasse su ciò che era nascosto sotto il candido tessuto.

Dopo un po' Elena disse con voce assonnata: «Non mi racconti la fine della storia? Quella di Anna d'Austria, che fu l'unica rossa a...».

«...a, ah, rimanere rossa naturale fino alla fine della sua vita», mormorò Damon. «Sì. Si diceva che il cardinale Richelieu fosse il suo amante».

«Non era quel cardinale malvagio de *I tre moschettieri*?»

«Sì, ma forse non così malvagio come è stato rappresentato, e senz'altro fu un abile politico. E, dicono alcuni, il vero padre di Luigi... adesso girati».

«È uno strano nome per un re».

«Uhm?»

«Luigi Adesso Girati», disse Elena, voltandosi e facendo balenare una coscia vellutata, mentre Damon cercava di posare lo sguardo su varie altre parti della stanza.

«Dipende dalla tradizione dei nomi del paese d'origine di un individuo», disse Damon a casaccio. Tutto quello che riusciva a vedere erano repliche di quella visione fugace.

«Cosa?»

«Cosa?»

«Ti stavo chiedendo...».

«Hai caldo adesso? Finito», disse Damon e, incautamente, diede una pacca alla curva più evidente sotto l'asciugamano.

«Ehi!». Elena si sollevò e Damon, messo di fronte a un intero corpo di un pallido rosa dorato, profumato e lucido, e dai muscoli d'acciaio sotto la pelle di seta, fuggì precipitosamente.

Tornò dopo un adeguato lasso di tempo offrendo dell'altra zuppa. Elena, ricompostasi sotto il suo lenzuolo, che si era drappeggiata a mo' di toga, accettò. Non cercò neanche di dare una pacca al sedere di Damon quando si girò.

«Cos'è questo posto?», chiese invece. «Non può essere dai Dunstan... sono una vecchia famiglia, con una vecchia casa. Sono da sempre contadini».

«Oh, diciamo che è semplicemente un mio piccolo pied-à-terre nel bosco».

«Ah», disse Elena. «Sapevo che non dormivi sugli alberi».

Damon si scoprì a cercare di non ridere. Non era mai stato con Elena in una situazione in cui non si trattava di vita o di morte. Ora, se avesse detto di aver scoperto di amare la sua mente dopo averla massaggiata, nuda sotto un lenzuolo... no... Non gli avrebbe creduto nessuno.

«Va meglio?»

«Calda come una zuppa di pollo e mele».

«Non finirà mai questa storia, vero?».

La fece rimanere sul letto mentre lui si dedicò a camicie da notte, di tutte le taglie e gli stili, vestaglie e pantofole; tutto nell'attimo che impiegò per andare in quello che era stato un bagno, ora diventato con soddisfazione una cabina-armadio, molto fornita di abbigliamento per la notte. Dalla lingerie di seta, alle care vecchie camicie da notte passate di moda ai berretti da notte: questo guardaroba aveva tutto. Damon ne emerse con le braccia piene e fece scegliere a Elena.

Lei scelse una camicia da notte bianca con il collo alto, di un tessuto modesto. Damon si scoprì ad accarezzare una regale vestaglia azzurro cielo orlata di quello che sembrava autentico pizzo Valenciennes.

«Non è il mio stile», disse Elena, infilandola velocemente sotto altra roba.

Non è il tuo stile con *me* nei paraggi, pensò Damon divertito. Sei una ragazzina saggia, davvero. Non vuoi tentarmi e farmi fare qualcosa di cui domani potresti pentirti.

«Va bene... e ora puoi farti una buona nottata di sonno...». Si interruppe, poiché lei lo stava improvvisamente guardando stupita e addolorata.

«Matt! Damon, stavamo cercando *Matt*! Me lo sono appena ricordato. Lo stavamo cercando e io... io non lo so. Mi sono ferita. Ricordo di essere caduta e poi ero qui».

Perché ti ci ho portata io, pensò Damon. Perché questa casa è solo un pensiero nella mente di Shinichi. Perché le uniche cose stabili qui dentro siamo noi due.

Damon respirò profondamente.

11

Lasciaci almeno la dignità di uscire dalla tua trappola sulle nostre gambe... o, dovrei dire, usando la tua chiave? Damon inviò questo pensiero a Shinichi. A Elena disse: «Sì, stiamo cercando come-si-chiama. Ma tu hai fatto una brutta caduta. Desidero... vorrei chiederti... di rimanere qui e recuperare mentre *io* vado a cercarlo».

«Credi di sapere dov'è Matt?». Questo fu per lei il succo di tutta la frase di Damon. Era tutto ciò che aveva sentito.

«Sì».

«Possiamo andarci *adesso*?»

«Non mi lasci andare da solo?»

«No», disse Elena con semplicità. «Devo trovarlo. Non dormirei affatto se tu uscissi da solo. Ti prego, non possiamo andarci adesso?».

Damon sospirò. «Va bene. Nell'armadio c'erano alcuni» – ci saranno ora – «vestiti che ti andranno bene. Jeans e cose del genere. Vado a prenderli», disse, «per quanto vorrei convincerti a stenderti e riposare mentre io vado a cercarlo».

«Posso farcela», promise Elena. «E se ci vai senza di me, salterò fuori da una finestra e ti seguirò».

Era seria. Lui andò a prenderle i vestiti che le aveva promesso e poi si voltò, mentre Elena indossava una versione identica dei jeans e della camicia a scacchi che aveva prima, intera e senza macchie di sangue. Poi lasciarono la casa, mentre Elena si spazzolava energicamente i capelli e si guardava indietro di tanto in tanto.

«Cosa fai?», chiese Damon, proprio quando aveva deciso di portarla.

«Aspetto che la casa scompaia». E quando lui le rivolse il suo miglior sguardo *di cosa stai parlando?*, Elena disse: «Jeans Armani, proprio della mia taglia? Sottoveste La Perla, la stessa? Camicia a scacchi, due taglie più grande, proprio come quella che indossavo? Questo posto o è un magazzino o è magico. Punto sul magico».

Damon la sollevò, come per farla stare zitta, e si avviò alla portiera del lato passeggero della Ferrari. Si chiese se fossero nel mondo reale ora, o in un altro dei globi di Shinichi.

«È scomparsa?», chiese.

«Esatto».

Che peccato, pensò lui. Gli sarebbe piaciuto tenersela.

Poteva cercare di rinegoziare l'affare con Shinichi, ma c'erano altre cose, molto più importanti, a cui pensare. Strinse delicatamente Elena, pensando: altre cose *molto, molto* più importanti.

In macchina si assicurò di tre piccoli fatti. Primo, che quel click che il suo cervello registrò automaticamente come passeggero con cintura allacciata significava che Elena aveva sul serio la propria cintura allacciata. Secondo, che le portiere fossero bloccate... dal *suo* dispositivo principale. E terzo, si assicurò di guidare abbastanza piano. Non pensava che qualcuno con le sembianze di Elena si sarebbe gettato di nuovo fuori dalla sua auto nel prossimo futuro, ma non voleva escludere nessuna possibilità.

Non aveva idea di quanto sarebbe durato quell'incantesimo. Elena alla fine doveva venire fuori da quell'amnesia. Era semplicemente razionale, perché sembrava che lui ci fosse quasi riuscito, e poi era sveglio da molto più tempo di lei. Ben presto avrebbe ricordato... cosa? Di averla portata nella Ferrari contro la sua volontà (brutto ma perdonabile... non poteva sapere che si sarebbe gettata fuori)? Di aver tormentato Mike o Mitch o chiunque fosse e lei nella radura? Egli stesso ne aveva un vago ricordo... o forse era un altro sogno.

Damon avrebbe voluto sapere qual era la verità. Quando sarebbe stato *lui* a ricordare tutto? Si sarebbe trovato in una posizione molto più forte di prima per contrattare.

E poi era quasi impossibile che Mac fosse andato in ipotermia durante una tempesta di mezza estate, anche se fosse stato ancora nella radura. Era una notte fresca, ma il peggio che il ragazzo potesse aspettarsi erano dei reumatismi quando avrebbe avuto più o meno ottanta anni.

La cosa di vitale importanza era che *non* lo trovassero. Avrebbe potuto avere delle verità sgradevoli da dire.

Damon notò che Elena stava facendo di nuovo lo stesso gesto. Si toccava la gola, una smorfia, un respiro profondo.

«Soffri di mal d'auto?»

«No, sto...». Alla luce della luna poteva vedere il suo rossore andare e venire; poteva sentire il suo calore con i sensori del suo viso. Elena arrossì intensamente. «Ti ho spiegato», disse, «quella sensazione di... pienezza. È così adesso».

Cosa doveva fare un vampiro?

Dire: *Mi dispiace... mi astengo per il Lunicornio?*

Dire: *Mi dispiace... mi odierai domani mattina?*

Dire: *Al diavolo la mattina, questo sedile si abbassa di cinque centimetri?*

E se fossero arrivati alla radura e avessero scoperto che era davvero successo qualcosa a Mutt... Gnat... al ragazzo? Damon l'avrebbe rimpianto per i suoi ultimi venti secondi di vita. Elena avrebbe invocato legioni di spiriti celesti sulla sua testa. Anche se nessuno credeva in lei, Damon sì.

Si scoprì a dire, con un tono più mellifluo di quello mai usato con Page o Damaris: «Ti fidi di me?»

«Cosa?»

«Ti fidi di me per altri quindici o venti minuti, il tempo di andare nel posto in cui credo che si trovi come-si-chiama?». *Se c'è... scommetto che ricorderai tutto e non vorrai vedermi mai più per tutta la vita... allora ti risparmierai una lunga ricerca. Se non c'è...*

e non c'è nemmeno l'auto, è il mio giorno fortunato e Mutt ha in premio la sua vita... e noi continuiamo a cercare.

Elena lo guardava intensamente. «Damon, *sai* dov'è Matt?»

«No». Be', era abbastanza vero. Lei era un bel gioiellino, una graziosa cosina rosa, ma soprattutto, era intelligente... Damon interruppe le sue poliritmiche contemplazioni sull'intelligenza di Elena. Perché pensava in versi? Stava davvero impazzendo? Se l'era già chiesto prima... vero? Chiedersi se si era pazzi non era la prova che non lo si era? Quelli veramente pazzi non dubitavano mai della propria sanità mentale, giusto? Giusto. Oppure dubitavano? Di certo tutto quel parlare tra sé non era una cosa buona per *nessuno*.

Merda.

«Va bene, allora. Mi fiderò di te».

Damon lasciò andare il respiro che aveva trattenuto e si diresse con l'auto verso la radura.

Era uno dei rischi più eccitanti di tutta la sua vita. Da una parte, c'*era* la sua vita... Elena avrebbe trovato un modo per ucciderlo se aveva ucciso Mark, ne era certo. E dall'altra parte... un assaggio di paradiso. Con una consenziente Elena, una bramosa Elena, una disponibile Elena... Deglutì. Si scoprì a fare la cosa più vicina a una preghiera che avesse fatto in mezzo millennio.

Mentre percorrevano la curva che portava al viottolo, si tenne in iper-allerta, con il motore che emetteva solo un ronzio e l'aria della notte che portava ogni sorta di informazioni ai suoi sensi da vampiro. Era più che mai sicuro che potesse esserci un'imboscata tesa per lui. Ma il viottolo era deserto. E quando schiacciò improvvisamente l'acceleratore per arrivare alla piccola radura, la trovò benedettamente, desolatamente, completamente vuota: né auto né diciottenni il cui nome cominciava per "M".

Si rilassò sul sedile.

Elena lo aveva osservato.

«Pensavi che potesse essere qui».

«Sì». E ora era giunto il momento della domanda vera. Senza farle quella domanda, tutta la faccenda sarebbe stata un inganno, una frode. «Ricordi questo posto?».

Lei si guardò attorno. «No. Dovrei?».

Damon sorrise.

Ma prese la precauzione di guidare per altri trecento metri, fino a un'altra radura, nel caso Elena avesse avuto un improvviso attacco di memoria.

«C'erano dei *malach* nell'altra radura», spiegò senza difficoltà. «Questa è garantita senza mostri». Oh, che bugiardo che sono, esultò. Ci so ancora fare o no?

Era stato... disturbato sin da quando Elena era tornata dall'Altro Lato. Ma se quella prima notte la cosa lo aveva sconcertato al punto di togliersi la camicia per darla a lei... be', non c'erano parole per descrivere come si era sentito quando se l'era ritrovata davanti, appena tornata dall'aldilà, con la pelle che splendeva nella radura buia, nuda senza vergogna né il concetto di vergogna. E quando le aveva fatto il massaggio, e le sue vene sembravano linee di un fiammeggiante blu cometa contro un cielo bianco, Damon aveva provato qualcosa che non provava da cinquecento anni.

Provava desiderio.

Desiderio umano. I vampiri non lo provavano. Era tutto sublimato nel bisogno di sangue, sempre il sangue...

Eppure lo sentiva.

Sapeva anche perché. L'aura di Elena. Il sangue di Elena. Aveva riportato con sé qualcosa di più concreto delle ali. E mentre le ali erano svanite, questo nuovo dono sembrava essere durevole.

Si rese conto che era passato moltissimo tempo da quando aveva provato una cosa del genere, e che perciò poteva decisamente sbagliarsi. Ma non pensava fosse così. Pensava che l'aura di Elena avrebbe risollevato il più fossilizzato dei vampiri e che avrebbe fatto rifiorire la sua virilità.

Si scostò, per quanto potessero permetterlo gli stretti confini della Ferrari. «Elena, c'è qualcosa che dovrei dirti».

«Riguardo a Matt?». Gli rivolse uno sguardo diretto, perspicace.

«Nat? No, no. Riguarda te. So che sei stata sorpresa di sapere che Stefan ti ha affidato a uno come *me*».

Non c'era abbastanza spazio nella Ferrari per avere un po' di privacy: lui stava già condividendo il calore del corpo di Elena.

«Sì, lo sono stata», disse con semplicità.

«Be', potrebbe avere qualcosa a che fare con...».

«Può avere a che fare con il fatto che siamo giunti alla conclusione che la mia aura avrebbe fatto ballare la giga persino ai vecchi vampiri. Da ora in poi, avrò bisogno di una forte protezione a causa di questa cosa. Così ha detto Stefan».

Damon non sapeva cosa fosse una giga, ma era pronto a benedirla per aver fatto capire a una signora l'importanza della sua condizione. «Credo», disse prudentemente, «che tra tutte le cose, Stefan vorrebbe che tu fossi protetta dagli esseri malvagi di tutto il globo che sono stati attratti qui, e soprattutto che tu non sia costretta a... a, um, gigare... se non lo desideri».

«E mi ha *lasciata* adesso... come un egoista, stupido, idiota idealista, considerando quante persone al mondo potrebbero volermi fare la festa».

«Sono d'accordo», disse Damon, attento a mantenere intatta la bugia sulla partenza di Stefan. «E ho già promesso tutta la protezione che sono in grado di offrire. Sul serio, farò del mio meglio, Elena, per controllare che nessuno ti si avvicini».

«Sì», disse Elena, «ma poi qualcosa del genere», fece un piccolo gesto probabilmente riferendosi a Shinichi e a tutti i problemi derivanti dal suo arrivo, «arriva e nessuno sa come comportarsi».

«Vero», disse Damon. Doveva continuare a ricordare quale fosse il suo reale scopo. Era lì per... be', non era dalla parte di Stefan. E la cosa era, era abbastanza facile...

Eccola che si passava la mano tra i capelli... una bellissima fanciulla bionda seduta a spazzolarsi i capelli... il sole nel cielo non era affatto così dorato. Damon si scosse violentemente. Da quando era un appassionato delle vecchie canzoni popolari inglesi? Cosa c'era che non andava in lui?

Tanto per dire una cosa, chiese: «Come ti senti?», proprio quando, come era già successo, lei si era portata la mano alla gola.

Elena fece una smorfia: «Non male».

Allora si guardarono. E poi Elena sorrise e lui dovette ricambiare il sorriso, all'inizio solo sollevando il labbro e poi con un sorriso pieno.

Lei era... dannazione, lei era *tutto*. Arguta, incantevole, coraggiosa, intelligente... e bellissima. E Damon sapeva che i propri occhi stavano dicendo tutto questo e che lei non aveva distolto lo sguardo.

«Potremmo... fare due passi», disse lui, e le campane risuonarono, le trombe intonarono una fanfara, e ci fu una pioggia di coriandoli e un volo di colombe...

In altre parole, Elena disse: «Va bene».

Si avviarono lungo un piccolo sentiero che partiva dalla radura e che, agli occhi di un vampiro abituato alla notte, sembrava poco impegnativo. Damon non voleva che lei stesse troppo in piedi. Sapeva che aveva ancora dolore e che non voleva che lui lo sapesse o che la coccolasse troppo. Qualcosa dentro di lui disse: «Bene, allora aspetta fino a che non si stanca e poi aiutala a sedersi».

E qualcos'altro, fuori dal suo controllo, sbucò fuori alla prima esitazione del piede di Elena e così Damon la sollevò da terra, scusandosi in una dozzina di lingue diverse, e facendo lo stupido fino a che non la fece sedere su una comoda panca di legno con lo schienale, e le mise sulle gambe una leggerissima coperta da viaggio. Poi aggiunse: «Me lo dici se c'è qualcos'altro... qualsiasi cosa... che desideri?». Casualmente, le inviò un frammento dei suoi pensieri su possibili scelte ovvero un bicchiere d'acqua, lui seduto accanto a lei e un cucciolo d'elefante, che aveva visto prima nella mente di Elena.

«Mi dispiace molto, ma non sono bravo a fare gli elefanti», disse, in ginocchio per sistemarle meglio il poggiapiedi. A quel punto colse un suo pensiero casuale: lui non era così diverso da Stefan come sembrava.

Nessun altro nome lo avrebbe portato a fare quello che fece allora. Nessun'altra parola, o idea, avrebbe potuto avere un tale effetto su di lui. In un attimo la coperta non c'era più, il poggiapiedi era sparito e lui reggeva Elena, piegata all'indietro con l'esile colonna, che era il suo collo, totalmente messa a nudo.

La differenza, le disse*, tra me e mio fratello è che lui spera ancora di intrufolarsi in qualche modo nel paradiso. Io non sono un sempliciotto che si lamenta del proprio destino.* Io so dove andrò. *E* – le rivolse un sorriso con tutti i canini in fuori – *non me ne frega niente.*

Lei aveva gli occhi sgranati... l'aveva spaventata. Spaventata al punto da farle avere una reazione involontaria, del tutto sincera. I suoi pensieri erano rivolti verso di lui, facili da leggere. *Lo so... e sono fatta così anch'io. Voglio quello che desidero. Non sono buona come Stefan. E non so...*

Lui era affascinato. *Cosa non sai, dolcezza?*

Lei scosse semplicemente la testa, con gli occhi chiusi.

Per superare l'impasse, lui le sussurrò all'orecchio: «Cosa ne dici di questo, allora»:

> Di' che sono sfacciato
> e che sono cattivo.
> Di'... sei vanità
> ...Io sono più vanitoso.
> Ma voi, Erinni, aggiungete che
> ho baciato Elena.

Gli occhi le si spalancarono. «Oh, no! Ti prego, Damon». Sussurrava: «Ti prego! Ti prego, non ora!». E poi deglutì dolorosamente. «E poi mi hai chiesto se volevo qualcosa da bere, e all'improvviso non è più così. Non mi dispiacerebbe essere *io* una bevanda se vuoi, ma prima ho una sete tremenda... una sete come la tua, forse?».

Si diede di nuovo dei colpetti sotto il mento.

Damon si sciolse dentro.

Allungò la mano e la chiuse attorno allo stelo di un delicato calice di cristallo, fece mulinare abilmente il liquido che vi era contenuto, ne provò il bouquet... ah, squisito... e lo versò delicatamente sulla sua lingua. Era il *non plus ultra.* Vino Black Magic, prodotto da uve Clarion Loess Black Magic. Si trattava dell'unico vino che la maggior parte dei vampiri beveva... e giravano finte storie su come tenesse in vita quando altri tipi di sete non potevano venire soddisfatti.

Elena beveva il suo, con gli occhi azzurri sgranati sul viola profondo del vino mentre lui le raccontava un po' della sua storia. Amava guardarla quando era così... mentre indagava con tutti i sensi all'erta. Chiuse gli occhi e ricordò alcuni momenti particolari del suo passato. Poi li riaprì per trovare Elena, davvero una bambina assetata, che buttava giù avidamente...

«Il tuo *secondo* bicchiere...?». Aveva visto il suo primo calice a terra. «Elena, da dove ne hai preso un altro?»

«Ho solo fatto ciò che hai fatto tu. Ho allungato la mano. Non è come un liquore forte, vero? Sa di succo d'uva e io stavo morendo dalla voglia di bere».

Poteva essere davvero così naïf? Vero, il Black Magic non aveva l'odore penetrante né il sapore della maggior parte degli alcolici. Era sottile, creato per l'esigente palato dei vampiri. Damon sapeva che i vitigni crescevano su un tipo di terreno, il loess, che rimane dopo il ritiro di un ghiacciaio. Certo, quel vino era destinato solo a vampiri ultracentenari, poiché occorrevano secoli affinché si creasse il loess. E quando il terreno era pronto, le uve venivano coltivate e sottoposte al procedimento che le trasformava da frutto a polpa, pestata con i piedi in tinozze di legno duro, senza mai vedere il sole. Era quello che dava al vino il suo sapore vellutato, scuro e delicato. E ora...

Elena aveva uno sbaffo di "succo d'uva". Damon avrebbe voluto tanto cancellarlo con un bacio.

«Be', un giorno potrai dire alla gente che hai bevuto due bicchieri di Black Magic in meno di un minuto e la colpirai», disse.

Ma Elena ancora si dava dei colpetti sotto il mento.

«Elena, vuoi farti togliere un po' di sangue?»

«Sì!», disse con il tono squillante di qualcuno a cui è stata finalmente fatta la domanda giusta.

Era ubriaca.

Gettò le braccia all'indietro, avvolgendole attorno alla panca, che si trasformò per assecondare ogni movimento del suo corpo. La panca era diventata, proprio in quel momento, un divano di pelle nera con un alto schienale. Il collo esile di Elena era poggiato sul punto più alto dello schienale, la gola esposta all'aria. Damon si allontanò con un piccolo gemito. Voleva riportarla alla civiltà. Era preoccupato per la sua salute, leggermente impensierito per quella di... Mutt; e adesso... non poteva avere *tutto* ciò che voleva. Non poteva proprio bere il suo sangue mentre era ubriaca.

Elena emise un suono diverso che poteva essere il suo nome. «D'm'n?», biascicava. Aveva gli occhi pieni di lacrime.

Quasi tutto quello che avrebbe fatto un'infermiera per un paziente, Damon l'aveva fatto per Elena. Ma sembrava che lei non volesse risputare davanti a lui quei due bicchieri di Black Magic.

«Sc'to male», sbottò Elena, con un pericoloso singhiozzo alla fine. Afferrò il polso di Damon.

«Già, questo non è proprio il vino da tracannare. Aspetta, siediti diritta e fammi provare...». E forse perché aveva detto quelle parole senza pensare – senza pensare di essere brusco, senza pensare di manipolarla in un modo o nell'altro –, ci riuscì. Elena gli obbedì e lui le mise due dita sulle tempie ed esercitò una lieve pressione. Per una frazione di secondo ci fu quasi un disastro, ma poi Elena si mise a respirare lentamente e tranquillamente. Era ancora sotto l'effetto del vino, ma non era più ubriaca.

Ed era arrivato il momento. Doveva finalmente dirle la verità.

Ma prima aveva bisogno di svegliarsi.

«Un triplo espresso, prego», disse, stendendo la mano. Apparve all'istante, aromatico e nero come la sua anima. «Shinichi dice che l'espresso da solo basta come scusa per il genere umano».

«Chiunque sia Shinichi, sono d'accordo con lui o lei. Un triplo espresso, prego», disse Elena alla magia di cui era fatto quel bosco, quella palla di neve, quell'universo. Non accadde nulla.

«Forse in questo momento è abituato solo alla mia voce», disse Damon scoccandole un sorriso rassicurante, e le porse il suo espresso con un gesto della mano.

Con sorpresa vide che Elena aveva aggrottato la fronte.

«Hai detto "Shinichi". Chi è?».

L'ultima cosa che Damon voleva era che Elena avesse a che fare con il *kitsune*, ma se davvero aveva intenzione di dirle tutto, sarebbe andata a finire così. «È un *kitsune*, uno spirito-volpe», disse. «È la persona che mi ha dato quell'indirizzo internet che ha fatto fuggire Stefan».

L'espressione di Elena si raggelò.

«In realtà», disse Damon, «credo che preferirei portarti a casa prima di fare il passo successivo».

Elena, esasperata, alzò gli occhi al cielo, ma lasciò che lui la prendesse e la riportasse in macchina.

Damon aveva appena capito qual era il posto migliore per dirle tutto.

In quel momento non avevano l'urgenza di andare in un posto che fosse fuori dall'Old Wood. Non trovarono una strada che non finisse in un vicolo cieco, o in una piccola radura o contro degli alberi. Elena non sembrò affatto sorpresa di scoprire il piccolo sentiero che conduceva alla loro piccola ma perfettamente arredata casetta, quindi Damon non disse nulla quando vi entrarono, ma fece un nuovo inventario di quello che avevano.

Avevano una camera da letto con un grande e lussuoso letto. Avevano una cucina. E un soggiorno. Ma ognuna di quelle stanze poteva diventare qualsiasi stanza si scegliesse, semplicemente pensandoci prima di aprire la porta. Inoltre, c'erano le chiavi... lasciate da quello che Damon ormai aveva cominciato a considerare un seriamente scombussolato Shinichi... chiavi che consentivano alle porte di fare altro ancora. Infilavi la chiave in una porta, annunciavi cosa volevi ed eccoti là... anche se sembrava essere in uno spazio-tempo fuori dal territorio di Shinichi. In altre parole, le porte sembravano collegarsi al mondo reale, ma Damon non ne era del tutto certo. *Era* il mondo reale o solo un altro dei giochini di Shinichi?

Quello che avevano in quel momento era una lunga scala a chiocciola che conduceva a un osservatorio a cielo aperto sormontato da un terrazzino, proprio come il tetto della pensione. C'era persino una stanza come quella di Stefan, notò Damon mentre portava Elena su per le scale.

«Andiamo fino in cima?». Elena sembrava stupita.

«Fino in cima».

«E cosa facciamo quassù?», chiese Elena, quando lui l'ebbe sistemata su una sedia con un poggiapiedi e una coperta leggera sulle gambe.

Damon si sedette su una sedia a dondolo, oscillando un po', con le braccia strette attorno a un ginocchio e il viso rivolto verso il cielo nuvoloso.

Si dondolò ancora una volta e poi la guardò. «Ho immaginato che saremmo stati qui», disse, con il leggero tono autoironico che significava che era molto serio, «così posso dirti la verità, tutta la verità, nient'altro che la verità».

12

«Chi è?», diceva una voce proveniente dall'oscurità del bosco. «Chi è laggiù?».

Raramente Bonnie era stata grata a qualcuno quanto a Matt che la teneva stretta a sé. Aveva bisogno del contatto delle persone. Se avesse potuto seppellirsi abbastanza profondamente tra gli altri, allora si sarebbe sentita in qualche modo al sicuro. A stento riuscì a non urlare quando la luce fioca della torcia oscillò su una scena surreale.

«*Isobel!*».

Sì, era davvero Isobel, che non era affato all'ospedale Ridgemont, ma lì, nell'Old Wood. Era braccata, nuda e coperta solo da sangue e fango.

Lì, su quello sfondo, sembrava sia una preda che una specie di divinità della foresta, una dea della vendetta, e della caccia, pronta a punire chiunque l'avesse ostacolata. Era senza fiato, respirava a fatica, gocce di saliva le colavano dalla bocca, ma non era stata domata. Bastava solo guardarle gli occhi, scintillanti di rosso, per capirlo.

Alle sue spalle, calpestando i rami ed emettendo di tanto in tanto un grugnito o un'imprecazione, c'erano altre due figure, una alta e sottile ma bulbosa in cima, e l'altra più bassa e tarchiata. Sembravano due gnomi all'inseguimento di una ninfa.

«*Dottor Alpert!*». Meredith era a malapena in grado di sembrare la persona controllata di sempre.

Al tempo stesso, Bonnie vide che i piercing di Isobel erano peggiorati. Aveva perso gran parte delle borchie, degli anelli e delle barrette e al loro posto c'erano sangue e pus che colavano dai buchi.

«Non spaventarla», sussurrò la voce di Jim nell'ombra. «La stiamo seguendo da quando abbiamo dovuto fermarci». Bonnie sentì Matt, che aveva trattenuto il respiro per urlare, mandare fuori l'aria. Riuscì anche a vedere perché Jim sembrava così sbilanciato. Portava Obaasan sulla schiena, alla maniera giapponese, con le braccia di lei attorno al collo. Come uno zaino, pensò Bonnie.

«*Cosa vi è successo?*», sussurrò Meredith. «Pensavamo che foste andati in ospedale».

«Non so come, ma un albero è caduto sulla strada quando siete andate via e non siamo riusciti a fare il giro per andare in ospedale né da nessun'altra parte. Ma non solo: era un albero con dentro un nido di calabroni o qualcosa del genere. Isobel si è svegliata *così*», il dottore schioccò le dita, «e quando ha sentito i calabroni si è precipitata fuori dall'auto per la paura. Noi le siamo corsi dietro. Ammetto che avrei fatto la stessa cosa se fossi stato da solo».

«Qualcuno ha visto questi calabroni?», chiese Matt dopo un po'.

«No, era appena diventato buio. Ma li abbiamo sentiti benissimo. La cosa più strana che abbia mai sentito. Sembravano calabroni lunghi mezzo metro», disse Jim.

Meredith stava stringendo il braccio di Bonnie dall'altro lato. O per farla stare zitta o per incoraggiarla a parlare, Bonnie non ne aveva idea. E cosa poteva dire? «Qui gli alberi caduti rimangono così fino a quando la polizia *si decide* a cercarli»?, «Oh, attenti ai diabolici tentacoli di insetti lunghi quanto il vostro braccio»?, «E, a proposito, probabilmente ce n'è uno dentro a Isobel in questo momento»? *Questo* avrebbe sul serio mandato fuori di testa Jim.

«Se sapessi come si torna alla pensione, lascerei loro tre lì», diceva la signora Flowers. «Non fanno parte di questa cosa».

Con grande sorpresa di Bonnie, il dottor Alpert non fece obiezione all'affermazione secondo cui "non faceva parte della cosa". Né chiese cosa ci facesse la signora Flowers con due adolescenti nell'Old Wood a quell'ora. Ciò che disse fu ancora più sorprendente: «Abbiamo visto le luci quando avete cominciato a gridare. È proprio là in fondo».

Bonnie sentì i muscoli di Matt irrigidirsi contro di lei. «Grazie a Dio», disse. E poi, lentamente: «Ma non è possibile. Ho lasciato i Dunstan circa dieci minuti prima che ci incontrassimo ed è proprio dall'altro lato dell'Old Wood rispetto alla pensione. Ci vorrebbero almeno quarantacinque minuti per arrivarci a piedi».

«Be', possibile o no, noi abbiamo visto la pensione, Theophilia. Tutte le luci erano accese, in ogni piano. Era impossibile sbagliarsi. Sei sicuro di non aver sottovalutato il tempo?», aggiunse, rivolto a Matt.

Il nome della signora Flowers è Theophilia, pensò Bonnie, e dovette reprimere l'impulso di ridacchiare. La tensione si stava impossessando di lei.

Ma proprio mentre lo stava pensando, Meredith le diede un'altra leggera gomitata.

A volte era convinta che lei, Elena e Meredith avessero una specie di telepatia reciproca. Forse non si trattava di vera telepatia, ma talvolta un semplice sguardo, anche solo un'occhiata, riusciva a dire più di mille parole. E talvolta – non sempre, ma talvolta – Matt o Stefan sembravano farne parte. Non che fosse come la vera telepatia, con le voci chiare nella testa come lo sarebbero state nelle orecchie, ma a volte i ragazzi sembravano essere... sintonizzati sul canale delle ragazze.

Bonnie infatti sapeva esattamente cosa significava quella gomitata. Significava che Meredith aveva spento la lampada nella camera di Stefan all'ultimo piano, e che la signora Flowers aveva spento le luci dabbasso quando erano uscite. Perciò mentre

Bonnie aveva una vivida immagine della pensione con le luci accese, quell'immagine, adesso, non poteva essere la realtà.

Qualcuno sta cercando di confonderci era il significato della gomitata di Meredith. E Matt era sulla stessa lunghezza d'onda, anche se per un diverso motivo. Si chinò leggermente verso Meredith, con Bonnie tra di loro.

«Ma forse dovremmo tornare indietro e andare verso i Dunstan», disse Bonnie, con il suo tono più infantile e straziante. «Sono persone normali. Potrebbero proteggerci».

«La pensione è proprio oltre quell'altura», disse risolutamente il dottor Alpert. «E io apprezzerei moltissimo il suo parere su come rallentare le infezioni di Isobel», aggiunse rivolto alla signora Flowers.

La signora Flowers palpitò. Non c'erano altre parole per descrivere la sua reazione. «Oh, cielo, che complimento. Una prima cosa sarebbe ripulire le ferite dallo sporco, immediatamente».

Questo era talmente ovvio e così poco tipico da parte della signora Flowers, che Matt diede una stretta a Bonnie proprio mentre Meredith si era piegata su di lei. *Sìiii!*, pensò Bonnie. C'è telepatia allora, o no? Quindi è il dottor Alpert quello pericoloso, il bugiardo.

«Allora siamo d'accordo. Ci dirigiamo alla pensione», disse con calma Meredith. «E, Bonnie, non preoccuparti. Ci prenderemo cura di te».

«Lo faremo senz'altro», disse Matt, dandole un'ultima stretta. Significava: *Ci sono. So chi non è dalla nostra parte*. Ad alta voce, aggiunse, con un finto tono risoluto: «A ogni modo non è una buona idea andare dai Dunstan. Ho già raccontato alla signora Flowers e alle ragazze questa cosa, ma hanno una figlia che è come Isobel».

«Si riempe di buchi?», disse il dottor Alpert, all'apparenza sgomento e inorridito al solo pensiero.

«No. Si sta solo comportando in modo piuttosto strano. Ma non è un buon posto». Strizzata.

L'ho capito da un bel po', pensò Bonnie seccata. Mi tocca stare zitta adesso.

«Ci faccia strada, per favore», mormorò la signora Flowers, che sembrava più che mai in preda a palpitazioni, «fino alla pensione».

E lasciarono che il dottore e Jim facessero strada. Bonnie continuò il suo borbottio lamentoso nel caso qualcuno stesse ascoltando. E lei, Matt e Meredith, tennero tutti d'occhio il dottore e Jim.

«Ok», disse Elena a Damon, «sono bardata come un palombaro, sono tesa come una corda di violino, e sono stufa di tutta questa attesa. Perciooooò... qual è la verità, tutta la verità e nient'altro che la verità?». Scosse la testa. Il tempo per lei si era allungato.

Damon disse: «In un certo senso, ci troviamo in una minuscola palla di neve che ho creato per me. Ciò vuol dire che non ci sentiranno né ci vedranno per qualche minuto. Ora è tempo di parlare sul serio».

«Quindi è meglio che parliamo in fretta». Gli sorrise incoraggiandolo.

Stava cercando di aiutarlo. Sapeva che aveva bisogno di aiuto. Damon voleva dirle la verità, ma era così lontano dalla sua natura che era come chiedere a un *dannato* cavallo selvaggio di farsi cavalcare, di farsi domare.

«Ci sono molti problemi», se ne uscì Damon con voce roca, e lei seppe che le aveva letto i pensieri. «Hanno... hanno cercato di rendermi impossibile parlare con te di questa cosa. Lo hanno fatto nel grande stile delle vecchie fiabe, escogitando un sacco di situazioni. Non potevo dirtelo all'interno di una casa, né potevo farlo all'esterno. Be', un terrazzino non è all'interno, ma non si può neanche dire che sia all'esterno. Non potevo parlarne alla luce del sole e neanche a quella della luna. Be', il sole è calato e mancano trenta minuti prima che la luna sorga, e perciò questa condizione è rispettata. E non potevo parlarne mentre eri vestita o nuda». Elena, automaticamente, si guardò allarmata, ma, per quello che poteva vedere, non era cambiato nulla.

«E credo che anche questa condizione sia rispettata, perché anche se mi ha giurato che mi avrebbe fatto uscire dal suo piccolo globo, non lo ha fatto. Siamo in una casa che non è una casa... è un pensiero nella mente di qualcuno. Tu indossi abiti che non sono abiti reali... sono un parto della fantasia».

Elena aprì nuovamente la bocca, ma lui le mise due dita sulle labbra e disse: «Aspetta. Fammi proseguire finché posso. Penso seriamente che potrebbe non finire mai di dettare condizioni che ha preso dalle fiabe. Ne è ossessionato, così come dall'antica poesia inglese. Non so perché, visto che viene dall'altra parte del mondo, dal Giappone. Ecco chi è Shinichi. E ha una sorella gemella... Misao».

Damon smise di respirare a fatica dopo queste parole, ed Elena immaginò che doveva esserci stata qualche condizione interna che gli impediva di parlare.

«Gli piace se traduci il suo nome come *morte-primo*, o *numero uno in fatto di morte*. Sono entrambi come due teenager, con i loro codici e i loro giochi, eppure hanno migliaia di anni».

«Migliaia?», lo incitò gentilmente Elena, essendosi Damon quasi fermato, esausto ma determinato.

«Detesto pensare per quante migliaia di anni loro due abbiano fatto danni. È Misao quella che ha fatto tutte le cose alle ragazze della città. Le possiede con i suoi *malach* e tramite i *malach* le fa comportare così. Ricordi la vostra storia americana? Le streghe di Salem? Quella era Misao, o qualcuno come lei. E prima di allora è successo centinaia di volte. Quando tutto questo finirà, potresti fare una ricerca sulle suore orsoline. Erano una comunità tranquilla che divenne esibizionista e anche peggio... alcune impazzirono e alcuni di quelli che cercarono di aiutarle furono posseduti».

«Esibizionisti? Come Tamra? Ma è solo una bambina...».

«Misao è solo una bambina, nella sua testa».

«E Caroline cosa c'entra?»

«In ogni caso come questo, deve esserci un istigatore... qualcuno che è disposto a fare un patto con il diavolo... o un demone... per i suoi scopi. È a questo punto che entra in gioco Caroline. Ma per un'intera città, devono averle promesso qualcosa di veramente grosso».

«Un'intera città? Vogliono impadronirsi di Fell's Church...?».

Damon distolse lo sguardo. La verità è che avevano intenzione di distruggere Fell's Church, ma non c'era ragione di dirlo. Teneva le mani strette attorno alle ginocchia mentre sedeva su una malandata sedia di legno sul terrazzino.

«Prima di poter fare qualcosa per aiutare chiunque, dobbiamo uscire da qui. Andare via dal mondo di Shinichi. Questo è importante. Posso... bloccarlo per brevi periodi di tempo per impedirgli di guardarci... ma poi mi stanco e ho bisogno di sangue. Più di quanto tu possa ricostituirne, Elena». La guardò. «Ha messo insieme qui dentro la Bella con la Bestia e ci lascerà scoprire chi dei due trionferà».

«Se intendi chi ucciderà l'altro, aspetterà un bel po' per quanto mi riguarda».

«Questo è ciò che pensi ora. Ma è una trappola fatta in modo speciale. Non c'è *niente* qui dentro, tranne l'Old Wood, così come quando abbiamo iniziato a girare in auto. Non ci sono altre abitazioni umane. L'*unica* casa è questa, e le uniche creature viventi siamo noi due. Mi vorrai morto ben presto».

«Damon, non capisco. Cosa *vogliono* qui? Anche con quello che Stefan ha detto sulle linee che si incrociano sotto Fell's Church e creano un richiamo...».

«È stato il *tuo* richiamo ad attirarli qui, Elena. Sono curiosi, come bambini, e ho la sensazione che possano già essersi cacciati nei guai ovunque sia il posto in cui vivono davvero. È possibile che abbiano assistito alla fine della battaglia e alla tua rinascita».

«E quindi vogliono... distruggerci? Divertirsi? Impadronirsi della città e farci diventare dei burattini?»

«Tutte e tre le cose, almeno per un po'. Potrebbero divertirsi mentre qualcun altro patrocina la loro causa davanti a un'alta corte in un'altra dimensione. E, sì, divertimento per loro significa distruggere una città. Anche se credo che Shinichi intenda ritornare sul patto che ha fatto con me per qualcosa che desidera più della città, e quindi potrebbero finire a farsi guerra l'un l'altra».

«Quale patto con *te*, Damon?»

«Per te. Stefan ti aveva. Io ti volevo. Lui vuole te».

Elena non poté fare a meno di provare una sensazione di freddo alla bocca dello stomaco, di sentire il lontano tremore che cominciava da lì per poi diffondersi in tutto il corpo. «E il patto originale era...?».

Lui distolse lo sguardo. «Questa è la parte brutta».

«*Damon, cosa hai fatto?*», disse lei, quasi urlando. «*Qual era il patto?*». Ora tutto il suo corpo tremava.

«Ho fatto un patto con un demone e, sì, sapevo chi era quando l'ho fatto. È stata la notte dopo che i tuoi amici sono stati aggrediti dagli alberi... dopo che Stefan mi ha cacciato dalla sua stanza. È andata così e... be', ero infuriato, ma lui ha preso la mia rabbia e l'ha assecondata. Mi stava usando, controllando; adesso lo so. L'ho capito quando ha cominciato con gli accordi e le condizioni».

«Damon...», comiciò Elena tremando, ma lui continuò, parlando velocemente come se dovesse affrontare quella cosa per vederne la fine, prima di perdersi d'animo. «L'accordo definitivo era che lui mi avrebbe aiutato a sbarazzarmi di Stefan così io avrei potuto averti, mentre lui si prendeva Caroline e il resto della città, da dividere con sua sorella. Avendo, così, la meglio sul patto di Caroline per qualunque cosa lei stesse ottenendo da Misao».

Elena gli diede uno schiaffo. Non sapeva come fosse riuscita, avviluppata com'era nella coperta, a liberarsi una mano per fare quel movimento rapido come un fulmine, ma lo fece. E poi, guardando una goccia di sangue sul labbro di Damon, attese che lui reagisse o di avere la forza per ucciderlo.

13

Damon rimase seduto. Poi si leccò il labbro senza dire nulla, senza fare nulla.

«Sei un bastardo!».

«Sì».

«Stai dicendo che Stefan non mi ha lasciata?»

«Sì. Cioè... è così».

«Chi ha scritto la lettera sul mio diario, allora?».

Damon non disse nulla, ma distolse lo sguardo.

«Oh, Damon!». Elena non sapeva se baciarlo o scuoterlo con violenza.

«Come hai potuto... *sai*», continuò con voce soffocata dall'ira e minacciosa, «cosa ho passato da quando è scomparso? A pensare ogni momento che all'improvviso aveva deciso di *lasciarmi*? Anche se intendeva tornare...».

«Io...».

«Non provare a dirmi che ti dispiace! Non provare a dirmi che sai cosa si prova, perché non lo sai. *Come potresti? Tu non provi sentimenti del genere!*».

«Penso... di aver avuto qualche esperienza simile. Ma non volevo giustificarmi. Volevo solo dire che abbiamo poco tempo mentre impedisco a Shinichi di vederci».

Il cuore di Elena si stava frantumando in mille pezzi; sentiva ognuno di essi lacerarla. Niente aveva più importanza. «Hai mentito, hai rotto la promessa che non vi sareste mai fatti del male a vicenda...».

«Lo so... e la cosa sarebbe stata impossibile. Ma è cominciato quella notte in cui gli alberi hanno circondato Bonnie e Meredith e... Mark...».

«Matt!».

«Quella notte, quando Stefan mi ha scaraventato qua e là e mi ha dimostrato il suo vero Potere... è stato a causa tua. Lo ha fatto così ti sarei stato lontano. Prima, sperava semplicemente di tenerti nascosta. E quella notte mi sono sentito... tradito. Non chiedermi perché questa cosa dovrebbe avere senso, quando per anni l'ho messo ko e gli ho fatto mangiare la polvere ogni volta che ne avevo voglia».

Elena, distrutta, cercava di trovare un senso a quello che le stava dicendo. E non ci riusciva. Ma neanche poteva ignorare un sentimento che era piombato giù come un angelo in catene che cercava di afferrarla.

Cerca di vedere con gli altri tuoi occhi. Cerca la risposta dentro, non fuori. Conosci Damon. Hai già visto cosa c'è dentro di lui. Da quanto tempo è lì?

«Oh, Damon, mi dispiace! Conosco la risposta. Damon... Damon. Oh, Dio! Riesco a *vedere* cosa c'è che non va in te. Sei più posseduto di tutte quelle altre ragazze».

«*Io*... ho uno di quei cosi dentro di me?».

Elena tenne gli occhi chiusi mentre annuiva. Le lacrime le rigavano le guance, era nauseata anche mentre si sforzava di farlo: chiamare a raccolta abbastanza potere umano per vedere con gli altri occhi, vedere come aveva in qualche modo imparato per guardare *dentro* le persone.

Il *malach* che aveva visto prima dentro Damon e quello che aveva descritto Matt erano enormi per essere degli insetti... lunghi quanto un braccio, forse. Ma ora, dentro Damon, aveva percepito qualcosa di... gigantesco. Mostruoso. Qualcosa che lo riempiva completamente, la sua testa trasparente dentro i suoi bellissimi lineamenti, il suo corpo chitinoso nel suo torso, le zampe ripiegate nelle sue gambe. Per un attimo pensò che sarebbe svenuta, ma poi si controllò. Guardando quell'immagine spettrale, pensò: Cosa farebbe Meredith?

Meredith avrebbe mantenuto la calma. Non avrebbe mentito, ma avrebbe trovato un modo per aiutarlo.

«Damon, è brutto. Ma deve esserci un modo per farlo uscire da te... presto. Troverò quel modo. Perché fino a che è dentro di te, Shinichi può farti fare qualsiasi cosa».

«Ti va di sentire perché credo sia diventato così grosso? Quella notte, quando Stefan mi ha mandato via dalla sua stanza, tutti sono andati a casa come bravi bambini e bambine, ma tu e Stefan avete fatto una passeggiata. Un volo».

Per molto tempo questo per lei non aveva significato nulla, anche se era stata l'ultima volta che aveva visto Stefan. Anzi, quello era l'unico significato che aveva per lei: era stata l'ultima volta che lei e Stefan avevano...

Si sentì raggelare.

«Siete andati all'Old Wood. Eri ancora il piccolo spirito-bambina che non sapeva bene cosa fosse giusto e cosa sbagliato. Ma Stefan avrebbe dovuto evitare di farlo... sul mio territorio. I vampiri prendono molto sul serio il territorio. E nel luogo in cui mi riposavo... proprio davanti ai miei occhi».

«Oh, Damon! No!».

«Oh, Damon, sì! Eravate lì, a condividere il sangue, troppo presi per accorgervi di me anche se fossi balzato fuori e avessi cercato di dividervi. Tu indossavi una camicia da notte bianca con il colletto alto e sembravi un angelo. Avrei voluto uccidere Stefan *proprio in quel momento*».

«Damon...».

«Ed è stato *proprio in quel momento* che Shinichi è apparso. Non aveva bisogno che gli dicessi cosa stavo provando. E aveva un piano, un'offerta... una proposta».

Elena chiuse di nuovo gli occhi e scosse la testa. «Ti aveva già preparato. Eri già posseduto e pronto a essere pieno di rabbia».

«Non so perché», Damon proseguì come se non l'avesse sentita, «ma non ho quasi pensato a quello che avrebbe significato per Bonnie e Meredith e il resto della città. Tutto quello a cui riuscivo a pensare eri tu. Tutto quello che volevo eri tu, e vendicarmi di Stefan».

«Damon, vuoi ascoltarmi? Allora eri già stato posseduto intenzionalmente. Ero riuscita a *vedere* il *malach* dentro di te. Ammetti», quando sentì che lui si stava alzando per parlare, «che qualcosa ti stava influenzando già prima di allora, forzandoti a guardare Bonnie e gli altri, quella notte, morire sotto i tuoi piedi. Damon, credo che sbarazzarsi di questi esseri sia più difficile di quanto immaginiamo. Per esempio, normalmente tu non rimarresti a guardare persone che fanno... cose private, no? Il fatto stesso che tu l'abbia fatto non prova che ci fosse qualcosa che non andava?»

«È... una teoria», ammise Damon, nient'affatto contento.

«Ma non capisci? È stato quello a farti dire a Stefan che avevi salvato Bonnie per un capriccio, ed è stato quello che ti ha spinto a negare che era stato il *malach* a farti rimanere a guardare l'aggressione degli alberi, ipnotizzandoti. Quello e il tuo stupido orgoglio ostinato».

«Attenta ai complimenti. Potrei seccarmi e volare via».

«Non temere», disse Elena nettamente, «qualunque cosa succeda al resto di noi, ho la sensazione che il tuo ego sopravviverà. Cosa è successo dopo?»

«Ho stipulato il mio accordo con Shinichi. Lui avrebbe attirato Stefan da qualche parte dove avrei potuto incontrarlo da solo, poi l'avrebbe portato lontano da qui, in un posto dove Stefan non potesse trovarti...».

Qualcosa dentro Elena ribollì in modo esplosivo. Era una bolla di euforia compressa. «Non per ucciderlo?», riuscì a dire.

«Cosa?»

«Stefan è vivo? È vivo? È... è davvero vivo?»

«Calma», rispose freddamente Damon, «calma, Elena. Non possiamo permetterci che tu svenga». La tenne per le spalle. «Pensavi che intendessi ucciderlo?».

Elena tremava quasi troppo forte per rispondere. «Perché non me l'hai detto prima?»

«Chiedo scusa per l'omissione».

«È vivo... Davvero, Damon? Ne sei assolutamente certo?»

«Sicuro».

Senza pensare a sé, senza pensare a niente in generale, Elena fece quello che le riusciva meglio... cedette a un impulso. Gettò le braccia attorno al collo di Damon e lo baciò.

Per un attimo Damon rimase rigido per lo shock. Aveva fatto un accordo con degli assassini per allontanare il suo innamorato e distruggere la sua città. Ma la mente di Elena non l'avrebbe mai vista a quel modo.

«Se fosse morto...», si interruppe e riprovò, «tutto l'accordo con Shinichi si basa sul fatto che lo mantenga in vita... vivo e lontano da te. Non potevo rischiare che ti uccidessi o che mi odiassi *veramente*», ancora la nota di distante freddezza. «Con Stefan morto, quale presa avrei avuto su di te, principessa?».

Elena ignorò tutto questo. «Se è vivo, posso trovarlo».

«Se si ricorda di te. Ma se ogni ricordo che aveva di te gli fosse stato portato via?»

«Cosa?». Elena voleva esplodere. «Se ogni ricordo di Stefan mi fosse portato via», disse gelida, «io mi innamorerei di lui nell'attimo in cui lo vedessi. E se ogni ricordo di me gli fosse stato portato via, Stefan vagherebbe per tutto il mondo cercando qualcosa senza sapere cosa».

«Molto poetico».

«*Ma, oh, Damon, grazie* per non aver permesso che Shinichi lo uccidesse!».

Damon scosse la testa, stupito di se stesso. «Sembrava... che... non... potessi farlo. Come se avessi dato la mia parola. Ho pensato che se fosse stato libero e felice e non in grado di ricordare, avrebbe più o meno soddisfatto...».

«La promessa che mi avevi fatto? Hai pensato male. Ma adesso non ha importanza».

«Ne ha. Hai sofferto per questo».

«No, Damon. Quello che ha *davvero* importanza è che non sia morto... e che non mi abbia lasciata. C'è ancora speranza».

«Ma, Elena», la voce di Damon aveva di nuovo vita; era sia eccitata che irremovibile, «non capisci? Messo da parte il passato, devi ammettere che *siamo noi* quelli che si appartengono. Tu e io siamo semplicemente più adatti l'uno all'altra per natura. Dentro di te lo sai, perché ci capiamo. Siamo sullo stesso livello intellettivo...».

«Anche Stefan lo è!».

«Be', tutto ciò che posso dire è che lui fa un notevole sforzo per nasconderlo, allora. Ma non riesci a sentirlo? Non senti», la sua stretta cominciava a essere spiacevole adesso, «che potresti essere la mia principessa delle tenebre... che qualcosa nel tuo profondo vuole questo? Se tu non lo senti, io posso sentirlo».

«Non posso essere *niente* per te, Damon. Tranne una brava cognata».

Lui scosse la testa, ridendo aspramente. «No, tu sei adatta solo per il ruolo principale. Be', tutto ciò che posso dire è che se sopravviviamo a questa lotta con i gemelli, vedrai cose in te stessa che non hai mai visto prima. E *saprai* che siamo noi i più adatti a stare insieme».

«E tutto ciò che *io* posso dire è che se sopravviviamo a questa lotta contro i gemelli Bobbsey venuti dall'inferno, avremo bisogno di tutto il potere spirituale che riusciremo a raccogliere da allora in poi. E *questo* significa far tornare Stefan».

«Potremmo non riuscire a farlo tornare. Oh, sono d'accordo... anche se allontaniamo da Fell's Church Shinichi e Misao, la probabilità di riuscire a eliminarli del tutto è vicina allo zero. Tu non sei una combattente. Probabilmente non riusciremo neanche a scalfirli. Ma proprio non so dove sia esattamente Stefan».

«Allora i due gemelli sono gli unici che possono aiutarci».

«Se ancora *possono* aiutarci... oh, va bene, lo ammetto. Lo Shi no Shi è una vera e propria truffa. Probabilmente prendono alcuni ricordi dai vampiri sciocchi, i ricordi sono la moneta preferita nel regno dell'Altro Lato, e li mandano via mentre il registratore di cassa sta ancora tintinnando. Sono dei ciarlatani. Tutto il posto è un'enorme topaia, uno spettacolo da baraccone... una specie di fatiscente Las Vegas».

«Ma non hanno paura che i vampiri che hanno frodato possano vendicarsi?».

Damon rise, questa volta sonoramente. «Un vampiro che non vuole essere un vampiro è più o meno il gradino più infimo nella scala dell'Altro Lato. Oh, eccetto gli umani. Insieme agli amanti che hanno fatto patti suicidi, ragazzini che sono saltati giù dal tetto credendo che il proprio mantello da Superman potesse farli volare...».

Elena cercò di divincolarsi da lui, di biasimarlo, ma era sorprendentemente forte. «Non sembra decisamente un bel posto».

«Non lo è».

«Ed è lì che si trova Stefan?»

«Se siamo fortunati».

«Così, in pratica», disse lei, vedendo le cose come aveva sempre fatto, in termini di Piano A, B, C e D, «prima dobbiamo scoprire tramite questi gemelli dov'è Stefan. Secondo, dobbiamo fare in modo che i gemelli guariscano le ragazzine che hanno posseduto. Terzo, dobbiamo fare in modo che lascino Fell's Church in pace, per sempre. Ma prima di tutto questo, dobbiamo trovare Stefan. Lui sarà in grado di aiutarci; so che potrà farlo. E poi dobbiamo solo sperare di essere abbastanza forti per il resto».

«Potremmo usare l'aiuto di Stefan, d'accordo. Ma non hai afferrato la questione più importante... Per ora, ciò che dobbiamo fare è impedire che i gemelli ci uccidano».

«Pensano ancora che tu sia loro amico, non è vero?». La mente di Elena guizzava tra le diverse possibilità. «Rassicurali che lo siete. Aspetta che arrivi un momento strategico e poi cogli l'attimo. Abbiamo delle armi contro di loro?»

«Il ferro. Stanno malissimo a contatto con il ferro... sono demoni. E il caro Shinichi è ossessionato da te, anche se non posso dire che sua sorella approverà quando se ne renderà conto».

«Ossessionato?»

«Sì. Da te e dalle canzoni popolari inglesi, ricordi? Anche se non riesco a capire perché. Le canzoni, intendo».

«Be', non so cosa possiamo farcene...».

«Ma scommetto che la sua ossessione per te farà infuriare Misao. È solo una sensazione, ma è stato tutto suo per migliaia di anni».

«Quindi li mettiamo l'uno contro l'altra, facendo finta che potrà prendersi me. Damon... cosa?», aggiunse Elena in tono allarmato, quando lui aumentò la stretta, come se fosse preoccupato.

«Non ti avrà», disse Damon.

«Lo so».

«Non mi piace molto l'idea che qualcun altro possa averti. Dovevi essere mia, lo sai».

«Damon, no. Te l'ho detto. Ti prego...».

«Intendi "ti prego non spingermi a farti del male"? La verità è che non puoi farmi male a meno che io non te lo permetta. Puoi solo fare del male a te stessa e così colpire me».

Elena riuscì almeno a mettere un po' di distanza tra le parti superiori dei loro corpi. «Damon, abbiamo appena fatto un accordo, dei progetti. Cosa hai intenzione di fare adesso? Gettarli al vento?»

«No, ma ho pensato a un altro modo per procurarti un supereroe di prima classe. Hai detto che potevo continuare a bere ancora il tuo sangue».

«Oh... sì». Era vero, anche se era stato prima che lui le avesse confessato le terribili cose che aveva fatto. E...

«Damon, cosa è successo a Matt nella radura? L'abbiamo cercato dappertutto, ma non l'abbiamo trovato. E tu ne eri *felice*».

Lui non si preoccupò di negare. «Nel mondo reale ero arrabbiato con lui. Sembrava che fosse un altro rivale. Parte del motivo per cui siamo qui è che così posso ricordare esattamente ciò che è accaduto».

«Hai fatto del male a Matt, Damon? Perché ora ne stai facendo a me».

«Sì». La voce di Damon era d'un tratto leggera e indifferente, come se trovasse la cosa divertente. «Suppongo di avergli fatto del male. Ho usato il dolore psichico su di lui, una cosa che ha fermato i battiti di molti cuori. Ma il tuo Mutt è un duro. Questo mi piace. Ho continuato a farlo soffrire eppure lui ha continuato a vivere, perché aveva paura di lasciarti sola».

«Damon!». Elena cercò di spingersi all'indietro, solo per scoprire che non serviva a niente. Damon era molto, molto più forte di lei. «Come hai potuto fargli questo?»

«Te l'ho detto; era un rivale». Damon si mise a ridere. «Davvero non te lo ricordi? Ho fatto in modo che si umiliasse per te. Gli ho fatto mangiare fango, letteralmente, per te».

«Damon... sei pazzo?»

«No. Sto solo ritrovando ora la mia sanità mentale. Non ho bisogno di convincerti che mi appartieni. Posso prenderti e basta».

«*No*, Damon. Non sarò la tua principessa delle tenebre... o qualsiasi altra cosa. Al massimo avrai un corpo morto con cui giocare».

«Forse potrebbe piacermi. Ma tu dimentichi che posso entrare nella tua mente. E hai ancora degli amici... a casa, che si stanno preparando per cenare o per andare a letto, speri. No? Amici ancora tutti interi, che non hanno mai conosciuto il dolore vero».

Ci volle tempo prima che Elena parlasse. Poi disse con calma: «Ritiro ogni cosa buona che ho detto su di te. Sei un mostro, mi senti? Sei un abomin...». La sua voce calò lentamente. «Sono loro a fartelo fare, non è vero?», disse alla fine, seccamente. «Shinichi e Misao. Uno spettacolino per loro. Proprio come ti hanno fatto fare prima con me e Matt».

«No, io faccio solo ciò che voglio». Era un lampo rosso quello che Elena aveva visto nei suoi occhi? Il brevissimo guizzare di una fiamma... «Sai quanto sei bella quando piangi? Sei più bella che mai. L'oro dei tuoi occhi sembra risalire in superficie e riversarsi in lacrime di diamante. Vorrei tanto che uno scultore creasse un busto di te che piangi».

«Damon, so che non stai dicendo sul serio. So che è la cosa che hanno messo dentro di te a parlare».

«Elena, ti assicuro, sono io. Mi sono piuttosto divertito quando l'ho spinto a farti del male. Mi è piaciuto sentire il modo in cui gridavi. L'ho spinto a toglierti i vestiti... ho dovuto fargli molto male per costringerlo. Ma non hai notato che la tua camicia era strappata e che eri a piedi nudi? È stato Mutt a farlo».

Elena spinse la sua mente a tornare indietro fino al momento in cui era saltata fuori dalla Ferrari. Sì, allora e in seguito era stata scalza e con le braccia nude, con indosso solo una camicia. Un bel pezzo del tessuto dei suoi jeans era rimasto sul margine della strada dopo la caduta, e nella vegetazione circostante. Ma non le era mai capitato di chiedersi cosa ne fosse stato dei suoi stivali e delle calze, o come la camicetta le si fosse lacerata in fondo. Era stata semplicemente grata per l'aiuto... ricevuto da colui che per primo le aveva fatto del male.

Oh, Damon doveva averlo considerato ironico. D'un tratto si rese conto che pensava a lui come *Damon* e non *il possessore*. Non Shinichi o Misao. Ma non erano la stessa cosa, disse a se stessa. Devo ricordarmene!

«Sì, mi sono divertito a costringerlo a farti del male, e mi sono divertito a farti del male. Mi sono fatto portare un ramo di salice, spesso quanto bastava, e con quello ti ho frustata. Anche a te è piaciuto, ti assicuro. Non disturbarti a cercare i segni, perché sono andati via come gli altri. Ma a tutti e tre è piaciuto sentire le tue urla. A te... a me... e anche a Mutt. Anzi, tra tutti noi, è lui quello a cui è piaciuto di più».

«Damon, stai zitto! Non voglio sentirti parlare di Matt in questo modo!».

«Tuttavia, non gli ho lasciato guardarti senza vestiti addosso», confessò Damon, come se non avesse sentito una parola. «A quel punto l'ho... congedato. L'ho messo in un altro globo di neve. Volevo darti la caccia, quando hai cercato di sfuggirmi, in un globo vuoto dal quale non saresti mai potuta uscire. Volevo vedere lo sguardo speciale che hai nei tuoi occhi quando combatti con tutta te stessa... e volevo vederlo sconfitto. Non sei una combattente, Elena». Damon rise all'improvviso, un suono orribile, e, scioccando Elena, fece scattare un violento pugno contro il muretto del terrazzino.

«Damon...». Ormai Elena singhiozzava.

«E poi ho voluto fare *questo*». Senza alcun avvertimento, il pugno di Damon le spinse in alto il mento, facendole scattare la testa all'indietro. L'altra mano le bloccò i capelli, portandole il collo nell'esatta posizione in cui voleva che fosse. E poi Elena lo sentì colpire, rapido come un cobra, e sentì le due lacerazioni su un lato del collo, e il proprio sangue sprizzare da esse.

Dopo un'infinità di tempo, Elena si svegliò lentamente. Damon stava ancora divertendosi, evidentemente perso nell'esperienza di avere per sé Elena Gilbert. E non ci fu tempo per fare altri piani.

Il corpo di Elena prese il sopravvento, cogliendo di sorpresa tanto lei quanto Damon. Proprio quando lui sollevò la testa, la mano di lei gli strappò dal dito la chiave della casa magica. Poi strinse, torse, alzò le ginocchia più che poté e scalciò violentemente, mandando Damon a sbattere contro il legno scheggiato e marcio della balaustra esterna del terrazzino.

14

Elena era caduta una volta da quel terrazzino, e Stefan era saltato e l'aveva afferrata prima che lei toccasse terra. Un essere umano che cadeva da quell'altezza sarebbe morto per l'impatto. Un vampiro nel pieno possesso dei propri riflessi si sarebbe semplicemente rigirato in aria come un gatto, e sarebbe atterrato agilmente in piedi. Ma uno nelle particolari condizioni di Damon di quella sera...

Dal rumore si capiva che aveva cercato di girarsi, ma aveva finito per atterrare su un fianco rompendosi qualche osso. Elena lo dedusse dalle imprecazioni. Non aspettò di sentire altri particolari. Scattò come un coniglio, scendendo al livello della stanza di Stefan, dove istantaneamente e quasi inconsapevolmente inviò un silenzioso appello, e poi giù per le scale. Il cottage si era completamente trasformato in una perfetta copia della pensione. Elena non sapeva perché, ma istintivamente corse verso il lato della casa che Damon conosceva meno: i vecchi alloggi della servitù. Arrivò fin lì prima di trovare il coraggio di sussurrare parole alla casa, chiedendo invece di esigere, e pregando che la costruzione obbedisse così come aveva fatto con Damon.

«Casa di zia Judith», sussurrò, infilando in una porta la chiave, che entrò come un coltello caldo nel burro e girò quasi da sola, ed ecco che era di nuovo lì, in quella che era stata la sua casa per sedici anni, fino alla sua prima morte.

Era nel corridoio, con la porta di Margaret aperta a mostrare la sorellina stesa sul pavimento e assorta su un libro da colorare.

«Cucù, tesorino!», esclamò come se i fantasmi apparissero ogni giorno a casa Gilbert e Margaret sapesse come comportarsi in quella situazione. «Vai di corsa a casa della tua amica Barbara e restaci. Non smettere di correre fino a che non arrivi lì, e poi vai dalla mamma di Barbara. Ma prima dammi tre baci». Sollevò Margaret e l'abbracciò forte, poi quasi la spinse verso la porta.

«Ma Elena... sei tornata...».

«Lo so, tesoro, e prometto di venire a trovarti ancora un altro giorno. Ma adesso... corri, piccola...».

«Ho detto loro che saresti tornata. L'avevi già fatto».

«*Margaret!* Corri!».

Soffocata dalle lacrime, ma forse riconoscendo, nel suo modo infantile, la serietà della situazione, Margaret corse. Ed Elena fece altrettanto, ma in direzione di un'altra scala, diversa da quella verso cui si diresse Margaret.

E così si trovò faccia a faccia con un sogghignante Damon.

«Ci metti troppo tempo a parlare con le persone», disse mentre Elena pensava affannosamente alle scelte che aveva. Saltare fino all'ingresso? No. A Damon le ossa potevano dolere un po', ma se Elena avesse saltato anche un solo piano, probabilmente si sarebbe rotta il collo. Cos'altro? Pensa!

E allora aprì la porta dell'armadio a muro, urlando al tempo stesso: «Casa della prozia Tilda», incerta se la magia avrebbe ancora funzionato. E sbatté la porta in faccia a Damon.

Era nella casa di sua zia, ma quella del passato. Non c'era da meravigliarsi che accusassero la zia Tilda di vedere cose strane, pensò Elena, quando vide la donna voltarsi reggendo un grosso piatto da portata pieno di qualcosa dall'odore "fungoso". La donna urlò e lasciò cadere il piatto.

«Elena», gridò. «Cosa... non puoi essere tu... sei così cresciuta!».

«Qual è il problema?», chiese zia Maggie, un'amica della zia, arrivando dall'altra stanza. Era più alta e più energica di Tilda.

«Mi stanno dando la caccia», gridò Elena, «ho bisogno di trovare una porta, e se vedete un ragazzo dopo di me...».

Proprio allora Damon sbucò dal guardaroba, e nello stesso momento zia Maggie gli fece lo sgambetto e disse: «La porta del bagno è accanto a te». Raccolse, poi, un vaso e colpì Damon, che si stava rialzando, sulla testa. Forte.

Elena si precipitò verso la porta del bagno, urlando: «Robert E. Lee High School lo scorso autunno... proprio quando suona la campanella!».

E si ritrovò a nuotare contro corrente, con dozzine di studenti che cercavano di arrivare a lezione in orario, ma poi uno di loro la riconobbe, e poi un altro ancora. Era riuscita a tornare indietro nel tempo, a quando non era morta: nessuno gridava al fantasma, ma nessuno al Robert E. Lee aveva mai visto Elena indossare una camicia da ragazzo su una sottoveste, con i capelli che le ricadevano selvaggiamente sulle spalle.

«È un costume per una recita!», gridò, e creò una delle leggende immortali su di sé prima ancora che fosse morta, aggiungendo: «Casa di Caroline!». E si infilò nello sgabuzzino delle scope. Un attimo dopo, il ragazzo più meraviglioso che chiunque avesse mai visto apparve dietro di lei e sfrecciò verso la stessa porta, dicendo delle parole in una lingua straniera. E poi, quando lo sgabuzzino si aprì, non erano lì né il ragazzo né la ragazza.

Elena atterrò correndo lungo un corridoio e per poco non si scontrò con il signor Forbes, che sembrava piuttosto malfermo.

Stava bevendo quello che sembrava un grosso bicchiere di succo di pomodoro che puzzava di alcool.

«Non sappiamo dov'è andata, giusto?», urlò prima che Elena potesse dire una parola. «È andata proprio fuori di testa, per quello che posso dire. Stava parlando della cerimonia sul terrazzino... e di come era vestita! I genitori non hanno più il controllo dei propri figli!». Si accasciò contro la parete.

«Mi dispiace tanto», mormorò Elena. *La cerimonia*. Be', i riti di Magia Nera di solito si tenevano o al sorgere della luna o a mezzanotte. Ma in quei minuti, Elena era appena passata al piano B.

«Mi scusi», disse, togliendo di mano il bicchiere al signor Forbes e scagliandolo in faccia a Damon, che era comparso fuori da uno stanzino. Poi gridò: «Un posto che la *loro* specie non possa vedere!». E balzò nel...

Limbo?

Paradiso?

Un posto che la loro specie non poteva vedere. Dapprima Elena si meravigliò di se stessa, perché non riusciva a vedere granché.

Ma poi capì dove fosse: nelle profondità della terra, sotto la tomba vuota di Honoria Fell. Una volta aveva combattuto là sotto per salvare la vita di Stefan e Damon.

E adesso, dove non avrebbe dovuto esserci niente, se non oscurità e topi e muffa, c'era un minuscolo punto luminoso. Come Campanellino, ma ancor più piccolo: proprio un granello che aleggiava nell'aria, senza guidarla né comunicarle nulla, ma... proteggendola, si rese conto Elena. Prese la luce, che sentì viva e fredda sulle dita, e tracciò un cerchio attorno a sé, abbastanza grande perché una persona potesse stendersi all'interno.

Quando si voltò, Damon era seduto nel mezzo.

Sembrava stranamente pallido per uno che si era appena nutrito. Ma non disse nulla, non una parola; la fissava e basta. Elena gli si avvicinò e gli toccò il collo.

E un attimo dopo, Damon stava di nuovo bevendo a fondo il sangue più straordinario del mondo.

Di solito, a quel punto, l'avrebbe analizzato: un gusto di bacca, un gusto di frutta tropicale, morbido, affumicato, legnoso, con un retrogusto setoso... Ma non in quel momento. Non *quel* sangue, che superava di gran lunga qualsiasi cosa sapesse descrivere. Quel sangue lo riempiva di un potere tale che non aveva mai conosciuto prima...

Damon...

Perché non ascoltava? Come era arrivato a bere quel sangue

straordinario, che aveva in qualche modo il sapore dell'aldilà, e perché non ascoltava chi glielo donava?

Ti prego, Damon. Ti prego, combattilo...

Avrebbe dovuto riconoscere quella voce. L'aveva sentita molte volte.

So che ti stanno controllando. Ma non possono controllare tutto *di te. Sei più forte di loro. Sei il più forte...*

Be', quello era senz'altro vero. Ma diventava sempre più confuso. Il donatore sembrava infelice e lui era un maestro indiscusso nel rendere felici i donatori. Ma non riusciva a ricordare... avrebbe, invece, dovuto ricordare come era cominciato tutto.

Damon, sono io. Sono Elena. E mi stai facendo male.

Tanto dolore e stupore. Dall'inizio Elena aveva capito che era meglio non ostacolare completamente l'incisione delle proprie vene. Le avrebbe solo causato una grande sofferenza e non le sarebbe servito a niente se non a bloccarle il cervello.

Perciò ora cercava di spingerlo a scacciare l'orribile bestia che aveva dentro di sé. Be', sì, ma il cambiamento doveva avvenire dall'interno. Se l'avesse forzato, Shinichi se ne sarebbe accorto e l'avrebbe posseduto nuovamente. D'altra parte, la semplice cantilena *Damon, sii forte* non funzionava.

Non c'era altro da fare se non morire, allora? Per lo meno poteva opporsi, nonostante sapesse che la forza di Damon avrebbe reso inutile la sua resistenza. Con ogni sorso del sangue di Elena, Damon diventava sempre più forte, si trasformava sempre più in...

In cosa? Era il sangue di *lei*. Forse Damon avrebbe risposto al richiamo del sangue, che era anche il richiamo di Elena. Forse, in qualche modo, dentro di sé, era in grado di opporsi al mostro senza che Shinichi se ne accorgesse.

Ma Elena aveva bisogno di altro potere, di qualche nuovo stratagemma...

E proprio mentre ci pensava, sentì muoversi dentro di sé il nuovo Potere, e seppe che era sempre stato lì, in attesa del momento giusto per essere usato. Era un potere molto particolare, che non andava usato per combattere e neanche per salvare se stessa. Eppure era a sua disposizione. I vampiri che avevano bevuto il suo sangue avevano preso solo qualche sorso di tale potere, ma lei aveva un'intera riserva di sangue pieno della sua enorme energia. E ricorrervi era facile quanto accostarsi a esso con la mente e le mani aperte.

Non appena lo fece, scoprì parole nuove salirle alle labbra e, cosa più strana di tutte, nuove ali spuntarle dal corpo, che Damon teneva piegato all'indietro reggendole le anche. Quelle ali eteree non erano fatte per volare, ma per qualcos'altro, e, quando furono completamente spiegate, formarono un grande arco iridato il cui contorno si ripiegava ad avvolgere Elena e Damon.

E poi lei lo disse telepaticamente. *Ali della Redenzione.*

E all'interno, senza alcun suono, Damon urlò.

Poi le ali si aprirono leggermente. Solo qualcuno che conosceva bene la magia avrebbe visto cosa stava accadendo al loro interno. La sofferenza di Damon stava diventando la sofferenza di Elena, mentre lei lo liberava da ogni evento doloroso, ogni tragedia, ogni crudeltà che nel tempo avevano formato i duri strati di indifferenza e insensibilità che imprigionavano il suo cuore.

Strati, duri come la roccia del nucleo di una stella nana, che si spezzavano e volavano via. Continuamente. Grossi pezzi e massi in frantumi, pezzi più piccoli polverizzati. Alcuni si dissolvevano nel nulla come uno sbuffo di polvere dall'odore acre.

C'era qualcosa al centro, tuttavia: un nucleo più nero dell'inferno e più duro delle corna del diavolo. Elena non riusciva a vedere cosa stesse succedendo. Pensava, sperava, che, alla fine, anche quel nucleo sarebbe esploso.

Allora, e solo allora, avrebbe potuto invocare il successivo paio di ali. Non aveva avuto la certezza di sopravvivere al primo at-

tacco e, di certo, non sentiva di poter superare anche quello. Ma Damon doveva saperlo.

Damon era chino su un ginocchio, con le braccia strette saldamente attorno al proprio corpo. Doveva essere una buona cosa. Era ancora Damon, e sarebbe stato molto più felice senza il peso di quell'odio, del pregiudizio e della crudeltà. Non avrebbe continuato a ricordare la propria gioventù e gli altri giovani spadaccini che deridevano suo padre per essere un vecchio sciocco, dedito a investimenti disastrosi e con amanti più giovani dei suoi figli. Né avrebbe più incessantemente rimuginato sulla propria infanzia, quando lo stesso padre, ubriaco, lo aveva picchiato per avere trascurato gli studi o per essersi accompagnato a gente poco raccomandabile.

E, finalmente, non avrebbe più provato gusto né contemplato le tante cose terribili che lui stesso aveva fatto. Era stato redento, nel nome e nel tempo del cielo, dalle parole uscite dalla bocca di Elena.

Ma adesso... c'era qualcosa che lui doveva ricordare. Se Elena non si sbagliava.

Se solo avesse avuto ragione.

«Dov'è questo posto? Sei ferita, ragazza?».

Nella sua confusione, non era riuscito a riconoscerla. Era in ginocchio; ora lei si inginocchiò accanto a lui.

Le rivolse uno sguardo penetrante. «Stiamo pregando o facendo l'amore? Erano i Watch o i Gonzalgos?»

«Damon», disse lei, «sono io, Elena. È il ventunesimo secolo ora e tu sei un vampiro». Poi, abbracciandolo delicatamente, con il collo contro il suo, sussurrò: «*Ali della Rimembranza*».

Un paio di traslucide ali di farfalla, viola, azzurre e blu scuro, le spuntarono sulla schiena, proprio sopra le anche. Le ali erano decorate da minuscoli zaffiri e luminose ametiste, che formavano intricati arabeschi. Usando muscoli che non aveva mai usato prima, le tirò su e in avanti, in modo da curvarle e avvolgere Damon

al loro interno. Era come essere rinchiusi in una grotta incastonata di gioielli.

Elena poteva vedere, dai suoi lineamenti cesellati, che Damon non voleva ricordare altro se non quel momento. Ma nuovi ricordi, ricordi collegati a lei, stavano già crescendo dentro di lui. Damon guardò il suo anello di lapislazzuli e Elena vide le lacrime affacciarsi ai suoi occhi. Poi, lentamente, il suo sguardo si posò su di lei.

«Elena?»

«Sì».

«Qualcuno mi ha posseduto e si è portato via i ricordi del tempo in cui ero posseduto», sussurrò.

«Sì... be', penso di sì».

«E qualcuno ti ha fatto del male».

«Sì».

«Giuro di ucciderlo o di renderlo tuo schiavo centinaia di volte. Ti ha *colpita*. Si è preso il tuo sangue con la forza. Si è inventato delle storie assurde su come ti ha fatto del male in tanti modi diversi».

«Damon. Sì, è vero. Ma, ti prego...».

«Ero sulle sue tracce. Se l'avessi incontrato, l'avrei infilzato; gli avrei strappato dal petto il cuore ancora pulsante. O avrei potuto insegnargli la lezione più dolorosa di cui ho mai sentito parlare... e ne ho sentite tante di storie... e, alla fine, con la bocca piena di sangue, gli avrei fatto baciare le tue scarpe, tuo schiavo fino alla morte».

Questo non gli faceva affatto bene. Elena poteva vederlo. Gli occhi di Damon erano bianchi come quelli di un puledro terrorizzato.

«Damon, te ne prego...».

«E colui che ti ha fatto del male... ero io».

«Non per tua volontà. L'hai detto tu stesso. Eri *posseduto*».

«Mi temevi talmente che ti sei spogliata per me».

Elena si ricordò della vecchia camicia a scacchi.
«Non volevo che tu e Matt combatteste».
«Hai lasciato che bevessi il tuo sangue anche contro la tua volontà».
Stavolta non riuscì a trovare altro da dire se non: «Sì».
«Io... *buon Dio!*... io ho usato i miei poteri per infliggerti una terribile sofferenza!».
«Se intendi un attacco che provoca dolore e convulsioni, allora sì. E con Matt hai fatto di peggio».
Matt non era sul radar di Damon. «E poi ti ho rapita».
«Ci hai *provato*».
«E tu sei saltata fuori da un'auto in corsa piuttosto che rischiare con me».
«Eri stato violento con me, Damon. Ti avevano detto di comportarti in modo violento, forse anche di rompere i tuoi giocattoli».
«Mi sono messo alla ricerca di chi ti aveva fatto saltare fuori dall'auto... non riuscivo a ricordarmi niente di quello che era accaduto prima. E ho giurato di cavargli gli occhi e strappargli la lingua prima di farlo morire tra atroci sofferenze. Tu non potevi camminare. Hai dovuto usare una stampella per attraversare il bosco, e, proprio quando avresti potuto trovare aiuto, Shinichi ti ha attirata in una trappola. Oh, sì, lo conosco. Hai vagato nella sua palla di neve... e saresti ancora lì a vagare se io non l'avessi rotta».
«No», disse Elena piano. «Sarei morta molto tempo prima. Tu mi hai trovata quando ero sul punto di soffocare, ricordi?»
«Sì». Un attimo di violenta gioia sul suo viso. Ma poi ricomparve lo sguardo intrappolato, orripilato. «Ero io il molestatore, il persecutore, quello che ti terrorizzava. Ti ho fatto fare delle cose con... con...».
«Matt».
«O Dio», disse, ed era chiaramente un'invocazione all'essere di-

vino, non un'esclamazione, perché alzò lo sguardo, tenendo le mani giunte rivolte al cielo. «Pensavo di comportarmi da eroe con te. E invece sono *io* l'abominio. E adesso? A rigor di logica, dovrei già essere morto ai tuoi piedi». La guardò con gli occhi neri, sgranati e ferini. Non c'era humour in essi, né sarcasmo né segreti. Sembrava molto giovane, selvaggio e disperato. Se fosse stato una pantera, avrebbe fatto su e giù nella gabbia, mordendo le sbarre.

Poi chinò la testa per baciarle i piedi nudi.

Elena era scioccata.

«Sono tuo, puoi fare di me ciò che preferisci», disse lui con la stessa voce stordita. «Puoi ordinarmi di morire in questo preciso momento. Dopo tutte le mie belle parole, viene fuori che io sono il mostro».

E poi pianse. Probabilmente nessun'altra serie di circostanze sarebbe riuscita a far sgorgare le lacrime dagli occhi di Damon Salvatore. Ma si era messo in trappola da solo. Non aveva mai infranto la parola data, e lui aveva giurato di distruggere il mostro, colui che aveva fatto tutto questo a Elena. Il fatto che fosse stato posseduto – dapprima un po', e poi sempre di più, fino a che la sua mente era diventata semplicemente un altro dei giocattoli di Shinichi, da essere usata a piacimento – non giustificava i suoi crimini.

«So che io... io sono dannato», le disse, come se forse quello potesse riparare una minima parte del torto.

«No, io *non lo so*», disse Elena, «perché non credo che sia così. E poi, Damon, pensa a tutte le volte in cui li hai combattuti. Sono certa che volevano che tu uccidessi Caroline quella prima notte in cui hai detto di aver sentito qualcosa nel suo specchio. Hai detto che stavi quasi per farlo. Sono sicura che vogliono che tu mi uccida. Lo farai?».

Lui si chinò di nuovo verso i piedi di Elena, ma lei lo afferrò per le spalle. Non poteva sopportare di vederlo così addolorato.

Ma ora Damon guardava da una parte all'altra, come se avesse uno scopo preciso. Si rigirava anche l'anello di lapislazzuli.

«Damon... a cosa stai pensando? Dimmi a cosa stai pensando!».

«Penso che lui possa usarmi un'altra volta come un burattino, e che questa volta possa esserci *davvero* un bastone di betulla. Shinichi... è mostruoso al di là di ogni tua innocente convinzione. E può impadronirsi di me in ogni momento. L'abbiamo già visto».

«Non può se mi lascerai baciarti».

«Cosa?». La guardò come se lei non avesse seguìto bene la conversazione.

«Lascia che ti baci... e che strappi via da te quel *malach* morente».

«Morente?»

«Muore un po' ogni volta che recuperi abbastanza forza per voltargli le spalle».

«È... molto grosso?»

«A questo punto, grande quanto te».

«Bene», sussurrò, «spero solo di riuscire a combatterlo da solo».

«*Pour le sport?*», rispose Elena, dimostrando che la sua estate in Francia l'anno prima non era andata del tutto persa.

«No. Perché detesto il coraggio di quel bastardo e sopporterei felicemente cento volte il suo dolore se sapessi così di fargli del male».

Elena decise che non c'era più tempo da perdere. Lui era pronto. «Mi lascerai fare quest'ultima cosa?»

«Te l'ho già detto prima... il mostro che ti ha fatto del male è il tuo schiavo adesso».

D'accordo. Potevano discuterne più tardi. Elena si piegò in avanti, con la testa sollevata e le labbra socchiuse.

Dopo qualche istante, Damon, il Don Giovanni delle tenebre, capì.

La baciò molto delicatamente, come se temesse l'eccessivo contatto.

«*Ali della Purificazione*», sussurrò Elena contro le sue labbra. Queste ali erano bianche come la neve immacolata, sembravano fatte di pizzo, prezioso e raro. Si arcuarono sulla testa di Elena, scintillando di un'iridescenza che le ricordava i raggi della luna sulle ragnatele ghiacchiate. Avvolsero la mortale e il vampiro in una rete fatta di diamanti e perle.

«Questo ti farà male», disse Elena, senza sapere come facesse a saperlo. La conoscenza sembrava arrivare attimo dopo attimo, a seconda del suo bisogno. Era quasi come essere in un sogno in cui le grandi verità si comprendono senza bisogno di impararle, e si accettano senza stupore.

E fu così che seppe che le *Ali della Purificazione* avrebbero scovato e distrutto qualsiasi cosa estranea dentro Damon, e che la sensazione sarebbe potuta essere molto sgradevole per lui. Quando il *malach* non sembrò venire fuori spontaneamente, Elena disse, spinta dalla propria voce interiore: «Togliti la camicia. Il *malach* è attaccato alla tua spina dorsale ed è più vicino alla pelle alla base del collo, da dove è entrato. Dovrò strapparlo via con le mani».

«Attaccato alla mia spina dorsale?»

«Sì. Non lo senti mai? Penso che all'inizio debba essere stato come una puntura d'ape, quando ti è entrato dentro: solo un piccolo foro e un grumo di gelatina si è attaccato alla tua spina dorsale».

«Oh, quella puntura di zanzara. Sì, l'ho sentita. E dopo, il collo ha cominciato a farmi male, e alla fine anche tutto il corpo. Stava... crescendo dentro di me?»

«Sì, e si stava impossessando sempre più del tuo sistema nervoso. Shinichi ti stava controllando come una marionetta».

«Buon Dio, mi dispiace».

«Lascia che dispiaccia a lui, invece. Ti togli la camicia?».

In silenzio, come un bambino fiducioso, Damon si tolse il giubbotto e la camicia nera. Poi, Elena gli fece assumere la posizione giusta: si stese sul grembo di lei, con la possente schiena muscolosa e pallida che risaltava contro la terra scura.

«Mi dispiace», disse Elena, «sbarazzarmene in questo modo... tirarlo fuori dal buco da cui è entrato... farà male sul serio».

«Bene», borbottò Damon. E poi affondò il viso nelle braccia snelle e muscolose.

Elena si servì dei polpastrelli per tastare la spina dorsale e trovare ciò che stava cercando. Un punto molle. Una vescica. Quando la trovò, la pizzicò tra le unghie fino a farne uscire il sangue.

Quasi perse la presa quando la pelle cercò di appiattirsi, ma la afferrò con le unghie affilate... e il *malach* fu troppo lento.

Alla fine teneva saldamente la pelle tra l'unghia del pollice e quelle di altre due dita.

Il *malach* era ancora vivo e cosciente, abbastanza da opporre resistenza. Ma era come una medusa che cerca di resistere... solo che le meduse si lacerano quando le si tira. Questa cosa viscida e ripugnante mantenne la sua forma anche quando Elena la tirò fuori dallo squarcio sulla pelle di Damon.

E gli faceva male. Elena ne era consapevole. Cominciò a prendersi un po' del suo dolore, ma Damon ansimò: «*No!*», con una tale veemenza che lei decise di accontentarlo.

Il *malach* era molto più grande e corposo di quanto avesse immaginato. Doveva essere cresciuto per molto tempo, pensò... quel piccolo grumo di gelatina si era allargato al punto da controllarlo totalmente. Dovette tirarsi su, poi allontanarsi da Damon e ricominciare di nuovo, prima di poter stendere a terra il *malach*, una nauseante, filamentosa caricatura biancastra del corpo umano.

«È finita?». Damon era senza fiato... gli aveva davvero fatto male, allora.

«Sì».

Damon si alzò e guardò a terra la viscida cosa biancastra, scossa da qualche piccolo spasmo, che gli aveva fatto perseguitare la persona a cui più teneva al mondo.

Poi, di proposito, la calpestò, schiacciandola sotto i tacchi degli stivali, fino a che non la ridusse in pezzi e poi cominciò a calpestare anche i pezzi. Elena immaginò che non osasse infliggere al *malach* una scarica di Potere per timore di mettere Shinichi in allerta.

Alla fine, non rimase che una macchia puzzolente.

Elena non sapeva perché si sentisse così stordita. Ma allungò una mano verso Damon e lui fece altrettanto, e insieme caddero in ginocchio, tenendosi per mano.

«Ti sciolgo da ogni promessa fatta... quando eri posseduto dal *malach*», disse Elena. Era una tattica. Non voleva scioglierlo dalla promessa di prendersi cura di suo fratello.

«Grazie», sussurrò Damon, con la testa posata sulla spalla di lei.

«E adesso», disse Elena, come una maestra d'asilo che vuole passare rapidamente a un'altra attività, «abbiamo bisogno di un piano. Ma dobbiamo farlo in totale segreto...».

«Dobbiamo scambiarci il sangue. Ma, Elena, quanto ne hai dato oggi? Sembri pallida».

«Hai detto che saresti stato il mio schiavo... e ora non vuoi un po' del mio sangue».

«Hai detto che mi liberavi... e invece mi tratterrai per sempre, non è vero? Ma c'è una soluzione più semplice. Prenderai *tu* un po' del mio sangue».

E alla fine fu ciò che fecero, nonostante Elena si sentisse lievemente in colpa, come se stesse tradendo Stefan. Damon si tagliò senza nessun problema, e così cominciò a succedere... stavano condividendo le proprie menti, fondendosi insieme. In un tempo molto più breve di quello che sarebbe occorso per dirlo ad alta voce, era fatta: Elena aveva detto a Damon quello che i suoi amici avevano scoperto dell'epidemia tra le ragazze di Fell's Church...

e Damon aveva detto a Elena tutto quello che sapeva di Shinichi e Misao. Elena architettò un piano per terrorizzare tutte le altre ragazzine possedute come Tami, e Damon promise di cercare di carpire ai gemelli *kitsune* dove fosse Stefan.

E, alla fine, quando non ci fu altro da dire, e il sangue di Damon aveva riportato il colore sulle guance di Elena, pensarono a come incontrarsi di nuovo.

Alla cerimonia.

E poi rimase solo Elena nella stanza, mentre un grosso corvo nero volava verso l'Old Wood.

Seduta sul freddo pavimento di pietra, Elena si prese un momento per ricapitolare tutto quello che sapeva. Nessuna meraviglia che Damon le fosse sembrato così strano. Nessuna meraviglia che avesse ricordato, e poi dimenticato, e poi ancora ricordato di essere colui dal quale lei era fuggita.

Lui aveva ricordato, pensò lei, quando Shinichi non lo stava controllando, o, per lo meno quando teneva le redini allentate. Ma la sua memoria era piena di falle perché alcune delle cose che aveva fatto erano così terribili che la sua mente le aveva rifiutate. Si erano fuse con la memoria del Damon posseduto, perché, quando era in quello stato, Shinichi controllava ogni parola e ogni gesto. E tra un episodio e l'altro, Shinichi gli diceva che doveva trovare il persecutore di Elena e ucciderlo.

Tutto molto divertente, immaginò, per Shinichi il *kitsune*. Ma sia per lei che per Damon era stato l'inferno.

La mente di Elena si rifiutò di ammettere che c'erano stati momenti di paradiso mescolati all'inferno. Era di Stefan e nessun altro. Questo non sarebbe cambiato mai.

Adesso a Elena serviva un'altra porta magica, e non sapeva dove trovarla. Ma c'era di nuovo la scintillante luce fatata. Pensò che si trattasse di un residuo di magia che Honoria Fell aveva lasciato per proteggere la città da lei fondata. Elena si sentì un po' colpevole nell'usarla tutta... ma se non era stata lasciata per lei, perché allora era stata condotta lì?

Per cercare di raggiungere la destinazione più importante che potesse immaginare.

Allungando una mano per cogliere il granello di luce, e stringendo nell'altra la chiave, sussurrò con tutta la forza che aveva: «*Un posto dove posso vedere e sentire e toccare Stefan*».

15

Una prigione, con pagliericci lerci sul pavimento e sbarre tra lei e Stefan addormentato.

Tra lei e *Stefan*!

Era proprio lui. Elena non sapeva come facesse a saperlo. In quel posto, indubbiamente, facevano in modo che le percezioni venissero distorte e mutate. Ma in quel momento, forse perché non si aspettavano che lei piombasse in una prigione, nessuno si era preparato a farle dubitare dei propri sensi.

Era Stefan. Era più magro che mai, con gli zigomi sporgenti. Era bellissimo. E la sua mente *sembrava* a posto, lo stesso miscuglio di onore e amore e oscurità e luce e speranza e triste comprensione del mondo in cui viveva.

«Stefan! Oh, *stringimi!*».

Lui si svegliò e si sollevò un poco. «Almeno lasciami il mio sonno. E nel frattempo vattene e mettiti un'altra faccia, puttana!».

«Stefan! Cosa dici!».

Vide i muscoli delle spalle di Stefan immobilizzarsi.

«Cosa... hai... detto?»

«Stefan... *sono proprio io*. E non ti sto rimproverando per l'insulto. Maledico tutto questo posto e i due che ti hanno messo qui...».

«Tre», disse stancamente, e piegò la testa. «Lo sapresti se fossi vera. Va' da loro e fatti raccontare di mio fratello e dei suoi amici che tendono imboscate alla gente con i *kekkai*...».

Elena non poteva perdere tempo a discutere di Damon in quel momento. «Vuoi *guardarmi* almeno?».

Lo vide voltarsi lentamente, guardare lentamente, poi lo vide balzare su da un giaciglio di paglia dall'aspetto nauseante, e lo vide fissarla come se fosse un angelo caduto giù dal cielo.

Poi le girò le spalle e si mise le mani sulle orecchie.

«Nessun accordo», disse risoluto. «Non parlarmene neanche. Va' via. Sei migliorata ma sei sempre un sogno».

«Stefan!».

«Ho detto vattene!».

Il tempo scivolava via. E questo era troppo crudele, dopo quello che aveva passato solo per parlargli.

«Mi hai vista per la prima volta fuori dall'ufficio del preside, quando hai portato i tuoi documenti a scuola e hai influenzato la segretaria. Non hai avuto bisogno di guardarmi per sapere com'ero. Una volta ti ho detto che mi sentivo un'assassina per aver detto "Papà, guarda" e indicato... qualcosa fuori... proprio prima dell'incidente d'auto che uccise i miei genitori. Non sono mai riuscita a ricordare cosa fosse quel qualcosa. La prima parola che ho imparato quando sono tornata dall'aldilà è stata *Stefan*. Una volta, mi hai guardata nello specchietto retrovisore dell'auto e hai detto che ero la tua anima...».

«Puoi smettere di torturarmi almeno per un'ora? Elena... la vera Elena... è troppo intelligente per rischiare la propria vita venendo qui».

«Dov'è "qui"?», disse Elena bruscamente, spaventata. «Ho bisogno di saperlo se devo tirarti fuori da questo posto».

Lentamente, Stefan si scoprì le orecchie. Ancora più lentamente si voltò verso di lei.

«Elena?», disse, come un ragazzo morente che ha visto un fantasma gentile nel suo letto. «Tu non sei vera. Non puoi essere qui».

«Non credo di esserci. Shinichi ha creato una casa magica che ti porta nel posto che desideri solo nominandolo, e aprendo la porta con questa chiave. Ho detto: "Un posto dove posso sentire e vedere e toccare Stefan". Ma», abbassò lo sguardo, «tu hai detto che *non posso* essere qui. Forse è tutta un'illusione».

«Shhh». Ora Stefan aveva afferrato saldamente le sbarre della sua cella.

«È qui dove sei stato? È questo lo *Shi no Shi*?».

Stefan fece una risatina... non una vera risata. «Non proprio quello che ci aspettavamo, vero? Eppure non hanno mentito su nulla, Elena. Elena! Ho detto "Elena". Elena sei davvero qui!».

Elena non poteva sopportare di perdere altro tempo. Fece i pochi passi tra la paglia umida e crepitante e gli esseri che sgattaiolarono via fino alle sbarre che la separavano da Stefan.

Poi sollevò il viso, afferrando le sbarre con entrambe le mani e chiuse gli occhi.

Lo toccherò. Sì. Sì. Sono vera, lui è vero... lo toccherò!

Stefan si abbassò – per assecondarla, pensò lei – e poi delle labbra calde toccarono le sue.

Elena fece passare le braccia attraverso le sbarre poiché erano entrambi instabili sulle ginocchia: Stefan per lo stupore che lei potesse toccarlo, ed Elena per il sollievo e la gioia.

Ma... non c'era tempo.

«Stefan, prendi il mio sangue *adesso*... prendilo!».

Cercò disperatamente qualcosa con cui tagliarsi. Stefan poteva aver bisogno della forza di lei; non importava quanta ne avesse presa Damon, Elena ne avrebbe sempre avuta abbastanza per Stefan. Se questo l'avesse uccisa, sarebbe stata contenta lo stesso. Era felice, ora, che nella tomba Damon l'avesse persuasa a prendere il suo sangue.

«Calma. Calma, piccolo amore. Se vuoi, posso morderti il polso, ma...».

«Fallo *ora*!», ordinò Elena Gilbert, la principessa di Fell's Church. Aveva persino trovato la forza per rialzarsi in piedi. Stefan le rivolse un mezzo sguardo colpevole.

«*ORA!*», insisté Elena.

Stefan le morse il polso.

Fu una strana sensazione. Le fece un po' più male di quando le mordeva di solito il collo. Ma laggiù, lo sapeva, c'erano delle ottime vene; aveva fiducia che Stefan avrebbe trovato la più grossa così avrebbe impiegato meno tempo. L'urgenza di lei era diventata anche sua.

Ma quando cercò di ritrarsi, lei gli afferrò gli scuri capelli ondulati e disse: «Ancora, Stefan. Ne hai bisogno... oh, lo so, e *non abbiamo tempo per discutere*».

La voce del comando. Meredith le aveva detto una volta che la possedeva, che avrebbe potuto guidare degli eserciti. Be', forse lì avrebbe avuto bisogno di guidare degli eserciti per salvarlo.

Porterò un esercito ovunque sia necessario, pensò confusamente.

La famelica sete di sangue che Stefan aveva – ovviamente non lo avevano nutrito sin da quando lo aveva visto l'ultima volta – si stava affievolendo nel consueto prelievo a cui lei era abituata. La mente di Stefan si fuse in quella di lei. *Quando dici che ti procureresti un esercito, ti credo. Ma è impossibile. Nessuno è mai tornato.*

Be', tu lo farai. Io ti porterò indietro.

Elena, Elena...

Bevi, gli disse, sentendosi una mamma italiana. *Quanto più possibile, senza sentirti male.*

Ma come hai... no, mi hai già detto come hai fatto ad arrivare qui. Era la verità?

La verità. Ti dico sempre la verità. Ma Stefan, come faccio a farti uscire?

Shinichi e Misao... li conosci?

Abbastanza.

Ognuno di loro ha mezzo anello. Insieme formano una chiave. Ogni metà ha la forma di una volpe che corre. Ma chi lo sa dove hanno nascosto i pezzi? E, come ho detto, solo per entrare in questo posto ci vuole un esercito...

Troverò i pezzi dell'anello. Li unirò. Troverò un esercito. Ti farò uscire.

Elena, non posso continuare a bere. Crollerai.

Sono brava a non crollare. Ti prego, continua.

Non riesco quasi a credere che sei tu...

«Non baciarmi! Prendi il mio sangue!».

Sissignora! Ma Elena, sul serio, sono pieno adesso. Strapieno.

E domani?

«Sarò ancora strapieno». Stefan si staccò da Elena e mise un pollice sui punti in cui aveva bucato le vene. «Sul serio, *non posso*, amore».

«E il giorno dopo?»

«Me la caverò».

«Lo farai... perché ho portato *questo*. Stringimi, Stefan», disse, con una voce più bassa di diversi decibel. «Stringimi attraverso le sbarre».

Lui obbedì, stupefatto, e lei gli sussurrò in un orecchio: «Comportati come se mi stessi amando. Accarezzami i capelli. Dimmi cose carine».

«Elena, piccolo dolce amore...». Era ancora mentalmente abbastanza vicino da dire telepaticamente: Comportarmi *come se ti amassi?* Ma mentre le sue mani accarezzavano e stringevano e si impigliavano nei capelli di lei, le mani di Elena erano occupate. Stava trasferendo da sotto i propri abiti a quelli di lui una fiaschetta piena di Black Magic.

«Ma dove l'hai presa?», sussurrò Stefan, sbalordito.

«La casa magica ha tutto. Aspettavo il momento giusto per dartelo nel caso tu ne avessi bisogno».

«Elena...».

«Cosa?».

Stefan sembrava combattuto. Alla fine, con gli occhi bassi, sussurrò: «Non va bene. Non posso rischiare che tu venga uccisa per una cosa impossibile. Dimenticami».

«Accosta la faccia alle sbarre».

La guardò ma non le fece domande, obbedendo.

Lei gli diede uno schiaffo.

Non fu uno schiaffo molto forte... nonostante a Elena dolesse la mano per aver urtato il ferro delle sbarre.

«Adesso, *vergognati!*», disse. E prima che lui potesse replicare qualunque cosa: «*Ascolta!*».

Era il latrato dei segugi... ancora lontano, ma che si avvicinava.

«È *te* che inseguono», disse Stefan, d'un tratto angosciato. «Devi andare!».

Lei lo guardò intensamente. «Ti amo, Stefan».

«Ti amo, Elena. Per sempre».

«Io... oh, *mi dispiace*». Non *poteva* andarsene; era così e basta. Come Caroline che parlava e parlava senza andarsene dalla stanza di Stefan, Elena sarebbe potuta rimanere lì a parlarne, ma non poteva farlo.

«Elena! *Devi farlo.* Non voglio che tu veda cosa fanno...».

«Li ucciderò!».

«Non sei un'assassina. Non sei una combattente, Elena... e non dovresti assistere a questo. Ti prego. Ricordi che una volta mi hai chiesto se mi sarebbe piaciuto vedere quante volte saresti riuscita a farmi dire "Ti prego"? Be', ogni volta ora ne vale mille. Ti prego. Fallo per me. Vuoi andare?»

«Ancora un bacio...». Il cuore batteva come un uccello agitato dentro di sé.

«*Ti prego!*».

Accecata dalle lacrime, Elena si voltò e si aggrappò alla porta della cella. «Da qualche parte nel luogo della cerimonia, dove nessuno mi veda!», ansimò, e aprì la porta del corridoio con uno strattone e vi passò attraverso.

Almeno aveva visto Stefan, ma per quanto tempo sarebbe bastato a impedire che il cuore le andasse nuovamente in pezzi...

...oh, mio Dio, sto *cadendo*...

...non lo sapeva.

Elena si accorse di essere da qualche parte fuori dalla pensione, a un'altezza di almeno venti metri, e che stava precipitando. Presa dal panico, il suo primo pensiero fu che stava per morire, ma poi l'istinto si rianimò e così allungò braccia e mani e, aiutandosi anche con le gambe, riuscì a frenare la sua caduta dopo qualche angoscioso metro.

Ho perso le ali per sempre, pensò, concentrandosi su un unico punto tra le scapole. Sapeva bene dove avrebbero dovuto essere... e non successe nulla.

Poi, prudentemente, si spinse poco a poco verso un tronco, fermandosi solo per spostare su un ramoscello più alto un bruco che divideva il ramo con lei. E, spostandosi poco alla volta all'indietro, riuscì a trovare una specie di posto dove potersi sedere. Era un ramo fin troppo alto per i suoi gusti.

Da dove si trovava, scoprì che, guardando in basso, poteva vedere il terrazzino piuttosto bene, e che più a lungo guardava qualcosa, più la sua vista migliorava. Una supervista da vampiro, pensò. La dimostrazione che stava Cambiando. Oppure... sì, per qualche motivo il cielo stava diventando più chiaro.

Quello che vedeva era una pensione buia e vuota, cosa inquietante a causa di quello che aveva detto il padre di Caroline riguardo a "la riunione" e a causa di quello che aveva appreso telepaticamente da Damon sui progetti di Shinichi per la notte del Lunicornio. Poteva quella non essere affatto la pensione, ma un'altra trappola?

«Ce l'abbiamo fatta!», gridò Bonnie quando si avvicinarono alla casa. Sapeva che la propria voce era stridula, troppo stridula, ma in un modo o nell'altro la vista di quella pensione così illuminata, come un albero di Natale con la stella in cima, la confortò, anche se sapeva che era tutto sbagliato. Sentiva di poter piangere per il sollievo.

«Sì, ce l'abbiamo fatta», disse la voce profonda del dottor Alpert. «Tutti quanti. Isobel è quella che ha bisogno delle cure maggiori e più urgenti. Theophilia, prepara il tuo toccasana, e qualcun altro prenda Isobel e le prepari un bagno».

«Lo faccio io», gorgheggiò Bonnie, dopo una breve esitazione. «Rimarrà tranquilla com'è adesso, giusto? Giusto?»

«Vado *io* con Isobel», disse Matt. «Bonnie, tu va' con la signora Flowers e dalle una mano. E prima che entriamo, voglio chiarire una cosa: nessuno va da nessuna parte da solo. Ci muoveremo tutti in due o in tre». La sua voce era autoritaria.

«Ha senso», disse Meredith sbrigativamente, e prese posto accanto al dottore. «Farai bene a stare attento, Matt; Isobel è la più pericolosa».

Fu allora che iniziarono le voci acute e sottili fuori dalla casa. Sembravano due o tre ragazzine che cantavano.

> Isa-chan, Isa-chan,
> bevve il tè e mangiò la nonna.

«Tami? Tami Bryce?», chiese Meredith, aprendo la porta quando la melodia ricominciò. Balzò in avanti, poi afferrò la mano del dottore e lo trascinò accanto a sé continuando a camminare.

E Bonnie vide che c'erano tre figurine, una in pigiama e due in camicia da notte; erano Tami Bryce, Kristin Dunstan e Ava Zarinski. Ava aveva solo undici anni, pensò Bonnie, e non viveva vicino né a Tami né a Kristin. Tutte e tre emettevano risatine stridule. Poi ricominciarono a cantare e Matt seguì Kristin.

«Aiutami!», gridò Bonnie. D'un tratto si era ritrovata aggrappata a un cavallo selvatico che scalciava furiosamente in tutte le direzioni. Isobel sembrava impazzita, e peggiorava ogni volta che la melodia si ripeteva.

«La tengo», disse Matt, stringendola in una morsa simile a quella di un orso, ma neanche in due riuscirono a tenere Isobel ferma.

«Le darò un altro sedativo», disse il dottor Alpert, e Bonnie vide lo scambio di sguardi tra Matt e Meredith... sguardi di sospetto.

«No... no, lasci che la signora Flowers le dia qualcosa», disse disperatamente Bonnie, ma l'ago ipodermico era già quasi nel braccio di Isobel.

«Lei non le darà niente», disse seccamente Meredith, gettando la maschera, e con un calcio da ballerina fece volare via la siringa.

«Meredith! Cosa c'è che non va?», gridò il dottore, stringendosi il polso.

«È quello che non va in *te* il problema. Chi sei? Dove siamo? Questa non può essere la vera pensione».

«Obaasan! Signora Flowers! Potete aiutarci?», ansimava Bonnie, cercando ancora di trattenere Isobel.

«Ci provo», disse, determinata, la signora Flowers, dirigendosi verso di lei.

«No, intendo con il dottor Alpert... e forse anche Jim. Non... non conosce nessuna formula... per far assumere alle persone le loro sembianze reali?»

«Oh!», disse Obaasan. «Posso aiutarvi io. Fammi scendere, Jim caro. In un attimo tutti avranno il loro vero aspetto».

Jayneela era una studentessa del secondo anno dai grandi occhi scuri sognanti, generalmente assorti in un libro. Ma adesso, poiché era quasi mezzanotte e Nonno non aveva ancora chiamato, chiuse il libro e guardò Ty. Tyrone sembrava grosso e feroce e cattivo sul campo da gioco, ma fuori era il fratello più carino, dolce e gentile che una ragazza potesse desiderare.

«Pensi che Nonno stia bene?»

«Uhm?». Anche Tyrone era immerso in un libro, ma si trattava di uno quei libri su come-entrare-al-college-dei-tuoi-sogni. Essendo all'ultimo anno, doveva ormai prendere delle serie decisioni. «Certo che sì».

«Bene, allora vado a controllare la bambina».

«Sai una cosa, Jay?», le disse in modo canzonatorio, dandole dei colpetti con l'alluce. «Tu ti preoccupi troppo».

Dopo qualche attimo si era di nuovo perso nel Capitolo sei: *Come Sfruttare al Meglio il Tuo Servizio Civile.* Ma poi cominciarono ad arrivare le urla dal piano di sopra. Urla prolungate, forti, stridule... la voce di sua sorella. Lasciò cadere il libro e corse.

«Obaasan?», disse Bonnie.

«Solo un momento, cara», disse Nonna Saitou. Jim l'aveva fatta scendere e ora lei gli stava proprio di fronte: lei guardava in su e lui guardava in giù. E c'era qualcosa di... molto sbagliato in tutto questo.

Bonnie sentì un'ondata di puro terrore. Era possibile che Jim avesse fatto qualcosa di male a Obaasan mentre la portava in spalla? Certo che lo era. Perché non ci aveva pensato? E c'era il dottore con la sua siringa, pronto a sedare chiunque diventasse troppo "isterico". Bonnie guardò Meredith, ma Meredith stava cercando di occuparsi di ragazzine che si dimenavano, e poté solo guardarla senza fare niente.

D'accordo, allora, pensò Bonnie. Gli darò un calcio dove gli farà più male e allontanerò la vecchia signora da lui. Si girò nuovamente verso Obaasan e rimase paralizzata.

«Devo fare solo una cosa...», aveva detto Obaasan. E la stava facendo. Jim si era chinato, piegandosi quasi in due verso Obaasan, che era in punta di piedi. Erano stretti in un bacio, intimo e profondo.

Oh, Dio!

Avevano incontrato quattro persone nel bosco... e creduto che due fossero sane di mente e due no. Come si faceva a distinguere quelle malate di mente? Be', se due di loro vedono cose che non ci sono...

Ma la casa *era* lì; anche Bonnie poteva vederla. Era *lei* quella pazza?

«Meredith, vieni!», urlò. I suoi nervi stavano cedendo del tutto; cominciò a correre via dalla casa, verso il bosco.

Qualcosa dall'alto la tirò su agevolmente, così come il gufo ghermisce un topo, e la bloccò in una stretta di ferro.

«Si va da qualche parte?», domandò la voce di Damon sopra di lei, fluttuando per pochi metri prima di fermarsi, con Bonnie infilata sotto un braccio dalla stretta d'acciaio.

«Damon!».

Damon strizzò leggermente gli occhi, come se si trattasse di una battuta che solo lui poteva capire. «Sì, il cattivo in persona. Dimmi tutto, mia piccola furia furiosa!».

Bonnie era già esausta per aver cercato di liberarsi di lui. Non era riuscita neanche a gualcirgli i vestiti.

«Cosa?», scattò. Posseduto o meno, Damon l'aveva vista l'ultima volta quando l'aveva Chiamato per salvarla dalla follia di Caroline. Ma secondo il racconto di Matt, aveva fatto qualcosa di orrendo a Elena.

«Perché le ragazze amano convertire i peccatori? Perché puoi riempirle di balle se sentono di averti redento?».

Bonnie non sapeva di cosa stesse parlando, ma poteva immaginare. «Cosa ne hai fatto di Elena?», disse con ferocia.

«Le ho dato quello che voleva, questo è tutto», disse Damon, con gli occhi neri che gli brillavano. «Cosa c'è di così orribile?».

Bonnie, spaventata da quel luccichio, non cercò neanche di fuggire. Sapeva che era inutile. Lui era più veloce e più forte e sapeva volare. Tuttavia, quello che aveva visto sul suo viso era una sorta di fredda spietatezza. Non erano semplicemente Damon e Bonnie insieme. Erano un predatore e la sua preda.

Ed ecco che era di nuovo con Jim e Obaasan... no, con un ragazzo e una ragazza che non aveva mai visto prima. Bonnie arrivò in tempo per assistere alla trasformazione. Vide il corpo di Jim rimpicciolirsi e i suoi capelli diventare neri, ma non era questa la cosa sorprendente. La cosa sorprendente era che, tutt'intorno ai bordi, i suoi capelli non erano neri bensì cremisi. Era come se fiamme che lambivano le punte si trasformassero in tenebre. I suoi occhi erano dorati e sorridenti.

Vide il vecchio corpo da bambola di Obaasan diventare più giovane, più forte e più alto. Era davvero bellissima, Bonnie doveva ammetterlo. Aveva un paio di stupendi occhi neri a mandorla e capelli setosi che le arrivavano fin quasi alla vita. Ed erano proprio come quelli di suo fratello... solo che il rosso era ancora più brillante, scarlatto anziché cremisi. Indossava un top di pizzo nero praticamente trasparente che mostrava la delicatezza delle sue forme. E, naturalmente, pantaloni di pelle nera a vita bassa altrettanto provocanti. Portava sandali neri dai tacchi alti dall'aspetto costoso, e lo smalto sulle unghie dei piedi era dello stesso rosso brillante delle punte dei suoi capelli. In vita, sinuosamente attorcigliata, portava una frusta con un manico rivestito di scaglie nere.

Il dottor Alpert disse lentamente: «I miei nipoti...?»

«Non hanno niente a che fare con questo», disse, sorridendo con fare affascinante, il ragazzo dai capelli strani. «Fino a che badano agli affari propri, non devi preoccuparti per loro neanche un po'».

«È un suicidio o un tentativo di suicidio... o qualcosa del genere», disse Tyrone alla polizia, quasi in lacrime. «Credo che sia un ragazzo di nome Jim che frequentava il mio stesso liceo l'anno scorso. No, non ha a che fare con la droga... sono venuto qui per badare a mia sorella Jayneela. Stava facendo da babysitter... ascolti, venite qui, va bene? Questo ragazzo si è praticamente rosicchiato quasi tutte le dita e quando sono entrato ha detto "Ti amerò per sempre, Elena" e ha preso una matita e... no, non so dire se è vivo o morto. Ma di sopra c'è una vecchia signora e sono sicuro che *lei* sia morta. Perché non respira».

«Chi diavolo sei?», stava dicendo Matt, guardando bellicoso lo strano ragazzo.

«Sono il...».

«...e cosa diavolo ci fai qui?»

«Sono il diavolo Shinichi», disse il ragazzo con voce molto più alta, seccato per essere stato interotto. Quando Matt si mise a fissarlo, aggiunse in tono annoiato: «Sono il *kitsune*... la volpe-mannara, si potrebbe dire... che si sta divertendo con la tua città, idiota. Ho girato mezzo mondo per farlo e pensavo che ormai avessi almeno sentito parlare di me. E questa è la mia dolce sorellina, Misao. Siamo gemelli».

«Non mi interessa neanche se siete in tre. Elena ha detto che c'era qualcuno oltre Damon dietro a tutto questo. E anche Stefan, prima che... ehy, cosa avete fatto a Stefan? *Cosa avete fatto a Elena?*».

Mentre i due ragazzi si comportavano come gatti che avevano rizzato il pelo – letteralmente nel caso di Shinichi, i cui capelli erano ritti sulla testa –, Meredith lanciò uno sguardo a Bonnie, al dottor Alpert e alla signora Flowers. Poi guardò Matt e si toccò leggermente il torace. Era l'unica forte abbastanza per tenergli testa, anche se il dottor Alpert le fece un rapido cenno per dire che l'avrebbe aiutata.

E poi, mentre i ragazzi si aizzavano alzando il volume della voce, Misao ridacchiava in disparte e Damon era appoggiato a una porta con gli occhi chiusi, agirono. Senza alcun segnale di intesa, si misero a correre istintivamente come un solo gruppo. Meredith e il dottor Alpert afferrarono Matt da entrambi i lati sollevandolo di peso, proprio mentre Isobel, inaspettatamente, balzò su Shinichi emettendo un urlo gutturale. Non si aspettavano nulla da lei, ma era senz'altro utile, pensò Bonnie sfrecciando sugli ostacoli senza neanche vederli. Matt stava ancora gridando e cercava di correre in direzione opposta per sfogare una primordiale frustrazione su Shinichi, ma non riusciva a liberarsi per poterlo fare.

Bonnie stentava a crederci quando arrivarono nuovamente all'Old Wood. Persino la signora Flowers aveva tenuto il passo e la maggior parte di loro aveva ancora le torce.

Era un miracolo. Erano persino riusciti a sfuggire a Damon. Ora si trattava di essere molto silenziosi e cercare di attraversare l'Old Wood senza disturbare nessuno. Forse potevano ritrovare la strada per tornare alla vera pensione, decisero. Allora avrebbero potuto pensare a come salvare Elena da Damon e dai suoi due amici. Anche Matt dovette ammettere, alla fine, che era improbabile riuscire a sconfiggere con la forza fisica le tre creature sovrannaturali.

Bonnie avrebbe desiderato solo riuscire a portare con loro Isobel.

«Bene, ci tocca comunque andare alla vera pensione», disse Damon, quando Misao, infine, ridusse Isobel in uno stato di sottomissione e semincoscienza. «È lì che troveremo Caroline».

Misao smise di guardare Isobel e sembrò trasalire leggermente. «Caroline? Perché vogliamo Caroline?»

«Fa tutto parte del divertimento, no?», disse Damon con il suo tono più affascinante e galante. Shinichi smise immediatamente di sembrare un martire e sorrise.

«Quella ragazza... è lei quella che hai usato come portatore, giusto?». Guardò maliziosamente la sorella, il cui sorriso sembrava leggermente forzato.

«Sì, ma...».

«Più siamo meglio è», disse Damon, ogni minuto sempre più allegro. Sembrava non notare che, alle sue spalle, Shinichi rivolgeva un ghigno furbesco a Misao.

«Non fare il broncio, tesoro», le disse, facendole il solletico sotto il mento mentre i suoi occhi d'oro scintillavano. «Non ho mai messo gli occhi su quella ragazza. Ma di sicuro, se Damon dice che sarà divertente, lo *sarà*». Il ghigno divenne un vero sorriso gongolante.

«E non c'è nessuna possibilità che uno di loro riesca a fuggire?», disse Damon, quasi distrattamente, guardando verso l'oscurità dell'Old Wood.

«Riconoscimi qualche merito», scattò il *kitsune*. «*Tu sei* un dannato, un vampiro, no? Non dovresti nemmeno bazzicare nei boschi».

«È il mio territorio, insieme al cimitero...», stava cominciando gentilmente Damon, ma Shinichi era determinato ad avere l'ultima parola. «Io *vivo* nei boschi», disse. «Io controllo i cespugli, gli alberi... e ho portato un po' dei miei esperimenti con me. Li vedrai tutti ben presto. Così, per rispondere alla tua domanda: no, nessuno di loro potrà fuggire».

«È tutto quello che ho chiesto», disse Damon, sempre pacatamente, ma fissando gli occhi dorati per un lungo momento. Poi alzò le spalle e si girò, osservando la luna che si intravedeva tra le nuvole all'orizzonte.

«Abbiamo ancora alcune ore prima della cerimonia», disse Shinichi alle sue spalle. «È impossibile fare tardi».

«Meglio che non accada», mormorò Damon. «Caroline sa diventare molto simile a quella ragazza isterica con i buchi quando la gente è in ritardo».

In effetti la luna era ormai alta nel cielo quando Caroline arrivò a bordo dell'auto di sua madre davanti al portico della pensione. Indossava un abito da sera che sembrava dipinto su di lei, nei suoi colori preferiti: bronzo e verde. Shinichi osservò Misao che ridacchiava coprendosi la bocca con una mano mentre guardava in basso.

Damon accompagnò Caroline fino ai gradini del portico e disse: «Da questa parte per i posti migliori».

Ci fu stupore tra le ragazze quando vennero separate. Damon disse allegramente a Kristin, Tami e Ava: «Temo che la galleria da quattro soldi sia per voi tre. Ciò vuol dire che sarete sedute per terra. Ma se fate le brave, vi lascerò sedere su con noi la prossima volta».

Gli altri lo seguirono più o meno tranquillamente, ma fu Caroline, che sembrava seccata, a dire: «Perché dobbiamo andare *dentro*? Pensavo che dovessero essere *fuori*».

«Posti migliori lontani dal pericolo», tagliò corto Damon. «Abbiamo un'ottima visuale da quassù. Posti da palco reale. Coraggio, vieni».

I gemelli volpe e la ragazza umana lo seguirono, accendendo le luci nella casa buia man mano che salivano verso il terrazzino sul tetto.

«E allora, dove sono?», disse Caroline, dando un'occhiata in basso.

«Saranno qui da un momento all'altro», disse Shinichi, con uno sguardo sia di perplessità che di biasimo. Diceva: Chi crede di essere questa ragazza? Stavolta dalla sua bocca non venne fuori nessuna poesia.

«Ed Elena? Ci sarà anche lei?».

Shinichi non rispose affatto e Misao si limitò a ridacchiare. Ma Damon accostò le labbra all'orecchio di Caroline e sussurrò.

Dopo, gli occhi di Caroline scintillarono di verde come quelli di un gatto. E il sorriso sulle sue labbra fu quello di un gatto che aveva appena messo le zampe sul canarino.

16

Elena era rimasta ad aspettare sul suo albero.

In realtà, non era poi così diverso dai sei mesi nel mondo degli spiriti, quando aveva passato gran parte del suo tempo a guardare gli altri, aspettare e guardare ancora. Quei mesi le avevano insegnato un paziente stato d'allerta, che avrebbe sbalordito chiunque conoscesse la vecchia, indomabile Elena.

Certo, la vecchia e indomabile Elena era ancora dentro di lei, e talvolta si ribellava. Per quello che poteva vedere, nella pensione buia non stava accadendo nulla. Solo la luna sembrava muoversi, alzandosi lentamente nel cielo.

Damon aveva detto che questo Shinichi aveva qualcosa da fare verso le 4,44 della mattina o della sera, pensò. Forse quella Magia Nera funzionava in un modo diverso da tutte quelle di cui aveva sentito parlare.

In ogni caso, lo faceva per Stefan. Non appena ebbe pensato questo, seppe che sarebbe rimasta lì ad aspettare per giorni, se fosse stato necessario. Poteva senz'altro aspettare fino all'alba, quando nessun seguace di Magia Nera che si rispettasse avrebbe mai pensato di dare inizio a una cerimonia.

E, alla fine, quello che aspettava venne a fermarsi proprio sotto i suoi piedi.

Per prime arrivarono delle figure che procedevano con calma dall'Old Wood e si dirigevano verso il sentiero di ghiaia della pensione. Non erano difficili da distinguere, neanche a grande distanza. Una era Damon, che aveva un *je ne sais quoi* che Elena non poteva non individuare, anche da qualche centinaio di metri... e poi c'era la sua aura, un ottimo facsimile di quella vecchia: quell'indecifrabile, infrangibile palla di pietra nera. Un'*ottima* imitazione, in realtà. Anzi, era quasi identica a quella...

Fu allora che provò la prima repentina sensazione di terrore, come si rese conto in seguito.

Ma ora era così presa dal momento che spazzò via quel pensiero sgradevole. Quello con l'aura grigio scuro e lampi color cremisi doveva essere Shinichi, immaginò. E quella con la stessa aura delle ragazze possedute – una specie di color fango spruzzato di arancione – doveva essere sua sorella gemella Misao.

Solo loro due, Shinichi e Misao, si tenevano per mano, strusciandosi l'un l'altra di tanto in tanto, come Elena poté vedere quando si avvicinarono alla pensione. Certamente non si comportavano come qualunque fratello e sorella che Elena avesse mai visto.

Per di più Damon portava sulla spalla una ragazza seminuda; Elena non riusciva a immaginare chi potesse essere.

Pazienza, pensò tra sé. *Pazienza.* Alla fine gli attori più importanti erano lì, proprio come aveva promesso Damon. E gli attori minori...

Be', per prime, a seguire Damon e il suo gruppo, c'erano tre ragazzine. Riconobbe all'istante Tami Bryce dalla sua aura, ma le altre due non le conosceva. Sbucando dall'Old Wood, avanzarono tra saltelli e capriole fino alla pensione, dove Damon disse loro qualcosa e andarono a sedersi nel giardino della cucina della signora Flowers, proprio sotto a Elena. Uno sguardo all'aura delle ragazze bastò per identificarle come giocattoli di Misao.

Poi, dal vialetto d'ingresso arrivò un'automobile molto familiare... apparteneva alla madre di Caroline. Caroline scese e fu scortata dentro la pensione da Damon, che aveva sistemato da qualche parte – Elena se l'era perso – il suo carico.

Elena si rallegrò al vedere le luci accendersi man mano che Damon e i suoi tre ospiti risalivano le scale della pensione. Uscirono proprio in cima e presero posto l'uno accanto all'altro sul terrazzino, guardando in basso.

Damon schioccò le dita e le luci sul retro si accesero, come se fosse un segnale di inizio per lo spettacolo.

Ma Elena non vide gli attori, le vittime della cerimonia che stava per cominciare, se non in quel momento. Erano state radunate attorno all'angolo più lontano della pensione. Poté vederli tutti: Matt, Meredith, Bonnie, la signora Flowers e, cosa strana, il dottor Alpert. Quello che Elena non capiva era perché non stessero lottando... Bonnie faceva senz'altro abbastanza rumore per tutti, ma si comportavano come se qualcosa li stesse spingendo verso il muro contro la loro volontà.

Fu allora che vide le tenebre che si stagliavano dietro di loro. Enormi ombre scure, senza tratti che potesse riconoscere.

A quel punto Elena capì che, anche al di sopra delle urla di Bonnie, rimanendo del tutto immobile e concentrandosi al massimo, poteva sentire tutto ciò che dicevano quelli che erano sul terrazzino. E la voce stridula di Misao superava tutti.

«Oh, che fortuna! Li abbiamo ripresi tutti», strillò e baciò suo fratello sulla guancia, nonostante il breve sguardo di fastidio di lui.

«Certo che sì. L'avevo detto», stava per dire, quando Misao strillò nuovamente.

«Ma con quale di loro iniziamo?». Baciò suo fratello e lui, cedendo, le accarezzò i capelli.

«Scegli tu il primo», disse.

«Fallo tu, tesoro», tubò lei spudoratamente.

Questi due, pensò Elena, sono dei veri incantatori.

«Quella piccola chiassosa», disse con decisione Shinichi, indicando Bonnie. «*Urusei*, mocciosa! Sta' zitta!», aggiunse quando Bonnie fu spinta o trasportata dalle ombre. Adesso Elena poteva vederla più distintamente.

E poteva sentire gli strazianti appelli di Bonnie a Damon affinché non facesse questo... *agli altri*. «Non ti sto supplicando per me», piangeva, mentre veniva trascinata alla luce. «Ma il dottor Alpert è una brava persona, non ha niente a che fare con questo. E neanche la signora Flowers. E Meredith e Matt hanno sofferto abbastanza. *Ti prego!*».

Si levò un coro stridente di suoni quando gli altri tentarono di ribellarsi e vennero sottomessi. Ma la voce di Matt sovrastò tutto. «Toccala, Salvatore, e farai dannatamente meglio a uccidere anche me!».

Il cuore di Elena sobbalzò nel sentire la voce di Matt risuonare così forte e chiara. Lo aveva trovato finalmente, ma non le veniva in mente nessun modo per salvarlo.

«E poi dobbiamo decidere cosa fare con loro per cominciare», disse Misao, battendo le mani come una bambina felice alla sua festa di compleanno.

«Scegli tu». Shinichi accarezzò i capelli di sua sorella e le sussurrò all'orecchio. Lei si voltò e lo baciò sulla bocca. Senza fretta.

«Cosa diav... Cosa sta succedendo?», disse Caroline. Non era mai stata timida, quella, pensò Elena. Ora si era fatta avanti per aggrapparsi alla mano libera di Shinichi.

Solo per un attimo, Elena pensò che lui l'avrebbe gettata giù dal terrazzino e guardata precipitare al suolo.

Shinichi si voltò e lui e Misao si guardarono.

Poi rise.

«Scusa, scusa, è così dura quando sei l'anima della festa», disse. «Be', cosa pensi Carolyn... Caroline?».

Caroline lo fissava. «Perché ti stringe a quel modo?»

«Nello *Shi no Shi* le sorelle sono preziose», disse Shinichi, «e... be', non la vedevo da tanto tempo. Stiamo facendo di nuovo conoscenza». Ma il bacio che impresse sul palmo di Misao non era decisamente fraterno. «Andiamo avanti», aggiunse velocemente rivolto a Caroline. «Sceglierai tu il primo atto della Festa del Lunicornio! Cosa ne facciamo di lei?».

Caroline iniziò a imitare Misao, baciando Shinichi sulla guancia e sull'orecchio. «Sono nuova qui», disse con fare provocante. «Non so proprio cosa vuoi che io scelga».

«Sciocca Caroline. Naturalmente, come...». Shinichi fu improvvisamente soffocato da un grosso abbraccio e da un bacio da parte di sua sorella.

Caroline, che aveva ovviamente voluto che il compito della scelta toccasse a lei, anche se non ne aveva capito l'oggetto, disse imbronciata: «Be', se non me lo dici, non posso scegliere. E, comunque, dov'è Elena? Non la vedo da nessuna parte!». Sembrava che stesse per dire altro quando Damon scivolò verso di lei e le sussurrò in un orecchio. Poi Caroline sorrise di nuovo ed entrambi guardarono i pini che circondavano la pensione.

In quel momento Elena ebbe per la seconda volta quella sensazione di terrore. Ma Misao stava parlando e ciò richiese la completa attenzione da parte di Elena.

«Che fortuna! Scelgo io allora!». Misao si chinò in avanti, sbirciando dal bordo del tetto gli umani che stavano di sotto, gli occhi scuri sgranati, valutando le possibilità di quello che sembrava uno spiazzo spoglio. Era così delicata, così aggraziata mentre si alzava, e si metteva a camminare pensierosa; la sua pelle era così bianca e i capelli così lucidi e scuri che nemmeno Elena riusciva a toglierle gli occhi di dosso.

Poi il viso di Misao si illuminò e disse: «Stendila sull'altare. Hai portato qualcuno dei tuoi meticci?».

Quest'ultima non fu tanto una domanda quanto un'eccitata affermazione.

«I miei esperimenti? Certo, tesoro. Te l'avevo detto», rispose Shinichi, e aggiunse, guardando verso il bosco: «Due di voi... uhm, uomini... e il Vecchio Fedele!», e fece schioccare le dita. Ci furono diversi minuti di confusione durante i quali gli umani attorno a Bonnie furono colpiti, presi a calci, gettati a terra, calpestati e schiacciati per aver lottato contro le ombre. E poi, le creature che erano arrivate strisciando, proseguirono tenendo tra di loro Bonnie, che ciondolava appesa per le braccia.

I meticci erano qualcosa a metà tra un uomo e un albero spogliato delle sue foglie. Se erano stati *creati*, sembrava che fossero stati fatti appositamente per essere grotteschi e asimmetrici. Uno di essi aveva il braccio sinistro, contorto e nodoso, che arrivava quasi ai piedi, e il destro spesso e bitorzoluto e lungo fino alla vita.

Erano spaventosi. La loro pelle era simile a quella chitinosa degli insetti, ma molto più irregolare, piena di nodi ed escrescenze proprio come la corteccia sui rami. Avevano un aspetto ruvido, incompiuto.

Erano terrificanti. Il modo in cui i loro arti si contorcevano, il modo in cui camminavano, trascinandosi come le scimmie, il modo in cui i loro corpi terminavano in cima con delle caricature arboree di facce umane, sormontate da un intrico di rami più piccoli che spuntavano in tutte le direzioni... erano fatti per sembrare creature da incubo.

Ed erano nudi. Non avevano niente che potesse nascondere le spaventose deformità dei loro corpi.

E allora Elena seppe davvero cosa significasse il terrore, quando i due *malach* dal passo strascicato portarono Bonnie, ormai priva di forze, verso una specie di ceppo d'albero, rozzamente tagliato, che sembrava un altare; la deposero lì sopra e cominciarono a strapparle i diversi strati di vestiario, in modo maldestro, tirandoli con quelle dita simili a bastoncini che si spezzavano, emettendo piccoli suoni gracchianti, mentre la stoffa si lacerava. Sembrava che non si curassero di spezzarsi le dita... tutto pur di portare a termine il loro compito.

Usarono, ancora più goffamente, i brandelli degli abiti di Bonnie per legarla, braccia e gambe aperte, a quattro paletti nodosi che si erano staccati dai loro corpi, e che quello con il braccio spesso aveva piantato con quattro potenti colpi nel terreno attorno al ceppo.

Nel frattempo, dalle profondità delle ombre, si trascinò un terzo Uomo-Albero. Elena vide che quest'ultimo era, innegabilmente, inconfondibilmente maschio.

Per un attimo Elena ebbe paura che Damon potesse perdere il controllo, impazzire, girarsi e attaccare le due volpi, svelando il suo vero intento. Ma i suoi sentimenti per Bonnie erano ovviamente cambiati da quando l'aveva salvata a casa di Caroline. Appariva perfettamente a suo agio accanto a Shinichi e Misao, comodamente seduto e sorridente. Aveva perfino detto qualcosa che li aveva fatti ridere.

A un tratto, Elena sentì crollare qualcosa dentro di sé. Non era una sensazione di terrore. Era un'esplosione di terrore. Damon non era mai sembrato così naturale, così *felice* con qualcuno come lo era adesso con Shinichi e Misao. Non era possibile che lo avessero cambiato, cercò di convincersi. *Non potevano* averlo posseduto di nuovo così velocemente, non senza che lei, Elena, se ne fosse accorta...

Ma quando gli hai mostrato la verità, lui era disperato, le sussurrò il suo cuore. Disperatamente infelice... infelicemente disperato. Poteva aver cercato la possessione come un alcolizzato recidivo cerca la bottiglia, desiderando solo l'oblio. Se lo conosceva bene, Damon avrebbe spontaneamente invitato le tenebre a tornare.

Non poteva sopportare di vivere nella luce, pensò. E così, in quel momento, era capace di ridere persino delle sofferenze di Bonnie.

E adesso cosa le restava da fare? Con Damon che era passato dall'altro lato, non più alleato ma nemico? Elena cominciò a tremare di rabbia e odio... sì, e anche di paura pensando alla sua situazione.

Tutta sola a combattere contro tre dei più forti nemici che riusciva a immaginare, e contro il loro esercito di assassini deformi e privi di scrupoli? Per non parlare di Caroline, la cheerleader del rancore?

E a dimostrazione delle sue paure e di quanto esili davvero fossero le sue possibilità, l'albero su cui era seduta sembrò improvvisamente farla cadere, e per un momento Elena pensò che sarebbe precipitata al suolo, mulinando vorticosamente e urlando. Gli appigli delle mani e dei piedi sembrarono scomparire all'improvviso e riuscì a salvarsi solo con un'affannosa e dolorosa arrampicata tra i fitti aghi di pino lungo la scura corteccia piena di scanalature.

Sei una ragazza umana adesso, mia cara, sembrava dirle il forte aroma resinoso. *E sei dentro fino al collo ai Poteri dei non-morti e della stregoneria. Perché opporsi? Hai perso ancor prima di cominciare. Arrenditi adesso e non sarà così doloroso.*

Se fosse stata una *persona* a dirle ciò, cercando di farglielo capire in tutti i modi, tali parole avrebbero potuto far sprizzare scintille di sfida sulla pietra focaia del carattere di Elena. Ma, invece, quella era solo una sensazione che si era impossessata di lei, un'aura di condanna, una consapevolezza dell'impossibilità della propria causa, e dell'inadeguatezza delle proprie armi, che sembrava posarsi su di lei, delicata e ineluttabile come una nebbia.

Appoggiò il petto ansimante contro il tronco dell'albero. Non si era mai sentita così debole, così inerme... o così sola, non da quando era stata un vampiro. Voleva Stefan. Ma Stefan non era stato capace di battere quegli alberi, e perciò poteva non rivederlo mai più.

Si accorse stancamente che qualcosa di nuovo stava accadendo sul tetto. Damon guardava giù, verso Bonnie stesa sull'altare, e la sua espressione era impaziente. La faccia bianca di Bonnie guardava il cielo notturno con determinazione, come se si rifiutasse di piangere o supplicare ancora.

«Ma tutti gli... *hors d'œuvre* sono così prevedibili?», chiese Damon, sembrando davvero annoiato.

Bastardo, volteresti le spalle al tuo miglior amico per un po' di divertimento, pensò Elena. Be', aspetta e vedrai. Ma sapeva che la verità era che senza di lui non poteva neanche mettere in pratica il Piano A, figurarsi combattere contro quelle *kitsune*, quelle volpi-mannare.

«Mi hai detto che nello *Shi no Shi* avrei visto delle rappresentazioni di genuina originalità», continuava a dire Damon. «Vergini ipnotizzate e spinte a tagliarsi...».

Elena ignorò le sue parole. Concentrò tutta l'energia sul dolore martellante al centro del petto. Sembrava stesse attirando il sangue dai più minuscoli capillari, dai più lontani recessi del suo corpo per convogliarlo lì, al centro.

La mente umana è infinita, pensò. È strana e infinita come l'universo. E l'animo umano...

Le tre più giovani delle ragazze possedute cominciarono a danzare attorno a Bonnie, cantando con le loro voci infantili, dolci e fasulle:

> Stai per *morire* qui dentro.
> Quando morirai *qui* dentro, *là* fuori
> Ti getteranno *fango* sulla faccia.

Deliziose, pensò Elena. Poi tornò a sintonizzarsi con lo spettacolo che si svolgeva sul tetto. Quello che vide la fece sobbalzare. Meredith era sul terrazzino, e si muoveva come se fosse sott'acqua... in trance. Elena non aveva visto come era arrivata a quel punto... era stato per una sorta di magia? Misao era di fronte a Meredith e ridacchiava. Anche Damon rideva, ma con ironica incredulità.

«E ti aspetti che io creda che se do a *questa* ragazza un paio di forbici...», disse, «davvero si taglierebbe la...».

«Guarda tu stesso», lo interruppe Shinichi, con uno dei suoi gesti languidi. Era appoggiato contro la cupola al centro del terrazzino, cercando ancora di impressionare Damon. «Non vedi la nostra vincitrice, Isobel? L'hai portata *tu* fino a qui... ha mai provato a parlare?».

Damon stese una mano. «Forbici», disse, e un raffinato paio di forbicine apparve sul suo palmo. Evidentemente, fino a quando Damon aveva le chiavi magiche di Shinichi, il campo magico attorno a loro avrebbe continuato a obbedirgli anche nel mondo reale. Rise. «No, forbici grandi, da giardinaggio. La lingua è fatta di muscoli forti, non di carta».

Quelle che teneva in mano erano delle grosse cesoie da giardinaggio... decisamente non un giocattolino. Le sollevò, soppesandole. E poi, con enorme shock di Elena, guardò in su, verso il suo rifugio in cima all'albero, senza bisogno di cercarla... e ammiccò.

Elena poté solo guardare in preda all'orrore.

Lo sapeva, pensò. Sapeva che ero qui tutto il tempo.

È stato questo che ha sussurrato all'orecchio di Caroline.

Non aveva funzionato... le *Ali della Redenzione* non avevano funzionato, pensò Elena, e le sembrò di cadere, e che avrebbe continuato a cadere per sempre. Avrei dovuto capire che non sarebbe servito a niente. Non importa ciò che gli viene fatto: Damon sarà sempre Damon. E ora mi sta offrendo una scelta: vedere le mie due migliori amiche torturate e uccise, o farmi avanti e fermare quest'orrore accettando le sue condizioni.

Cosa poteva fare?

Damon aveva sistemato la scacchiera in modo brillante, pensò. Le pedine su due livelli diversi, così che se Elena fosse riuscita a calarsi giù per tentare di salvare Bonnie, Meredith sarebbe stata perduta. Bonnie era legata a quattro forti paletti e sorvegliata dagli Uomini-Alberi. Meredith era più vicina, lassù sul tetto, ma, per farla scendere, Elena avrebbe dovuto prenderla e affrontare Misao, Shinichi, Caroline e lo stesso Damon.

Elena doveva scegliere: farsi avanti adesso, o farsi spingere dalle sofferenze di una delle due, che erano come una parte di lei.

Le sembrò di cogliere una debole traccia di telepatia mentre

Damon sorrideva raggiante. Diceva: «*Questa è la migliore notte della mia vita*».

Potresti semplicemente saltare, disse nuovamente l'ipnotico e nebbioso sussurro di annichilimento. *Metti fine alla strada senza uscita su cui ti trovi. Metti fine alle tue sofferenze. Metti fine a tutto il dolore... così.*

«Adesso è il mio turno», diceva Caroline, infilandosi tra i gemelli per mettersi di fronte a Meredith. «Si era detto che avrei scelto io per prima. Perciò adesso è il mio turno».

Misao rideva istericamente, ma Meredith continuava ad avanzare, sempre in trance.

«Oh, è tutta tua», disse Damon. Ma non si spostò, rimanendo a guardare con curiosità, quando Caroline disse a Meredith: «Hai sempre avuto una lingua di serpente. Perché non te la tagli in due per noi... qui, adesso? Prima di fartela a pezzi».

Meredith stese la mano senza dire una parola, come un automa.

Sempre con gli occhi fissi su Damon, Elena inspirò lentamente. Sembrava che il suo torace stesse per essere colto dagli spasmi, come quando i rampicanti l'avevano avvolta e le avevano tolto il respiro. Ma neanche le sensazioni del suo corpo avrebbero potuto fermarla.

Come posso scegliere?, pensò. Bonnie e Meredith... le amo entrambe.

E non c'è nient'altro da fare, cominciò vagamente a realizzare, mentre le mani e le labbra le si andavano intorpidendo. Non sono neanche sicura che Damon potrebbe salvarle, anche se accettassi di... sottomettermi a lui. Quegli altri – Shinichi, Misao, perfino Caroline – vogliono vedere il sangue. E Shinichi non solo controlla gli alberi, ma più o meno tutto nell'Old Wood, inclusi quei mostruosi Uomini-Alberi. Forse stavolta Damon ha fatto il passo più lungo della gamba, si è messo in una situazione troppo grande da gestire. Voleva me... ma è andato troppo oltre per avermi. Non riesco a vedere nessuna via d'uscita.

E poi vide. Improvvisamente tutto andò al suo posto e fu magnificamente chiaro.

Elena *capì*.

Guardò in basso Bonnie, quasi in uno stato di shock. Anche Bonnie la cercava. Ma non c'erano speranze di essere salvata in quel piccolo viso triangolare. Bonnie aveva già accettato il suo destino: sofferenza e morte.

No, pensò Elena, senza sapere se Bonnie potesse sentirla.

Credi, inviò telepaticamente a Bonnie.

Non ciecamente, mai ciecamente. Ma credi che quello che ti dice la mente è la verità, e quello che ti dice il cuore è la via giusta. Non ti lascerei mai andare... né te né Meredith.

Io credo, pensò Elena, e il suo animo fu scosso da quella forza. Sentì un improvviso impeto dentro di sé, e seppe che era tempo di andare. Una parola le risuonava nella mente mentre si alzava e lasciava la presa sugli appigli sul tronco dell'albero.

E quell'unica parola le riecheggiò nella mente quando si tuffò a capofitto dall'albero a venti metri da terra.

Credi.

17

Mentre cadeva, tutto scorse nella sua mente.

La prima volta che aveva visto Stefan... era una persona diversa, allora. Gelida fuori, in tumulto dentro... o era il contrario? Ancora stordita dalla morte dei suoi genitori, avvenuta molto tempo prima. Stanca del mondo e di qualsiasi cosa avesse a che fare con i ragazzi... Una principessa in una torre di ghiaccio, con il solo desiderio di conquista, di potere... fino a che non aveva visto *lui*.

Credi.

Poi il mondo dei vampiri... e Damon. E tutta la maligna ferocia che aveva trovato dentro se stessa, tutta la passione. Stefan era la sua ancora, ma Damon era il soffio ardente sotto le sue ali. Per quanto lontano andasse, Damon sembrava convincerla a spingersi ancora oltre. E lei sapeva che un giorno sarebbe stato troppo lontano... per entrambi.

Ma per il momento, tutto quello che doveva fare era semplice.

Credi.

E Meredith, e Bonnie, e Matt. Aveva modificato i rapporti con loro, oh, decisamente. All'inizio, non sapendo cosa avesse fatto per meritarsi degli amici come loro tre, non si era presa neanche il disturbo di trattarli come meritavano. Eppure le erano rimasti vicini. Ma adesso *sapeva* come mostrarsi grata... sapeva che, se fosse stato necessario, sarebbe morta per loro.

Sotto, gli occhi di Bonnie avevano seguìto il suo tuffo. Anche il pubblico sul terrazzino guardava, ma era il viso di Bonnie che lei fissava: Bonnie sbigottita, terrorizzata, incredula, sul punto di urlare e consapevole al tempo stesso che nessun urlo avrebbe salvato Elena dalla morte dopo un tuffo a testa in giù.

Bonnie, credimi. Ti salverò.

Mi sono ricordata come si fa a volare.

18

Bonnie sapeva che sarebbe morta.

Ne aveva avuto una chiara premonizione proprio prima che quelle cose – gli alberi che si muovevano come esseri umani, con le loro orribili facce e le grosse braccia nodose – circondassero il gruppetto di umani nell'Old Wood. Aveva sentito l'ululato di un cane, si era girata e ne aveva colto una fugace apparizione alla luce della sua torcia. I cani avevano una lunga storia nella famiglia di Bonnie: quando uno di loro ululava, era segno che la morte ben presto avrebbe fatto visita.

Aveva immaginato che si sarebbe trattato della sua.

Ma non aveva detto nulla, neanche quando il dottor Alpert aveva esclamato: «Nel nome del cielo, cos'era *quello*?». Bonnie si stava esercitando a essere coraggiosa. Matt e Meredith lo erano. Era qualcosa di insito in loro, una capacità di continuare a camminare mentre chiunque altro sarebbe corso via a nascondersi. Entrambi mettevano il *bene del grupppo* davanti al proprio. E naturalmente il dottor Alpert era coraggioso, per non dire forte, e la signora Flowers sembrava aver deciso di prendersi cura di quei giovani.

Bonnie aveva voluto dimostrare che anche lei poteva essere coraggiosa. Si esercitava tenendo la testa dritta e mettendosi in ascolto di qualunque cosa provenisse dai cespugli, usando contemporaneamente le sue capacità medianiche per scorgere una traccia di Elena. Era difficile destreggiarsi con i due tipi di ascolto. C'era parecchio da sentire con le orecchie: ogni sorta di sommesse risatine e sussurri che venivano dai cespugli. Ma da parte di Elena non c'era alcun suono, neanche quando Bonnie chiamò più volte il suo nome: *Elena, Elena, Elena!*

È di nuovo umana, si era tristemente resa conto Bonnie alla fine. Non può né sentirmi né mettersi in contatto. Tra tutti noi è l'unica che non è miracolosamente riuscita a fuggire.

E fu allora che il primo degli Uomini-Albero si stagliò minaccioso di fronte al gruppetto di cercatori. Come un essere venuto da una fiaba da incubo, era un albero e un uomo e poi... all'improvviso... fu una *cosa*, un gigante arboreo che avanzò verso di loro, con i rami più alti uniti a formare delle lunghe braccia. Tutti si misero a urlare e a cercare di sfuggirgli.

Bonnie non avrebbe mai dimenticato come Matt e Meredith avevano cercato di aiutarla a correre.

L'Uomo-Albero non era veloce. Ma quando si girarono per fuggire, scoprirono che ce n'era un altro dietro di loro. E altri alla loro destra e a sinistra. Erano circondati.

E poi, come bestiame, come schiavi, furono radunati. Chiunque di loro cercasse di resistere agli alberi, veniva sferzato e colpito da rami duri e pieni di schegge. Poi, con un piccolo ramo stretto attorno al collo, furono *trascinati*.

Erano stati catturati... ma non uccisi. Venivano portati in un altro posto. Non era difficile immaginare perché: in effetti Bonnie poteva immaginare un sacco di diversi perché. Si trattava solo di scegliere il più spaventoso.

Alla fine, dopo quelle che erano sembrate ore di marcia forzata, Bonnie cominciò a riconoscere le cose. Stavano nuovamente tornando alla pensione. O, piuttosto, stavano tornando alla *vera* pensione per la prima volta. Fuori c'era l'auto di Caroline. La casa era di nuovo illuminata da cima a fondo, ma qua e là c'erano delle finestre buie.

E i loro carcerieri li stavano aspettando.

E adesso, dopo il suo accesso di lacrime e invocazioni, stava di nuovo cercando di essere coraggiosa.

Quando quel ragazzo dai capelli strani aveva detto che lei sarebbe stata la prima, aveva capito esattamente cosa intendesse, e come sarebbe morta... e all'improvviso non fu più coraggiosa, affatto... dentro di sé. Ma non avrebbe urlato di nuovo.

Riusciva appena a vedere il terrazzino e le sinistre figure che vi stavano sopra, ma Damon aveva *riso* quando gli Uomini-Albero avevano cominciato a strapparle i vestiti. Adesso stava *ridendo* mentre Meredith prendeva le cesoie. Non lo avrebbe più supplicato, non ora, dal momento che non avrebbe fatto alcuna differenza.

E ora era sulla schiena, con le braccia e le gambe legate, inerme e con i vestiti a brandelli. Voleva che uccidessero lei per prima, così non avrebbe dovuto guardare Meredith mentre si faceva a pezzi la lingua.

Proprio quando aveva sentito un ultimo urlo di rabbia salire dentro di sé, come un serpente che si attorciglia su un bastone, aveva visto Elena sopra di lei, su un albero di pino bianco.

«*Ali del Vento*», sussurrò Elena mentre il suolo si avvicinava sempre più velocemente.

Le ali si spiegarono all'istante da qualche punto dentro il suo corpo. Non erano reali, si stendevano per più di dieci metri ed erano fatte di garza dorata, il cui colore virava dal più profondo ambra del Baltico sulla sua schiena, fino al più pallido citrino sulle punte. Erano quasi ferme, si muovevano impercettibilmente, ma la tenevano su, con il vento che le gonfiava, e la portarono esattamente dove doveva andare.

Non da Bonnie. Quello era ciò che tutti si sarebbero aspettati. Dalla sua altezza, avrebbe solo potuto ghermire Bonnie, ma non aveva idea di come tagliarle i legacci o se sarebbe stata di nuovo in grado di alzarsi in volo.

Invece Elena deviò verso il terrazzino all'ultimo momento, strappò le cesoie dalla mano alzata di Meredith e poi afferrò una manciata di lunghi e setosi capelli neri e scarlatti. Misao urlò. *E poi...*

Fu *allora* che Elena ebbe bisogno di credere davvero. Fino a quel momento si era limitata a fluttuare, non a volare. Ma ora aveva bisogno di sollevarsi, aveva bisogno che le ali *funzionassero*... e ancora una volta, sebbene non ci fosse tempo, Elena fu con Stefan e sentì...

...la prima volta che lo aveva baciato. Altre ragazze avrebbero aspettato, lasciando che fosse il ragazzo a condurre il gioco, ma non Elena. E poi all'inizio Stefan aveva pensato che i baci servissero a sedurre una preda...

...la prima volta che *lui* l'aveva baciata, avendo capito che non si trattava di un rapporto predatorio...

E ora lei aveva *davvero* bisogno di *volare*...

So che posso...

Ma Misao era così pesante... e la memoria di Elena stava vacillando. Le grandi ali d'oro tremarono e divennero immobili. Shinichi stava cercando di aggrapparsi a un rampicante per raggiungerla e Damon aveva bloccato Meredith.

E, troppo tardi, Elena si rese conto che non stava funzionando.

Era sola e così non poteva lottare. Non contro così tanti nemici.

Era sola, e un dolore, tale da farle desiderare di urlare, le trafiggeva la schiena. Misao era, chissà come, riuscita a diventare più pesante, e, tempo un altro minuto, le tremolanti ali di Elena non sarebbero più riuscite a sostenerla.

Era sola, e come il resto degli altri umani, stava per morire...

E poi, attraverso la sofferenza che le aveva riempito il corpo di goccioline di sudore, udì la voce di Stefan.

«Elena! Lasciati andare! Cadi e ti prenderò!».

Che strano, pensò Elena, come in sogno. L'amore e il panico gli avevano in qualche modo distorto la voce... rendendola diversa. Facendolo quasi somigliare a...

«Elena! Sono *con* te!».

...Damon.

Riscossasi dai suo sogni, Elena guardò sotto di sé. E lì, a fare da scudo a Meredith, c'era Damon che la guardava con le braccia tese.

Era dalla sua parte.

«Meredith», continuò, «ragazza, questo non è il momento di fare la sonnambula! La tua amica ha bisogno di te! *Elena* ha bisogno di te!».

Lentamente, debolmente, Meredith sollevò il viso. Ed Elena vide tornare su di esso la vita e il calore, quando gli occhi di Meredith si fissarono sul tremolio delle grandi ali dorate.

«Elena!», gridò. «Sono con te! Elena!».

Come faceva a sapere cosa dire? La risposta era... che si trattava di Meredith... e Meredith sapeva sempre cosa dire.

Adesso al grido si era unita un'altra voce: quella di Matt.

«Elena!», gridò Matt, in una sorta di acclamazione. «Elena! Sono con te, Elena!».

E la voce profonda del dottor Alpert: «Elena! Sono con te, Elena!».

E quella della signora Flowers, sorprendentemente forte: «Elena! Sono con te, Elena!».

E perfino quella della povera Bonnie: «Elena! *Siamo con te, Elena!*».

Mentre, nel profondo del suo cuore, il vero Stefan sussurrò: «Sono con te, mio angelo!».

«*Siamo tutti con te, Elena!*».

Elena non lasciò cadere Misao. Era come se le grandi ali dorate avessero trovato una corrente ascensionale; la portarono in alto, fuori controllo... ma in qualche modo riuscì a mantenere l'equilibrio. Guardava ancora in basso e vide le sue lacrime cadere verso le braccia tese di Damon. Elena non sapeva perché stesse piangendo, ma in parte era dolore per aver dubitato di lui.

Perché Damon non era semplicemente dalla sua parte. A meno che non si fosse sbagliata, lui sembrava essere pronto a morire per lei... stava corteggiando la morte per lei. Damon si gettò nell'intrico di rampicanti e viticci che cercavano di ghermire Meredith o Elena.

C'era voluto solo un attimo per afferrare Misao, ma Shinichi stava già balzando verso Elena, con le sue sembianze di volpe, le labbra tirate sui denti e l'intento di dilaniarle la gola. Quelle non erano volpi normali. Shinichi era grande quasi quanto un lupo, senz'altro quanto un cane di grossa taglia, e pericoloso.

Nel frattempo il terrazzino esplose in un intrico caotico di viticci, rampicanti e tentacoli fibrosi che sollevarono Shinichi. Elena non sapeva in che modo sfuggirgli. Aveva bisogno di tempo e doveva tirarsi fuori di lì.

Caroline non faceva altro che urlare.

E poi Elena vide la sua via di fuga. Una fenditura nei rampicanti attraverso la quale lanciarsi, sapendo inconsciamente che così sarebbe andata anche oltre la ringhiera, sempre tenendo Misao per i capelli. Dondolare avanti e indietro come un pendolo doveva essere stata un'esperienza estremamente dolorosa per la *kitsune*. L'unica volta in cui Elena riuscì a guardare dietro di sé, vide Damon che continuava a muoversi più veloce di qualunque altra cosa lei avesse mai visto. Teneva Meredith tra le braccia e la sollecitava a passare attraverso il varco che conduceva alla porta della cupola. Non appena vi entrò, si ritrovò giù nello spiazzo e corse verso l'altare sul quale giaceva Bonnie, solo per andare a sbattere contro uno degli Uomini-Albero. Per un attimo, gli sguardi di Damon ed Elena si incontrarono e qualcosa di elettrico passò tra di loro. Un fremito percorse il corpo di Elena dopo quello sguardo.

Poi si concentrò nuovamente: Caroline urlava ancora; Misao stava usando la sua frusta per afferrare la gamba di Elena e stava chiamando in suo aiuto gli Uomini-Albero. Elena doveva volare più in alto. Non aveva idea di come stesse controllando le ali di garza dorata, ma niente sembrava ostacolarle: sembravano obbedirle come se le avesse sempre avute. Il trucco consisteva nel non pensare a *come* arrivare in un posto, ma semplicemente immaginare di esservi.

Nello stesso tempo, però, gli Uomini-Albero stavano crescendo. Era come un incubo infantile pieno di giganti, e all'inizio Elena pensò di essere lei quella che si stava rimpicciolendo. Ma le orribili creature stavano in realtà elevandosi al di sopra della casa, e i loro rami più alti, simili a serpenti, le sferzavano le gambe mentre Misao agitava la frusta. I jeans di Elena erano ormai ridotti a brandelli. Inghiottì un urlo di dolore.

Devo volare più alto.

Posso farcela.

Vi salverò tutti.

Io credo.

Più veloce di un battito d'ali del colibrì, sfrecciò di nuovo verso il cielo sgombro, sempre tenendo Misao per i suoi lunghi capelli neri e rossi. E Misao urlava, urla a cui Shinichi faceva eco mentre lottava con Damon.

E poi, proprio come lei e Damon avevano progettato, proprio come lei e Damon avevano *sperato*, Misao assunse le sue vere sembianze e Elena si ritrovò a tenere per la collottola una grossa e pesante volpe che si dimenava.

Ci fu un attimo di difficoltà quando Elena dovette rimettersi in equilibrio. Doveva ricordarsi che la parte posteriore era più pesante perché Misao aveva sei code rispetto a una volpe normale.

Era riuscita a tornare sull'albero e rimase lì, dove poteva vedere quello che accadeva di sotto, essendo gli Uomini-Albero troppo lenti per starle dietro. Il piano era riuscito perfettamente, tranne che Damon, tra tutti, aveva dimenticato quello che doveva fare. Lungi dall'essere nuovamente posseduto, si era magnificamente preso gioco di Shinichi e Misao... e anche di Elena. Ora, secondo il loro piano, avrebbe dovuto occuparsi di tutti gli spettatori innocenti e lasciare che Elena adescasse Shinichi.

Invece sembrava che dentro di lui fosse scattato qualcosa, e adesso era intento a sbattere la testa di Shinichi, dalle sembianze umane, contro la casa, urlando: «Maledetto! Dov'è... mio... *fratello*?»

«Potrei... ucciderti... in questo istante...», gli rispose urlando Shinichi, ma ormai non aveva più fiato. Non aveva trovato in Damon un avversario facile.

«Fallo!», replicò immediatamente Damon. «E poi lei», indicando Elena, sospesa sull'albero, «taglierà la gola a tua sorella!».

Il disprezzo di Shinichi fu feroce.

«Ti aspetti che io creda che una ragazza con *quell'*aura possa *uccidere*...».

Arriva un momento in cui bisogna prendere una posizione. E per Elena, fiammeggiante di sfida e gloria, questo era quel momento. Fece un respiro profondo, implorando il perdono dell'Universo, e si piegò in avanti per posizionare le cesoie. Poi strinse più forte che poteva.

E una coda nera bordata di rosso cadde, mulinando, al suolo, mentre Misao gridava di dolore e rabbia. Cadendo, la coda si contorse e si posò in mezzo alla radura, fremendo come un serpente non ancora sconfitto. Poi divenne trasparente e svanì.

Fu allora che Shinichi urlò davvero: «Sai cosa hai fatto, tu, ignorante puttana? Ti rivolterò contro questo intero posto! Ti farò a pezzi!».

«Oh, sì, certo che lo farai. Ma prima», Damon pronunciava ogni parola scandendola, «dovrai passare su di me».

Elena quasi non sentì le loro parole. Non era stato facile per lei stringere quelle cesoie. Prima aveva dovuto pensare a Meredith con le forbici in mano, a Bonnie stesa sull'altare, e a Matt, che si contorceva a terra. E alla signora Flowers e alle tre ragazzine perdute, a Isobel e... moltissimo... a Stefan.

Ma, avendo per la prima volta nella sua vita versato sangue altrui con le proprie mani, provò un improvviso e strano senso di responsabilità... di nuova *responsabilità*. Come se un vento gelido le avesse tirato indietro i capelli e avesse detto al suo viso gelato e ansimante: *Mai senza un motivo. Mai senza una necessità. Mai se c'è un'altra soluzione.*

Elena sentì crescere qualcosa dentro di sé, tutt'a un tratto. Troppo velocemente per dire addio all'infanzia, era diventata un guerriero.

«Tutti voi pensavate che non fossi in grado di combattere», disse richiamando il gruppo. «Vi sbagliavate. Pensavate che non avessi alcun potere. Anche in questo vi sbagliavate. E userò il mio Potere fino all'ultima goccia in questa battaglia, perché voi, gemelli, siete dei veri mostri. No, siete... abomini. E se muoio, riposerò con Honoria Fell e veglierò ancora su Fell's Church».

Fell's Church marcirà e morirà brulicante di larve, le disse una voce vicina al suo orecchio. Si trattava di una voce bassa e profonda, per nulla simile alle urla stridule di Misao. Elena seppe già voltandosi che era il pino bianco. Un ramo duro, pieno di scaglie e di quei fitti aghi resinosi, la colpì alla vita, facendole perdere l'equilibrio e facendole involontariamente aprire le mani. Misao fuggì prontamente e si rintanò tra i rami dell'albero.

«Gli alberi... cattivi... vanno... all'*inferno*!», gridò Elena, affondando le lame, con tutto il peso del corpo, alla base del ramo che aveva cercato di schiacciarla. Il ramo cercò di scostarsi e lei rigirò le cesoie nella corteccia scura, soddisfatta quando se ne staccò un grosso pezzo, lasciando al suo posto solo una lunga striscia di resina.

Poi si mise in cerca di Misao. La volpe non stava trovando facile, come poteva aver pensato, muoversi su un albero. Elena guardò il groviglio di code. Stranamente, non c'era un moncone, né sangue: nessun segno che la volpe fosse stata ferita.

Era per quello che non assumeva sembianze umane? La perdita di una coda? Anche se fosse stata nuda, una volta tramutatasi in essere umano – come riportavano alcune storie sui lupi mannari – sarebbe stata in condizioni migliori per arrampicarsi su un albero.

E Misao sembrò finalmente aver scelto il lento ma sicuro metodo della discesa: passare di ramo in ramo fino ad arrivare ai piedi dell'albero. Ciò significava che era solo tre metri sotto a Elena.

E tutto ciò che Elena doveva fare era calarsi lungo il tronco fino a raggiungerla e poi, per mezzo delle ali o in qualche altro modo, fermarsi. Se avesse creduto nelle proprie ali. Se l'albero non l'avesse scrollata via.

«Sei troppo lenta», gridò Elena. Poi cominciò a scendere per accorciare la distanza, breve per un essere umano, che la separava dal suo obiettivo.

Fino a che vide Bonnie.

Il corpo esile di Bonnie era ancora steso sull'altare, pallido e freddo. Ma adesso quattro dei mostruosi Uomini-Albero la tenevano ferma, uno per mano e uno per gamba. Stavano già tirando così forte che il suo corpo si era sollevato.

E Bonnie era sveglia. Ma non urlava, non emetteva alcun suono per attirare l'attenzione su di sé. Elena capì, in un impeto di amore e orrore e disperazione, che era quello il motivo per cui non aveva fatto rumore. Voleva che gli attori principali combattessero la propria battaglia senza il fastidio di doverla salvare.

Gli Uomini-Albero si piegarono all'indietro.

Il viso di Bonnie si contrasse per l'agonia.

Elena *doveva* raggiungere Misao. *Aveva bisogno* della doppia chiave a forma di volpe per liberare Stefan, e gli unici che potevano dirle dove fosse erano Misao e Shinichi. Alzò lo sguardo verso l'oscurità e notò che sembrava un po' meno buio di quando aveva controllato l'ultima volta: il cielo tendeva a un grigio scuro anziché al nero... ma lì non c'era nessun aiuto.

Guardò in basso. Misao aveva accelerato la sua andatura. Se Elena l'avesse lasciata andare... Stefan era il suo amore. Ma Bonnie, Bonnie era sua amica, da quando erano bambine...

E poi vide il Piano B.

Damon stava lottando contro Shinichi... o ci stava provando.

Ma Shinichi riusciva sempre a schivare di un centimetro buono il pugno del vampiro. I pugni di Shinichi, invece, colpivano sempre il bersaglio e, in quel momento, la faccia di Damon era una maschera di sangue.

«*Usa il legno!*», lo istruiva strillando Misao, essendo ormai svaniti i suoi modi infantili. «Voi uomini, che *idioti*, riuscite solo a pensare ai *cazzotti*!».

Shinichi spezzò, con una mano sola, una colonnina di supporto del terrazzino, dimostrando così la sua vera forza. Damon sorrise serafico. Si sarebbe divertito, pensò Elena, anche se questo significava tutte le piccole ferite che quelle schegge di legno avrebbero comportato.

Fu nel bel mezzo di quella lotta che Elena gridò: «Damon, guarda giù!». La sua voce sembrò debole in confronto alla cacofonia di strilli e singhiozzi e urla di rabbia che si levava tutt'intorno. «Damon! Guarda giù... guarda Bonnie!».

Niente fino a quel momento era stato in grado di rompere la concentrazione di Damon: sembrava determinato a scoprire dove fosse tenuto Stefan... o a uccidere Shinichi.

Adesso, sorprendendo Elena, la testa di Damon scattò immediatamente. Guardò in basso.

«Una gabbia», urlò Shinichi. «Costruiscimi una gabbia».

E i rami d'albero si piegarono da tutti i lati per bloccare lui e Damon nel loro piccolo mondo: un reticolo per trattenerli.

Gli Uomini-Albero si piegarono all'indietro ancora di più. E, contro la sua volontà, Bonnie gridò.

«Vedi?», rise Shinichi. «Ognuno dei tuoi amici morirà tra atroci sofferenze o peggio. Uno dopo l'altro, vi prenderemo!».

Fu allora che Damon sembrò davvero impazzire. Cominciò a muoversi come l'argento vivo, come una fiamma guizzante, come un animale i cui riflessi erano di gran lunga più veloci di quelli di Shinichi. Ora c'era una spada nella sua mano, indubbiamente fatta apparire con l'aiuto della chiave magica, e con quella cominciò a tagliare i rami, proprio mentre questi si allungavano per intrappolarlo. Poi, si staccò da terra, saltando oltre la ringhiera per la seconda volta quella notte.

Stavolta l'equilibrio di Damon fu perfetto, e anziché rompersi le ossa, fece un atterraggio aggraziato e felino proprio accanto a Bonnie. E cominciò a menare fendenti con la spada, formando un arco intorno a Bonnie, e le punte coriacee dei rami, simili a dita, che la tenevano ferma furono recise di netto.

Un attimo dopo, Bonnie veniva sollevata e presa tra le braccia di Damon, che balzò agilmente giù dal rozzo altare e si perse nelle ombre nei dintorni della casa.

Elena lasciò andare il respiro che aveva trattenuto e tornò al suo intento. Ma il cuore le batteva più forte e veloce, di gioia e orgoglio e gratitudine, mentre si lasciava scivolare lungo i dolorosi e taglienti aghi. In un baleno raggiunse Misao che stava per sfuggirle... ma non fece in tempo.

Elena riuscì ad acchiappare saldamente la volpe per la collottola. Misao emise uno strano lamento animalesco e affondò i denti nella mano di Elena, così profondamente che sembrava si sarebbero toccati. Elena si morse a sangue le labbra cercando di non gridare.

Che tu possa essere schiacciata, e morire, e tornare terra, disse l'albero all'orecchio di Elena. *La tua specie per una volta nutrirà i miei simili.* La voce era vecchia, maligna e molto, molto spaventosa.

Le gambe di Elena reagirono senza prima consultarsi con il cervello. Diedero una forte spinta e le ali dorate da farfalla si spiegarono nuovamente, senza battere ma oscillando, portando saldamente Elena fino all'altare.

Sollevò il muso della volpe che ringhiava, non troppo vicino, fino al suo viso. «Dove sono i due pezzi di chiave?», chiese. «Dimmelo o ti taglio un'altra coda. *Giuro* che lo faccio. Non illuderti... non è solo orgoglio quello che stai perdendo, vero? Le code sono il tuo Potere. Come sarebbe se non ne avessi affatto?»

«Sarebbe come essere un umano... certo non come *te*, scherzo della natura». Ora Misao rideva di nuovo come un cane ansimante, con le orecchie da volpe aderenti alla testa.

«Rispondi alla mia domanda!».

«Come se tu potessi capire la mia risposta. Se ti dicessi che un pezzo era dentro allo strumento dell'usignolo d'argento, ti darebbe una qualche idea?»

«Potrebbe se ti spiegassi un po' meglio!».

«Se ti dicessi che un pezzo era sepolto nella sala da ballo di Blodwedd, saresti capace di trovarlo?». Di nuovo il ghigno ansioso mentre la volpe dava indizi che non portavano da nessuna parte... o dovunque.

«Sono queste le tue risposte?»

«*No!*», gridò improvvisamente Misao e si mise a scalciare, come se le sue fossero le zampe di un cane che scavava nella terra. Solo che la terra era lo stomaco di Elena e sembrava che le zampe che raspavano avrebbero potuto trafiggerle le viscere. Sentì la sottoveste lacerarsi.

«Te l'ho detto, non sto scherzando!», gridò Elena. Sollevò la volpe con il braccio sinistro, anche se le doleva per la stanchezza. Con la mano destra puntò le forbici.

«Dov'è la prima parte della chiave?», chiese Elena.

«Cercatela da sola! Non hai che tutto il mondo in cui cercare, oltre a tutti i boschi». La volpe si avventò nuovamente contro la sua gola, riuscendo a graffiare la carne di Elena con i suoi denti bianchi.

Elena costrinse il suo braccio a tenere Misao più in alto. «Ti ho avvertita, perciò non dire che non l'ho fatto o che hai dei motivi per lamentarti!».

Strinse le forbici.

Misao lanciò un urlo che quasi si perse nella confusione generale. Elena, sentendosi sempre più stanca, disse: «Sei una totale bugiarda, non è vero? Guarda in basso se vuoi. Non ti ho tagliata da nessuna parte. Hai solo sentito lo scatto delle forbici e hai urlato».

Misao riuscì quasi a infilare un artiglio nell'occhio di Elena. Oh, bene. Ora, per Elena non c'erano più problemi morali o etici. Non stava infliggendo dolore, stava semplicemente sottraendo Potere. Le forbici fecero *snap, snap, snap* e Misao gridò e la maledì, ma sotto di loro gli Uomini-Albero andavano rimpicciolendosi.

«*Dov'è la prima parte della chiave?*»

«Lasciami e te lo dirò». D'un tratto la voce di Misao era meno stridula.

«Sul tuo onore... se riesci a dirlo senza ridere?»

«Sul mio onore e con la mia parola di *kitsune*. Ti prego! Non puoi lasciare una volpe senza la sua vera coda! Ecco perché le altre che hai tagliato non mi hanno fatto male. Sono emblemi di onore. Ma la mia vera coda è nel mezzo e ha la punta bianca. Se mi tagli lì, vedrai il sangue e un moncone». Misao sembrava totalmente atterrita, totalmente pronta a collaborare.

Elena aveva abbastanza intuito da poter giudicare le persone, e sia il cuore che la mente le dicevano di non fidarsi di quella creatura. Ma voleva così tanto credere, sperare...

Cominciando una lenta discesa, così che la volpe fosse più vicina al suolo – avrebbe resistito alla tentazione di lasciarla cadere da più di dieci metri d'altezza –, Elena disse: «Be'? Sul tuo onore, quali sono le risposte?».

Sei Uomini-Albero presero vita attorno a lei e si avventarono con le loro dita legnose, avide e tenaci.

Ma Elena non aveva del tutto abbassato la guardia. Non aveva mollato la presa su Misao, ma solo allentata. Ora la strinse nuovamente.

Un'ondata di forza la sostenne, così che riuscì a sollevarsi velocemente e a librarsi sopra il terrazzino, sopra un furioso Shinichi e una Caroline in lacrime. Poi gli occhi di Elena incrociarono quelli di Damon. Erano pieni di fiero, ardente orgoglio per lei. Elena era colma di fiera, ardente passione.

«Non sono un angelo», annunciò a coloro del gruppo che non

erano ancora riusciti a capirlo. «Non sono un angelo e non sono uno spirito. Sono Elena Gilbert e sono stata dall'Altro Lato. E adesso sono pronta a fare qualsiasi cosa debba essere fatta, il che sembra includere prendere a calci qualche sedere!».

Di sotto si levò un clamore che all'inizio non riuscì a identificare. Poi capì che si trattava degli altri... dei suoi amici. La signora Flowers e il dottor Alpert, Matt e perfino la selvaggia Isobel. Stavano applaudendo, ed erano visibili perché improvvisamente il giardino era illuminato a giorno.

Sono io a farlo?, si chiese Elena, e capì che, chissà come, era lei. Stava illuminando la radura in cui si trovava la casa della signora Flowers, lasciando al buio i boschi circostanti.

Forse posso estendere la luce, pensò. Rendere l'Old Wood un luogo più giovane e meno malvagio.

Se fosse stata più pratica, non ci avrebbe mai provato. Ma in quel preciso momento sentiva di poter compiere qualsiasi cosa. Guardò velocemente nelle quattro direzioni dell'Old Wood e gridò: «*Ali della Purificazione!*». Poi vide le enormi ali iridescenti da farfalla spiegarsi e raggiungere la massima apertura.

Era conscia del silenzio, sapeva di essere così rapita da quello che stava facendo che perfino i tentativi di Misao di liberarsi non avevano importanza. Era un silenzio che le ricordava qualcosa: tutte le più belle melodie che si fondevano in un unico, potente coro.

E poi il Potere esplose fuori da lei... non un Potere distruttivo come quello che Damon aveva emesso tante volte, ma un Potere di rinascita, di primavera, di amore, gioventù e purificazione. E guardò la luce diffondersi sempre più lontano, e gli alberi farsi sempre più piccoli e familiari, con più radure tra i boschetti. Spine e rampicanti scomparvero. A terra, diffondendosi come un cerchio nell'acqua, sbocciarono fiori di tutti i colori, gruppi di dolci violette qui e aiole di margherite là, e rose selvatiche che si arrampicavano ovunque. Era così bello che il petto le doleva.

Misao emise un sibilo. La trance di Elena si ruppe e lei si guardò intorno per vedere che gli orribili Uomini-Albero dall'andatura strascicata erano scomparsi alla luce del sole e al loro posto c'era una macchia di acetosella punteggiata di alberi che si erano fossilizzati in forme strane. Alcuni sembravano quasi umani. Per un attimo Elena osservò la scena, perplessa, e poi capì cosa c'era di diverso. Tutti gli umani veri non c'erano più.

«Non avrei mai dovuto portarti qui!». E quella, con grande sorpresa di Elena, era la voce di Misao. Stava parlando con suo fratello. «Hai rovinato tutto a causa di quella ragazza. *Shinichi no baka!*».

«Idiota che non sei altro!», gridò Shinichi a Misao. «*Onore!*[1]. Ti stai comportando esattamente come vogliono...».

«Cos'altro credi che dovrei fare?»

«Ti ho sentito dare degli indizi a quella ragazza», ringhiò Shinichi. «Faresti qualunque cosa per il tuo bell'aspetto, egoista che non sei altro...».

«Tu mi dici questo? Quando tu non hai perso neanche una coda?»

«Solo perché sono più veloce...».

Misao lo interruppe. «Questa è una bugia e tu lo sai! Ritira quello che hai detto!».

«Sei troppo debole per combattere! Saresti dovuta fuggire molto prima! Non venire a lamentarti con me!».

«Non *osare* parlarmi in questo modo!». E Misao sfuggì alla presa di Elena per avventarsi su Shinichi. Si era sbagliato. Era un'ottima lottatrice. In un secondo si erano trasformati in una forza distruttiva, continuando a rotolarsi e a cambiare forma mentre lottavano. Volarono peli neri e scarlatti. Dalla palla di corpi che si rotolavano giungevano brandelli di frasi...

«...non troveranno le chiavi...».

«...non tutte e due, a ogni modo...».

«...e anche se fosse...».

«...cosa importerebbe?»

[1] In italiano nel testo (*n.d.t.*).

«...devono ancora trovare il ragazzo...».

«...dico solo che è leale lasciare che ci provino...».

L'orribile risatina stridula di Misao. «E vedere cosa troveranno...».

«...nello *Shi no Shi*!».

La lotta finì bruscamente ed entrambi assunsero la forma umana. Erano malconci, ma Elena sentiva che non c'era altro che potesse fare se decidevano di combattere ancora.

Invece Shinichi disse: «Sto rompendo il globo. *Ecco*», si rivolse a Damon e chiuse gli occhi, «dov'è il tuo prezioso fratello. Lo metto nella tua mente... se riesci a interpretare la mappa. E una volta lì, morirai. E non dire che non ti avevo avvertito».

A Elena fece un inchino e disse: «Mi dispiace che anche tu morirai. Ma ti ho immortalata in un'ode».

Rosa selvatica e lillà,
botton d'oro e margherita,
il sorriso di Elena scaccia
via l'inverno.

Campanula e viola,
digitale e iris
guarda i suoi passi
e vedrai l'erba ondeggiare.
Ovunque i suoi piedi si posino
fiori bianchi fendono l'erba...

«Preferirei una spiegazione chiara riguardo a dove sono le chiavi», disse Elena a Shinichi, sapendo che dopo quella canzone non avrebbe ottenuto più nulla da Misao. «Francamente ne ho fino alla nausea di tutte le tue *stronzate*».

Notò che ancora una volta tutti la fissavano e capiva il perché. Riusciva a percepire una differenza nella propria voce, nel proprio atteggiamento, nel suo modo di parlare. Ma soprattutto, *intimamente*, quello che sentiva era libertà.

«Questo è quanto vi daremo», disse Shinichi. «Non le sposteremo. Trovatele usando gli indizi... o in altro modo, se ci riuscite». Strizzò l'occhio a Elena e si voltò... per trovarsi faccia a faccia con una pallida e tremante Nemesi.

Caroline. Qualunque cosa avesse fatto negli ultimi minuti, aveva senz'altro pianto, si era strofinata gli occhi e si era stretta convulsamente le mani... o così immaginò Elena a giudicare dalla distribuzione del suo makeup.

«Anche tu?», disse a Shinichi. «*Anche tu?*».

Shinichi le rivolse un sorriso indolente. «Anche io cosa?»

«Anche tu ti sei innamorato di lei? Ti sei messo a comporre canzoni... a darle indizi per ritrovare Stefan...».

«Non sono granché come indizi», disse Shinichi rassicurante, e sorrise di nuovo.

Caroline cercò di colpirlo, ma lui le bloccò il pugno. «E adesso pensi di andartene?». La sua voce era quasi un grido, non acuto quanto le urla di Misao, tali da infrangere il vetro, ma pervaso da uno spaventoso *vibrato*.

«*So* che ce ne andremo», guardò l'imbronciata Misao, «dopo aver sbrigato ancora qualche affare. Ma non con te».

Elena si irrigidì, ma Caroline stava di nuovo cercando di scagliarsi contro Shinichi. «Dopo quello che mi hai detto? Dopo tutto quello che hai *detto*?».

Shinichi la squadrò, come se la stesse vedendo ora per la prima volta. Sembrava anche sinceramente stupefatto. «*Detto* a te?», chiese. «Abbiamo già parlato prima di questa notte?».

Ci fu una risatina stridula. Tutti si girarono. Misao ridacchiava tenendosi le mani sulla bocca.

«Ho usato la tua immagine», disse a suo fratello, con gli occhi bassi come se stesse confessando un peccatuccio, «e la tua voce. Nello specchio, quando le davo gli ordini. Lei si stava riprendendo dopo che un ragazzo l'aveva mollata. Le ho detto che mi ero innamorato di lei e che volevo aiutarla a vendicarsi dei suoi nemici... se avesse fatto qualcosina per me».

«Come diffondere i *malach* tra le ragazzine», disse, tetro, Damon.

Misao ridacchiò di nuovo. «E un paio di ragazzi. So come ci si sente ad avere un *malach* dentro di sé. Non fa affatto male. Sono lì... e basta».

«Non ti è mai successo che uno di loro ti costringesse a fare qualcosa che non volevi?», chiese Elena. Sentiva i propri occhi azzurri lampeggiare. «Credi che *quello* farebbe male, Misao?»

«Non eri tu?». Caroline stava ancora guardando Shinichi: non era evidentemente riuscita a stare dietro alla spiegazione. «Non eri *tu*?».

Lui sospirò, sorridendo lievemente. «Non ero io. I capelli d'oro sono la mia rovina, temo. D'oro... o rosso vivo su fondo nero», aggiunse frettolosamente, lanciando un'occhiata a sua sorella.

«Dunque era tutta una bugia», disse Caroline e, per un attimo, la disperazione si dipinse sul suo volto più della rabbia, e la tristezza velò tutto. «Sei solo un altro fan di Elena».

«Ascolta», disse Elena con schiettezza. «Io non lo voglio. Lo odio. L'unico ragazzo che mi interessa è Stefan!».

«Oh, è lui l'unico ragazzo, non è vero?», chiese Damon, lanciando uno sguardo a Matt, che aveva portato Bonnie più vicino a loro mentre la disputa tra le volpi proseguiva. La signora Flowers e il dottor Alpert li avevano seguiti.

«Sai cosa intendo», disse Elena a Damon.

Damon alzò le spalle. «Più di una fanciulla dai capelli d'oro finisce a fare la moglie del rozzo proprietario terriero». Poi scosse la testa. «Perché dico questa robaccia?». Il suo corpo compatto sembrava sovrastare Shinichi.

«È solo un effetto residuo... dell'essere stato posseduto... sai», Shinichi agitò le mani, con gli occhi ancora fissi su Elena, «i miei modelli di pensiero...».

Sembrava come se si stesse preparando un'altra zuffa, ma poi Damon si limitò a sorridere e disse, socchiudendo gli occhi:

«Quindi hai lasciato che Misao facesse ciò che voleva con la città mentre tu stavi dietro a Elena e me».

«E...».

«Mutt», disse Damon in fretta e automaticamente.

«Stavo per dire Stefan», disse Elena. «No, direi che Matt sia stato vittima di una delle piccole trame di Misao e Caroline, prima ancora che ci imbattessimo in te quando eri del tutto posseduto».

«E adesso credi di poter andare via così», disse Caroline, con voce tremante e minacciosa.

«Noi *stiamo* andando via», disse Shinichi duramente.

«Caroline, aspetta», disse Elena, «io posso aiutarti... con le *Ali della Purificazione*. Tu sei manovrata da un *malach*».

«Non mi serve il tuo aiuto! Mi serve un *marito*!».

Sul tetto calò un profondo silenzio. Perfino Matt rimase di sasso.

«O almeno un fidanzato», mormorò Caroline, con una mano sulla pancia. «La mia famiglia lo accetterebbe».

«Sistemeremo tutto», disse dolcemente Elena. Poi, con fermezza: «Caroline, credici».

«Non crederei in te se...». La risposta di Caroline fu oscena. Poi sputò in direzione di Elena. E poi ammutolì, per sua scelta o perché il *malach* che aveva dentro voleva così.

«Torniamo agli affari», disse Shinichi. «Vediamo, il nostro prezzo per il servizio degli indizi e del posto è un piccolo pezzo di memoria. Diciamo... dal momento in cui ho incontrato Damon per la prima volta fino a ora. Preso dalla mente di Damon». Sorrise oscenamente.

«Non puoi farlo!». Elena sentì il panico scoppiarle dentro, a partire dal cuore fino a raggiungere i più lontani recessi del suo corpo. «È diverso adesso: ha ricordato delle cose... è cambiato. Se gli porti via quei ricordi...».

«Si perderanno tutti i bei cambiamenti», le disse Shinichi. «Preferisci che prenda la tua memoria?»

«Sì!».

«Ma tu sei l'unica ad aver sentito gli indizi sulla chiave. E, in ogni caso, non voglio vedere le cose dai tuoi occhi. Voglio vedere te... attraverso i *suoi* occhi».

Ormai Elena era pronta a ricominciare a lottare. Ma Damon disse, prendendo già le distanze: «Va' avanti e prenditi ciò che vuoi. Ma se subito dopo non te ne vai da questa città, ti taglio la *testa* con queste cesoie».

«Affare fatto».

«*No*, Damon...».

«Vuoi che Stefan torni?»

«Non a questo prezzo!».

«Male», si intromise Shinichi. «Questi sono i patti».

«Damon! Ti prego... pensaci!».

«Ci ho pensato. In primo luogo, è stata colpa mia se i *malach* si sono diffusi così tanto. È stata colpa mia non aver indagato cosa stava succedendo a Caroline. Non mi importava di cosa succedeva agli umani fintanto che i nuovi arrivati si tenevano alla larga da *me*. Ma posso rimediare ad alcune delle cose che ti ho fatto trovando Stefan». Si girò in parte verso di lei, con il vecchio sorriso noncurante sulle labbra. «Dopo tutto, prendermi cura di mio fratello è il mio lavoro».

«Damon... *ascoltami*».

Ma Damon stava guardando Shinichi. «Siamo d'accordo», disse, «hai fatto un affare».

19

«Abbiamo vinto una battaglia, non la guerra», disse tristemente Elena. Pensava che fosse il giorno successivo alla lotta con i gemelli *kitsune*. Non poteva essere sicura di niente, tranne del fatto che era viva, che Stefan non c'era più e che Damon era tornato a essere quello di sempre.

«Forse perché non avevamo il mio prezioso fratello», disse, a dimostrazione di ciò. Erano a bordo della Ferrari, alla ricerca della Jaguar di Elena... nel mondo reale.

Elena lo ignorò. Ignorò anche il dolce ma vagamente fastidioso sibilo di una specie di apparecchiatura che Damon aveva installato, e che non era una radio ma sembrava trasmettere solo voci ed elettricità statica.

Una nuova specie di tavola Ouija? Audio invece di tutto quel noioso compitare?

Elena avvertì un brivido interno.

«Hai dato la tua parola che saresti venuto a cercarlo insieme a me. Lo giuro su... sull'Altro Mondo».

«Mi dici che l'ho fatto, e non sei una bugiarda... no, non con me. Riesco a leggere le espressioni del tuo viso ora che sei umana. Se ho dato la mia parola, ho dato la mia parola».

Umana?, pensò Elena. Lo sono? *Cosa* sono?... con il tipo di Poteri che ho? Persino Damon è in grado di vedere che l'Old Wood è cambiato nel mondo reale. Non è più un'antica foresta mezza morta. Ci sono fiori primaverili in piena estate. C'è vita ovunque.

«E in ogni caso, questo mi darà un sacco di tempo per stare solo con te... mia principessa delle tenebre».

Ci risiamo, pensò stancamente Elena. Ma mi lascerebbe qui a piedi se gli facessi sapere che abbiamo riso e camminato insieme in una radura... con lui in ginocchio che mi sistemava il poggiapiedi. Anche se comincio a chiedermi se sia stato reale.

Ci fu un lieve urto, per quello che si poteva capire dallo stile di guida di Damon.

«Preso!», si congratulò con se stesso. Poi, quando Elena si girò, pronta ad afferrare il volante per farlo fermare, aggiunse freddamente: «Era un pezzo di *pneumatico*, per tua informazione. Non ci sono molti animali neri, ricurvi e spessi pochi millimetri».

Elena non disse nulla. Cosa si poteva rispondere alle battute di Damon? Ma nel profondo era sollevata che Damon non si fosse dato a investire animaletti pelosi per divertimento.

Staremo insieme, solo io e lui, per parecchio tempo, pensò Elena; poi si rese conto che c'era un'altra ragione per cui non poteva dire a Damon di stare zitto e morire. Shinichi aveva messo l'ubicazione della cella di Stefan nella mente di Damon, non nella sua. Aveva disperatamente bisogno di lui, per farsi portare lì e per combattere contro chiunque stesse tenendo Stefan prigioniero.

Ma era un bene che lui avesse dimenticato che Elena aveva dei Poteri. Qualcosa da tenere in serbo per i giorni bui.

Proprio in quel momento, Damon esclamò: «Ma che dia...». Si piegò in avanti per sintonizzare quella che non era una radio.

«...ripetiamo: tutte le unità all'erta per un certo Matthew Honeycutt, maschio bianco, un metro e ottanta, capelli biondi, occhi azzurri...».

«*Cos'è quello?*», chiese Elena.

«Uno scanner della polizia. Se vuoi davvero essere in grado di vivere in questa grande terra di libertà, è meglio sapere quando fuggire...».

«Damon, non farmi una lezione sul tuo stile di vita. Intendevo cos'erano quelle cose riguardo a Matt».

«Sembra che abbiano deciso di metterlo dentro alla fine. Caroline non ha avuto granché come vendetta ieri notte. Immagino che stia facendo un tentativo adesso».

«Allora dobbiamo trovarlo prima noi... potrebbe accadere *qualunque* cosa se lui rimanesse a Fell's Church. Ma non potrà usare la sua auto e in questa non c'è spazio. Cosa facciamo?»

«Lasciarlo alla polizia?»

«Smettila, ti prego. Dobbiamo...», cominciò Elena, quando, in una radura alla loro sinistra, come una visione inviata in segno di approvazione al loro piano, apparve la Jaguar.

«È *quella* l'auto che prenderemo», disse a Damon tagliando corto. «Almeno è spaziosa. Se ci vuoi dentro quell'aggeggio della polizia, farai meglio a cominciare a smontarlo da questa».

«Ma...».

«Vado a prendere Matt. Sono l'unica a cui darà ascolto. Poi lasceremo la Ferrari nel bosco... oppure buttala nel torrente se preferisci».

«Oh, il torrente senz'altro».

«In effetti potremmo non avere il tempo per farlo. La lasceremo semplicemente nel bosco».

Matt fissò Elena. «No. Non fuggirò».

Elena rivolse tutta l'intensità dei suoi occhi azzurri su di lui. «Matt, entra in macchina. *Adesso*. Devi farlo. Il padre di Caroline è parente del giudice che ha firmato il tuo mandato di cattura. È un linciaggio, dice Meredith. Persino Meredith ti dice di fuggire. No, non ti servono dei vestiti, ce li procureremo».

«Ma... ma... non è vero...».

«Faranno in modo che lo sia. Caroline piangerà e singhiozzerà. Non avrei mai pensato che una ragazza potesse fare una cosa del genere per vendicarsi, ma Caroline è un caso a sé stante. È impazzita».

«Ma...».

«*Ho detto, sali!* Saranno qui a momenti. Sono già stati a casa tua e da Meredith. E, a proposito, cosa ci fai a casa di Bonnie?».

Bonnie e Matt si lanciarono uno sguardo. «Uh, stavo solo dando un'occhiata all'auto della mamma di Bonnie», disse Matt. «Si è guastata di nuovo, e...».

«Non importa! Vieni con me! Bonnie, cosa stai facendo? Richiami Meredith?».

Bonnie trasalì. «Sì».

«Dille addio, dille che l'amiamo e addio. Abbi cura della città... ci metteremo in contatto...».

Mentre la Jaguar rossa ripartiva, Bonnie disse al telefono: «Avevi ragione. Si è appena allontanata. Non so se anche Damon ci andrà... non era nell'auto».

Ascoltò per un momento e poi disse: «Ok, lo farò. Ci vediamo». Riattaccò ed entrò in azione.

Caro diario,

oggi sono scappata di casa.

Immagino che non la si possa definire una fuga quando hai quasi diciotto anni e guidi la tua auto... e quando, soprattutto, nessuno sapeva che eri a casa. Quindi dirò semplicemente che da stanotte sono in fuga.

L'altra cosa leggermente scioccante è che fuggo con due ragazzi diversi. E nessuno di loro è il <u>mio</u> ragazzo.

Dico questo, ma... non posso fare a meno di ricordare delle cose. Lo sguardo negli occhi di Matt nella radura... credo onestamente che fosse pronto a morire per proteggermi. Non posso fare a meno di pensare a quello che una volta eravamo l'uno per l'altra. Quegli occhi azzurri... oh, non so cosa c'è in me che non va!

E Damon. Adesso so che c'è carne viva sotto strati e strati di roccia con cui ha avvolto la sua anima. È nascosta in profondità, ma è lì. Se sono onesta con me stessa, devo ammettere che tocca qualcosa nel mio intimo che mi dà i brividi... una parte di me che persino io non capisco.

Oh, Elena! Smettila subito! Non puoi avvicinarti così a quella parte oscura, soprattutto ora che hai il Potere. Non <u>osare</u> avvicinarti. Ora è tutto diverso. Devi essere più responsabile (cosa in cui non sei affatto brava!).

E non ci sarà nemmeno Meredith ad aiutarmi a essere responsabile. Come andrà mai a finire? Damon e Matt nella stessa auto? In viaggio insieme? Riesci a immaginarlo? Stanotte era così tardi e Matt così stordito per la situazione che non è risucito a portarsi dietro niente. E Damon si è limitato a sogghignare. Ma sarà in forma demoniaca domani, lo so.

Continuo a pensare che sia stato un gran peccato che Shinichi abbia dovuto prendersi da Damon le Ali della Redenzione insieme agli altri suoi ricordi. Ma credo fermamente che, nel profondo, ci sia una minuscola parte di Damon che ricorda come era quando eravamo insieme. E ora deve essere peggio che mai per dimostrare che ciò che ricorda era tutta una bugia.

Perciò mentre leggi questo, Damon – so che in qualche modo ci metterai le mani sopra e curioserai – lascia che ti dica che per un po' sei stato carino, davvero CARINO, ed è stato divertente. Abbiamo camminato insieme. Abbiamo perfino riso... delle stesse battute. E tu... tu eri gentile.

E adesso invece sei: «Naa, è solo un'altra macchinazione di Elena per farmi pensare che posso cambiare... ma io so dove andrò e non mi interessa». Non ti suona familiare, Damon? Hai detto a qualcuno queste parole di recente? E in caso contrario, come faccio a conoscerle? Non potrebbe essere che per una volta sto dicendo la verità? Adesso dimenticherò che stai completamente infangando il tuo onore leggendo cose segrete che non ti appartengono.

Cos'altro?

Primo: mi manca Stefan.

Secondo: non sono riuscita a fare le valigie. Matt e io abbiamo fatto una corsa alla pensione; lui ha preso i soldi che Stefan mi aveva lasciato mentre io ho afferrato quanti più vestiti ho potuto... lo sa il cielo cosa ho preso: i top di Bonnie e i pantaloni di Meredith, e neanche una camicia da notte decente.

Ma almeno ho te, amico prezioso, un regalo che Stefan teneva in serbo per me. E comunque non mi è mai piaciuto scrivere in un file intitolato *Diario*. I libri con le pagine bianche come te sono più nel mio stile.

Terzo: mi manca Stefan. Mi manca così tanto che piango mentre scrivo dei vestiti. Sembra che stia piangendo per quello, cosa che mi fa sembrare follemente superficiale. Oh, a volte vorrei solo urlare.

Quarto: voglio urlare adesso. È stato solo quando siamo tornati a Fell's Church che abbiamo scoperto quali orrori ci avevano lasciato i *malach*. C'è una quarta ragazzina che credo possa essere posseduta come Tami, Kristin e Ava... non ne ero proprio sicura, quindi non ho potuto fare niente. Ho la sensazione che non abbiamo ancora visto la fine di questa storia della possessione.

Quinto: la cosa peggiore è quello che è successo a casa Saitou. Isobel è all'ospedale con una violenta infezione a tutti i suoi piercing. Obaasan, come tutti chiamano la nonna di Isobel, non era morta come pensavano gli infermieri che erano arrivati lì. Era in una profonda trance... e cercava di arrivare a noi. Se un po' del coraggio che ho avuto, un po' della fiducia in me stessa, sono dovuti a lei, be', è una cosa che non saprò mai.

Ma c'era anche Jim Bryce. Si è... oh, non riesco a scriverlo. Era il capitano della squadra di basket! Ma ha mangiato se stesso: tutta la mano sinistra, la maggior parte delle dita della mano destra, le labbra. E si è infilato una matita nell'orecchio fino al cervello. Dicono (l'ho sentito da Tyrone Alpert, il nipote del dottore) che viene chiamata Sindrome di Lesch-Nyan (non so se l'ho scritto bene) e che è rara, ma ce ne sono altri proprio come lui.

Questo è ciò che dicono i medici. Io dico che è stato un *malach* a farglielo fare. Ma non mi avrebbero lasciato provare a tirarglielo fuori.

Non posso neanche dire che sia vivo. Non posso dire se è morto. Andrà in una specie di istituto per casi di lunga degenza.

Abbiamo fallito in quel caso. Io ho fallito. Non è stata colpa di Jim Bryce. Lui è stato con Caroline solo per una notte e da allora ha trasmesso il *malach* alla sua ragazza, Isobel, e alla sua sorellina Tami. Poi sia Caroline che Tami l'hanno trasmesso ad altri. Hanno cercato di darlo a Matt, ma lui non gliel'ha permesso.

Sesto: le tre ragazzine che ne sono state infettate erano totalmente agli ordini di Misao, da quello che ha detto Shinichi. <u>Loro</u> dicono di non ricordare nulla del fatto che si sono decorate il corpo e di aver fatto avance agli sconosciuti. Non sembrano ricordare niente del periodo della loro possessione e si comportano come ragazzine molto diverse adesso. Carine. Tranquille. Se pensassi che Misao si è arresa così facilmente allora sarei sicura che starebbero davvero bene.

Peggiore è il pensiero di Caroline. Un tempo era un'amica e adesso... be', ora credo che abbia bisogno d'aiuto più che mai. Damon è riuscito a prendere i <u>suoi</u> diari: teneva un suo diario registrandosi in video e l'abbiamo vista parlare allo specchio... e lo specchio risponderle. Era soprattutto la sua immagine quella che rifletteva, ma a volte, all'inizio o alla fine di una registrazione, c'era il viso di Shinichi. Ha un aspetto attraente, anche se un po' dissoluto. Posso capire che Caroline si sia presa una cotta per lui e abbia acconsentito a fare da portatrice del *malach* in città.

È tutto finito. Ho usato l'ultimo residuo di ogni Potere che conosco per tirare fuori i *malach* da quelle ragazze.

Caroline, naturalmente, non ha voluto che mi avvicinassi a lei.

E poi ci sono state le sue fatali parole: «Mi serve un marito!». Qualunque ragazza sa cosa significa questo. A qualunque ragazza dispiace sentire un'altra che lo dice, anche se non sono amiche.

Caroline e Tyler Smallwood stavano insieme fino a due settimane fa. Meredith dice che Caroline l'ha scaricato, e l'essere stata rapita da Klaus è stata la vendetta di Tyler. Ma se prima erano stati insieme senza nessuna protezione (e Caroline è abbastanza sciocca da farlo), potrebbe senz'altro aver saputo di essere incinta e potrebbe essersi messa alla ricerca di un altro ragazzo proprio quando Shinichi ha fatto la sua comparsa (ovvero proprio prima che io... tornassi in vita). Ora sta cercando di incastrare Matt. È stata pura sfortuna che abbia detto sia successo la stessa notte in cui il *malach* ha aggredito Matt, e il tizio della Vigilanza ha visto Matt tornare a casa e svenire sul volante, come se fosse ubriaco o sotto l'effetto di droghe.

O forse non si è trattato solo di sfortuna. Forse faceva tutto parte del piano di Misao.

Adesso mi metterò a dormire. Troppe cose a cui pensare. Troppe cose di cui preoccuparsi. E, oh, mi manca Stefan. Lui mi aiuterebbe ad affrontare le preoccupazioni con il suo modo gentile ma acuto.

Dormirò in macchina con le portiere bloccate. I ragazzi stanno dormendo fuori. Almeno faremo così per cominciare... hanno insistito. Almeno sono stati d'accordo su questo.

Non credo che Shinichi e Misao si terranno alla larga da Fell's Church per molto tempo. Non so se la lasceranno in pace per qualche giorno, o settimana o mese, ma Misao si riprenderà e alla fine torneranno per noi.

Ciò significa che Damon, Matt e io... siamo fuggitivi in due mondi.

E non ho idea di cosa accadrà domani.

Elena

INDICE